文春文庫

武士道ジェネレーション

誉田哲也

武士道ジェネレーション　目次

イラスト　長崎訓子
デザイン　next door design

武士道ジェネレーション

信じたこの道を、わたしたちは歩んできた。
かけがえのない出会いがあった。
心震えるような学びが、骨身を削るような試練があった。
先に進むためには、避けられない別れもあった。
しかし今、来た道を振り返ることはしない。
命ある限り、わたしたちは進まねばならない——。

1　一張羅

六月六日土曜日、大安。

新郎新婦には先に謝っておこう。大変申し訳ない。式の途中で、あたしはけっこう寝てしまった。隣の人に膝を叩かれて目を覚ましたので、二、三回は鼾《いびき》を掻いていたのかもしれない。これに関しては心から悪かったと思っている。赦《ゆる》せ。

で、長ったらしく説教臭く退屈な式が終わったら、ようやく遅めの昼飯――もとい。披露宴だ。飲み放題だと聞いていたので、あたしはこれを大変楽しみにしていた。

ところが披露宴会場に移動し、【磯山《いそやま》香織《かおり》様】の札がある自分の席を確かめた瞬間、あたしが抱いた感情は「怒り」以外の何物でもなかった。

「……おい。なぜキサマがあたしの隣にいる」

長い髪をパイナップルのようにまとめ上げ、肩紐の細い、そこらのキャバ嬢が着ていそうな黒いドレスに身を包んだその女は、あろうことかこのあたしに、小首を傾《かし》げながら微笑んでみせた。

「磯山。今日くらいはそういうのよそうよ。あんたにとっても私にとっても、早苗《さなえ》は親友でしょう……いいから座りなって」

黒岩怜那《くろいわれな》。この女は、かれこれ十年にもなろうかという、あたしの仇敵《きゅうてき》だ。

あたしは片手で椅子を引いて腰掛けた。

「論点をずらすな。あたしは、なぜあたしとお前が隣合わせの席なのだと訊《き》いている」

「知らないよ、そんなこと。こういうの決めるのは新婦なんだから、終わったら早苗に訊いてみれば」

なるほど。しかし、気になる点は他にもある。

「そういえばお前、いつのまにかしれっと標準語喋《しゃべ》ってるな。『決めるのは新婦じゃけえん』とか、『早苗に訊いてみればよかぁ』とか、いわないのか」

黒岩の目付きがにわかに尖《とが》る。おお、その方がよっぽどお前らしいぞ。

「……キサン、私に喧嘩売っとっと？」

すると黒岩の反対隣、右の席から仲裁の手が伸びてきた。

「まあまあ、香織先輩も怜那先輩も、今日はおめでたい席なんですから。穏やかに、和《なご》やかに。ね」

田原美緒《たはらみお》。こいつはあたしと早苗の共通の後輩なのだから、この席にいることに疑問はない。そのもう一つ先に座っている小柴《こしば》も、共通の恩師なのだから当然だろう。

小柴が、小さく首を振りながら溜め息をつく。

「磯山……常在戦場もけっこうだが、場所柄を弁《わきま》えるのも、大人の嗜《たしな》みの一つだぞ。とりあえず、テーブルに肘をつくな。焼き鳥屋の酔っ払いオヤジみたいでみっともない」

へいへい。仰《おお》せの通りに。

田原が、ニヤニヤしながらあたしの右袖を引っ張る。

「しっかし香織先輩、なんすか、この恰好……普通にパンツスーツじゃないっすか」

その通りだが。

「それがどうかしたか」

「いやいや、香織先輩だって、一応は年頃の女性なんですから。ドレスを着てくださいとは、さすがにいいませんけど、せめてパーティスーツ的なの、一着くらい持っときましょうよ」

何をいうか。

「要らん、そんなものは。あたしはこれで充分だ。相手に対しても、これで礼を失しているとは思わん」

「まあ、礼は失してないんでしょうけど、でもなんか……これで赤ネクタイ締めて旗持ったら、ほとんど審判っすよ」

「おう、それはいい。お前に一本ッ、メンありだ」

そういって、冗談で右手を挙げたところに、ちょうど知った顔が通りかかった。一瞬誰だか分からなかったが、

「あ……ヨシノ先生」

小柴と黒岩が同時にいい、腰を浮かせたので思い出した。福岡南高校女子剣道部の顧問、吉野《よしの》正治《まさはる》先生だ。相変わらず髪はぼさぼさ、無精ひげは生え放題。おまけに今日は薄茶色のサングラスを掛けているため、どこからどう見てもヤクザかチンピラだ。

「小柴先生、ご無沙汰しとります。黒岩も、元気そうやな」

いいながら、サングラス越しにあたしを見据える。

「……磯山も。元気やったか」

「どうも。ご無沙汰しております」

「お前は相変わらず、威勢がよかねぇ。けっこうけっこう」

この人は、高校時代に福岡のナントカ川の河川敷で、三十人の暴走族とたった一人で戦争をしたという伝説を持っている。実をいうとあたしも、高二のときに刃物や角材を持った男子高校生たちと、三対一でストリートファイトを演じたことがある。むろん、吉野先生がそんなことを知るはずはないのだが、それでも何か通ずるものを感じるのか、会うたびに何かしら——褒《ほ》めるのとは違うが、こう、お前はいいな、みたいに声をかけてくれる。それが嬉しいか嬉しくないかと訊かれれば、まあ強いていえば、ほんのちょっとは嬉しい、かもしれない。

十人座れるこの席で、あたしが知っているのはその四人だけ。向こうの五人は、今の早苗の職場の先輩や同僚らしい。

あ、いかん。腹が鳴りそうだ。

あたしはそっと、田原の肘をつついた。

「なぁ……腹減ったんだけど、先にサンドイッチくらい、食わしてくんないのかな」

「んもぉ。香織先輩、子供じゃないんだから。もうちょっとですから、我慢してくださいよ」

「もうちょっとってどんくらいだ。最初に食い物が出てくるまで、あと何があるんだ」

「あと何がって、まだなんにも始まってないっすよ……とりあえず新郎新婦の入場があって、二人の紹介があって……あれじゃないっすか、思い出のビデオとか写真とかで、二人の馴《な》れ初《そ》めとか、結婚するまでの経緯とかをやるんじゃないっすか」

そんなのはどうでもいい。どうせ全部知ってる話だ。それよりあたしは、今すぐ飯を食いたい。握り飯一つでもいいから持ってきてほしい。酒は後回しでかまわんから。

眉をひそめた黒岩がこっちを向く。

「……磯山。お前いま、お腹鳴ったよ」

そう、これはあたしの腹だ。お前にいわれなくても、鳴ったのくらい自分で分かっている。

「だったらなんだ。こっちは朝稽古やって、ひとっ風呂浴びてそのまま駆けつけてんだ。

腹くらい鳴って何が悪い」

「あんたってデリカシーとか羞恥心とか、ほんとそういうの、全然ない人なのね」

「ピザでも注文するか」

「それは……デリバリー」

また田原が横から割り込んでくる。

「ほらほら、香織先輩も伶那先輩も、そろそろですよ……」

田原が何を見て察したのかは知らないが、なるほど、演台にいる司会者が《お待たせいたしました。只今より……》と開会を宣言すると、すーっと照明が落ち、あたしたちのすぐ後ろにある両開きの扉が開いた。

スポットライトが、大きくドア口を照らす。

《皆様、盛大な拍手でお迎えください》

そこに、純白のドレスに身を包んだ早苗が、新郎と腕を組んで現われる。ちょっと恥ずかしそうに目を伏せたり、気を取り直して真っ直ぐ前を見たり、新郎を見上げてみたりとまるで落ち着きがない。

でも、まあ――うん。あたしがいうのもなんだが、綺麗だと思うぞ、早苗。ウエディングドレスも似合ってる。どう似合ってるかって、それは、なんていっていいのか分からんけど、でも、けっこう似合ってると思うよ。

ゆっくり、一歩一歩、新郎と早苗が会場に入ってくる。周りの全員が拍手をし、口々に「おめでとう」と声をかける。あたしも拍手はした。でも、別にここでいわなくてもいいだろうと思い、あえて「おめでとう」の声はかけなかった。そもそも、ここであたしに大声を出されても、早苗には迷惑なだけだろう。そういった意味では、あたしなりに場所柄は弁えているつもりだ。むろん、この会場に竹刀袋《しない》を持ち込むような真似もしていない。

一瞬、早苗と目が合った気がした。微笑みかけられた気もした。だが向こうはスポットライトを浴び、こっちは逆に暗がりにいる。こっちが見えるほど、向こうはこっちが見えていないに違いない。

新郎と早苗が通過し、そうなって初めて、一つ向こうの席にいるのがモデルの西荻緑《にしおぎみどり》子《こ》——早苗の姉であることに気づいた。おや、隣に座っているのは、ひょっとして岡巧《おかたくみ》か。あんたらって、別れたんじゃなかったのか。噂ではそう聞いていたのだが。まあ、そんなこたぁどうでもいいか。

しかし、腹減ったな。

「田原……料理はまだなのか」

「だから、これから二人の紹介があって、祝辞が何人かあって」

「げっ、何人もあるのか」

「先輩、声大きい……それから乾杯で」

「ほほう。その次が、いよいよご歓談だな」

「いえ、まだケーキ入刀があって、食事とご歓談はそのあとです……っていうか、自分で式次第見てくださいよ。ちゃんと書いてありますから」

遠い。あまりにも、飯にありつけるまでの道程が遠過ぎる。

「田原……正直にいってくれ。それって、ざっくりいうと、あと何分くらいだ」

「知りませんよそんなこと。スピーチだって、一人ひとり長さ違うんですから」

そうなのか。あたし、なんか、結婚式も披露宴も、両方いっぺんに嫌いになりそうだよ。せっかく旨い飯と酒にありつけると思って、朝飯も昼飯も抜いてきたのに。でもまあ、仕方ないか。他でもない早苗の結婚式だしな。あたしは甘んじてこの空腹と闘い、打ち勝ってみせよう。

しかし、分からんもんだな。

あの早苗が、こうもあっさり結婚するとは。

2　思いのほかハッピーでした

中学高校時代の私は、間違いなく部活少女だったと思う。

一部異論はあるかもしれない。部活カットというほど髪を短くはしなかったし、一見してそうと分かるほどの筋肉もつかなかった。磯山さんみたいに、年がら年中竹刀袋を持ち歩いてもいなかった。まあ磯山さんに関しては、彼女自身があまりにも特殊な例ではあったと思うけど。

それでも、勉強よりは明らかに剣道を優先していた。特に、神奈川の東松《とうしょう》学園高校から福岡の福岡南高校に転校して以降は、自分でも「よくないな」と思うほど勉強をしなくなった。しなくちゃ、とは思っていたけど、実際にはできなかった。

むろん後悔など、これっぽっちもしていない。私の中学高校時代は充実していたと、今も胸を張っていうことができる。高三で右膝の靱帯《じんたい》を痛めてしまい、剣道はしばらくできなくなってしまったけど、それも六年間、懸命に剣道に打ち込んできた証、名誉の負傷だと納得して——あ、「名誉の負傷」っていうのは、ちょっと言い過ぎか。磯山さんっぽいか。

ただ、その怪我のお陰で現役での大学進学が難しくなったのは、動かしようのない事実だ。福岡南に付属の大学はない。剣道で他大学の推薦を受けることはもはや不可能だったし、学業ではもっと難しかった。結局、私が大学にいくには浪人するしかなかった。

でもそれも、今となっては欠かせない、大切な回り道だったと思っている。

あの浪人時代がなければ、ひょっとしたら私は、この人とは結婚していなかったかもしれないのだから。

いくら部活に明け暮れていたからといって、その六年の間は全然まったく、一パーセントも、一秒も恋をしなかったのかというと、それは違う。そりゃ、二人で手を繋いで学校から帰ったり、休みのたびにデートしたりはしなかったけど、実際そういう相手もいなかったけど、でもほんのちょっとは、胸の奥がちくんとするくらいの切ない想いは、私だってしていたのだ。ただ、あまりにちょっぴり過ぎて、恥ずかしくて誰にもいえなかったってだけで。

出会いは——うん。出会ったきっかけ、それは間違いなく、磯山さんなのだ。磯山さんがいなかったら、私たちは一生、言葉を交わすこともなかったと思う。そう、私たちにとって、磯山さんはまさに「愛のキューピッド」。眉が「逆八の字」だけど、口も酒癖も悪いけど、構えてるのは弓矢じゃなくて竹刀だけど、でも、キューピッドなのだ。背中に白い羽を生やして、お尻をプリッと突き出して、私たちの周りをパタパタパタパタ——ん、意外や意外、似合うかも。磯山さん、よく見るとけっこう色白だし。私と違って筋肉があるから、お尻もわりとプリッとしてるし。

違う違う。私たちの、出会いのきっかけだ。

あれは、高校二年の秋。私が初めて、磯山さんと一緒に桐谷《きりや》道場を訪ねたときだった。

古いお寺の本堂みたいな建物に入ると、すぐに若い男の人が奥から出てきてくれた。すらっと背が高くて、紺の道着《どうぎ》と袴《はかま》がよく似合っていて、

「初めまして、沢谷《さわたに》です。さあ、こちらへどうぞ。桐谷がお待ちしております」

低いんだけど、澄んだ響きの声が印象的だった。

それが、充也《みつや》さん。沢谷充也さん。今の、私の旦那さま。

最初は、全日本選手権で優勝経験のある原田悟《はらださとる》選手にちょっと似てるかな、とか思ったけど、今は全然、そんなふうには思わない。充也さんは充也さん。他の誰にも似てないし、他の誰も代わりになんてなれない、私の、大切な旦那さま。

最初に会ったときは軽く稽古をつけてもらっただけで、個人的な会話なんて何もしなかった。

それきり、次に会うまではだいぶ期間が空く。約二年。その間も私は、ときどき充也さん——当時は名字しか知らなかったけど、彼のことを思い出しては、カッコよかったな、また会えたらいいな、磯山さんはいいな、あんなカッコいい人と知り合いで、などとぼんやり思う程度だった。つまりそれが、私の、中高時代の、恋愛経験のすべて——。だから、ね。誰にもいいたくなかったわけ。ちっぽけ過ぎて、そんなの恋愛でもなんでもないって、全否定されるのがオチだと思ってたわけ。

再会のきっかけをくれたのも、やっぱり磯山さんだった。

あれは美緒たちの最後のインターハイを二人で観にいった、その帰り道。珍しく、磯山さんから「飯でも食ってこうぜ」と誘ってきた。当時、私はお姉ちゃんの住む祐天寺《ゆうてんじ》のマンションに居候している身で、どうせ帰っても自分で作って一人で食べるだけだったから、喜んでその誘いに乗った。

入ったのは、とんこつ系のラーメン屋さん。磯山さんは背脂《せあぶら》増量のこってりタイプと餃子二人前とライス、私は背脂抜きのあっさりタイプを注文した。さすがにこのときはまだ未成年だったので、磯山さんもお酒は頼まなかった。そこら辺はさすが、警察官の娘です。法律はちゃんと守ってました。

磯山さんは、普段通り一心不乱に麺をすすってたけど、途中でふと箸を止め、困ったように眉をひそめた。

「あの、実はさ……最近、玄明《げんめい》先生の体調が、あんま、よくないんだ」

桐谷道場の師範、桐谷玄明先生。あの、すべてを悟りきった仙人のような、深い森の樹のような佇まいの、あの先生が――。

「え、体調って……どこが、お悪いの」

「まあ、心臓だってのは聞いてるけど、詳しくはあたしも分からない……そんなわけで、今月から小中学生の稽古は、あたしと沢谷さんが手分けして見るようにしてんだ。でも、あたしは大学の部活があるから、せいぜい週一回か、できても二回だし……状況が状況だから、道場を開ける曜日も、何日か減らしてさ。今まで、年中無休だったからな、桐谷道場は……あんま、そんなふうには思いたくなかったけど、考えてみりゃ、先生だってもう七十だからな。そんな、三百六十五日、休みなく稽古なんてできないよ、普通。常識からいって……」

むろん、桐谷先生の体調は私も心配だった。一度しかお会いしたことはなかったけれど、私の剣道をとても褒めてくださったし、私自身、先生のことをとても尊敬できる方だと感じていたし、道場そのものの雰囲気も、趣《おもむき》があって大好きだった。

でも同時に——ごめんなさい。自分でも不謹慎だとは思いながらも、私の気持ちは、充也さんの名前が出てきたことに、けっこう反応してしまっていた。充也さんはすでに警視庁に入庁していて、もう桐谷道場にはいないって聞いていたから、余計に驚いた。

「でも……沢谷さんには、警察の仕事があるでしょう?」

磯山さんは、それにも困ったような顔で頷《うなず》いた。

「そう。勤務終わってから保土ヶ谷《ほどがや》まできて、子供たちの稽古見てくれてる。それも、公務員だから当たり前っていったらそれまでだけど、要はボランティアなわけでさ。土日の休みだって、試合があれば子供たちの付き添いにきてくれるし。玄明先生が入院ってなったときも、毎日欠かさず見舞いにいってたみたいだし」

さぁーっ、と肩から、首の辺りが冷たくなるのを感じた。

「入院って……先生、そんなにお悪いの」

「いや、そんときはそんなでもなかったけど、でも、心臓って患うと長いらしいし。退院したからって、すぐ健康体に戻れるわけじゃないみたいだし。そんなだから沢谷さん、子供たちの稽古がなくても、しょっちゅう先生の様子見に、帰ってきてる……ほんと、あの人はすげーよ。強いってだけじゃない。他人に尽くすとか、公《おおやけ》に尽くすとかさ、そういう意識が、やっぱ並はずれて高いんだよな……できないぜ、あれは。普通」

そうなのか、と思った。桐谷道場は今とても大変な状況にあって、磯山さんも充也さんも、自分の時間を削りに削って、その場所を守ろうとしているんだ。

私も、何か役に立ちたい――。

本気でそう思った。充也さんに会えるかも、という期待が微塵《みじん》もなかったといったら嘘になるけど、でも、自分も桐谷道場のために何かしたい、その気持ちは本当だった。

「……磯山さん。もし私に何かできることがあれば、遠慮なくいって。私は桐谷道場の門下生じゃないけど、でも一度お会いして、桐谷先生のことは、とても尊敬しているし……」

そうはいっても、磯山さんはある程度遠慮するだろう、と私は予想していた。お前は浪人中だろ、受験勉強に集中しろ、みたいにいうだろうと思っていた。

ところが、磯山さんは、にわかに目を輝かせた。口元も、ちょっとニヤリとなっていたかもしれない。

「……お、そうか？」

「え、あ、うん……私に、できることなら……うん」

「じゃあさ、悪いけど小中学生の稽古、週一でいいからお前が担当してくんないか」

そういわれて、久し振りに思い出した。そうだった。磯山さんって、もともとこういう人だった。私の都合とかそういうことは、あんまり考えてくれない人だった。

「さすがに、それは無理だよ。だって私、靭帯やってから全然剣道やってないんだよ。それに、いくら相手が子供だからって、私、他人に剣道教えたことなんてないもん」

でも磯山さんの目の輝きは、この程度の反論では少しも鈍らなかった。

「いや、ある。お前は高一んとき、田原たちの代に教えに、中学まで出稽古《でげいこ》にいってた」

「それは出稽古でしょ。教えてたのとは違うでしょ。実際あのときは、北島《きたじま》先生だってちゃんと道場にいたし……とにかく無理。だいたい、一度しかお会いしたことのない私が子供たちに教えるなんて、桐谷先生が許すはずないよ」

桐谷先生のお名前を出したのは、けっこう効いたみたいだった。

「それは、まあ、な……チェ。お前を道場に引っ張り込む、いい口実だと思ったんだけどな」

　ああ、そういうことか、と合点がいった。この頃の磯山さんは、私が剣道をやらないことに、とにかく納得していなかった。

　私はとりあえず、小さく頭を下げておいた。

「ありがとう……磯山さんが、私にまた剣道をやれっていってくれるの、ほんと嬉しいよ。けど、私はいま浪人中だし、何度もいうようだけど、膝も万全じゃないから、やっぱ剣道は無理だよ」

　すると何を思いついたのか、磯山さんは再び目を輝かせ始めた。

「……じゃあ、剣道以外のことなら、手伝うんだな？」

　用件を聞かずに頷くのは、ちょっと怖かったけど――。

「う、うん……剣道は無理だけど、他のことなら……私で、お役に立てることなら……」

「じゃあ悪いけど、早急に電子レンジを調達してきてくれ。年寄りでも簡単に扱えて、そこそこ安いのを選んで買ってきてくれ」

　ハァ？

　それ以後、磯山さんは何かと私を便利に使うようになった。

食材の買い出し、桐谷先生の下着や浴衣、普段着の調達。この頃はまだLEDが普及してなかったから、蛍光灯や電球の交換。掃除や炊事、洗濯もこなした。そんな中でも私、母屋の掃除をするのはわりと好きだった。全体が古い日本家屋なので、廊下の雑巾掛けなんかをしていると、タイムスリップしたみたいでワクワクした。そうはいっても私には受験勉強があったから、毎週欠かさずというわけにはいかなかったけど、でも月に二回か三回は、必ず桐谷道場に通った。

桐谷先生はそれをとても喜び、かつ感謝してくださった。

「甲本《こうもと》さん、いつもすみません……何しろ、竹刀を振ることしかしてこなかった、剣道馬鹿ですので……充也がいなくなっても、動けるうちは、まだなんとかなっていたのですが……誠に、お恥ずかしい限りです。なので、甲本さんにこうしてきていただけると、本当に、助かります……ありがとうございます」

「先生、そんな、よしてください。ほんと、大したことしてませんから」

土下座ではないにしても、正座した桐谷先生に頭を下げられたら、私なんかは困ってしまう。恐縮してしまう。

そんな状況を、磯山さんはちょっと違った視点で見ていた。

夜、桐谷先生がお休みになると、

「……お前ももう、桐谷道場と無関係ではないということだ」

磯山さんは決まって「したり顔」をし、その手のことを私に囁《ささや》いた。でも、それとこれとは別問題だ。

「私が先生のお世話をするのと、剣道を再開するのとでは、まったく話の次元が違うんだからね」

「いやいや、一概にそうともいえないだろう……実はすでに、ウズウズしてきてたり、してるんじゃないのか？　バチバチと、竹刀と竹刀がぶつかり合う音を聞いてるだけで、もう血が騒いで、自分もやりたくてやりたくて、仕方なくなってるんじゃないのか？」

「なりません。全然、血も騒いでません」

そんなふうに桐谷道場に通い始めて、ふた月ほど経った頃、私たちは再会した。場所は、母屋の台所を出たところ。トイレの前。私はちょうど、買い置きのトイレットペーパーを何個か棚に収めて出てきたところだった。

「甲本さん」

振り返ると、ネイビーのスーツ、肩からビジネスバッグを下げた充也さんが、すぐそこに立っていた。初めて会ったときより、ちょっと逞《たくま》しくなったように見えた。大人、って感じだった。

「あ……あの、えっと……お邪魔、しております……甲本、早苗です」

名字を呼ばれたのだから自己紹介の必要はなかったのだけど、でも、何をいっていいのか分からなかった私は、思わずそういって、深くお辞儀してしまった。

充也さんはさらに一歩、私の方に近づいてきた。

「話は、桐谷から聞いています。本当に申し訳ありません。本来は私がしなければならないことを、甲本さんのご好意に、すっかり甘えてしまって……勉強もおありなのに、こんな男所帯の、しかも年寄りの世話なんてさせてしまって」

「いえ、い、いいんです、そんな……」

顔を上げると、充也さんの、黒くて、丸くて、ちょっと子犬みたいな可愛い目が、意外なほど間近にあった。それだけで私、たぶん顔、赤くなってたと思う。

「べ……勉強っていっても、一週間、そればっかりしてるわけじゃ、ありませんし……予備校って、ほんと、勉強するだけのところなんで、友達付き合いとか、ほとんどないし……たまに、こうやって磯山さんとか、桐谷先生にお会いするの、私にとっても、いいリフレッシュになるっていうか……」

それでも充也さんは、申し訳なさそうに頭を下げた。

「甲本さんにそういっていただいて、桐谷は、とても喜んでおります。ご存じの通り、ちょっと……というか、だいぶ変わった男ですので、ヘルパーさんとか、そういう外部の方を家に入れるのを、とても嫌がるんです。でも、甲本さんだと……本当に、甘えついでのようにこんなことをいうのは失礼だし、ご迷惑だとは分かってるんですが……あの桐谷が、私に、笑顔を見せるんです。甲本さんに、本当によくしてもらっていると……あんな桐谷の笑顔を、私は今まで、一度も見たことがありません」

そんな急に、いっぺんに褒められても、私、困る——。

「いえ、そんな……私、特別なことは、何もしてませんし、できませんから……」

すると充也さんは、ゆっくりと首を横に振った。

「いえ。これは、とても特別なことなのだと思います。私自身、甲本さんのような方に出会ったのは、初めてです。なんというか、本当に素晴らしい、日本女性なのだなと、感じます……こんなふうに思うことも、初めてです」

いま思えば、あれが最初の告白だったのかな、という気も、しないではない。

私の桐谷道場通いは以後も続き、それは必ず磯山さんがいるときだったけど、でも何度かは充也さんもきたりして、ときには桐谷先生と四人で、母屋の茶の間で夕飯をご一緒したりもした。

そういう日の帰りは、必ず充也さんが送ってくれた。乗る電車も私に合わせて、横須《よこす》賀《か》線にしてくれた。私は武蔵小杉《むさしこすぎ》で乗り換えだから、二人きりになれるのは正味三十分くらいだったけど、でもそれは私にとって、とてもとても特別な時間だった。

何度かそんなことがあれば、お互い、自分のことをいろいろ喋るようにもなる。私は勉強のこと、高校時代のこと、剣道のこと、離れて暮らしている両親のこと、モデルをしてる姉のこと、磯山さんのこと、とか。充也さんは、まず剣道のこと、警察のこと、それから故郷の長野のこと、唯一の趣味である音楽鑑賞のこと、とか。

「へえ。私、洋楽とかってあんまり聴かないから分かんないです。今だと、どんなのがおススメですか」

音楽の話をしてるときの充也さんって、ほんと子供みたいに目をキラキラさせて、ほっぺたも、ニマッと嬉しそうに盛り上がる。

「いま好きで聴いてるのは、ジョン・メイヤーですかね。ブルースっぽいロックなんですけど、ギターがめちゃくちゃ上手いんです。現代の三大ギタリストの一人に挙げられるくらい、抜群に上手いです。その上、歌でも楽曲でもグラミー賞を受賞するくらい、シンガー・ソングライターとしての評価も高い」

「歌と、曲と、ギター……全部じゃないですか。完璧じゃないですか、ジョン・メイヤー」

「そう、彼はすべてを持ってますね……でも、完璧っていうよりは、もう、音楽とギターが好きで好きで堪《たま》らない感じですかね。そういうのが、まさに音から伝わってくるというか。つい最近、四枚目のアルバムが出たんですが、これもよかったですよ」

これは、計算していったとかそういうんじゃなくて、でも、

「へえ……もう四枚も出してるんですか。ちょっと、聴いてみたいな」

私がそういったときの、

「じゃあ、今度お貸ししますよ。四枚全部。私はもう、iPodに入れてるので充分なんで、今度くるときに持ってきますよ。必ず」

充也さんの、すごい前のめりな感じが、私は嬉しかった。

私が桐谷先生のお世話をしてるから、それについて感謝してるだけ、ではないんじゃないか、と、感じ始めた頃だった。


携帯番号とメールアドレスを交換し、連絡をとり合うようになると、どちらからともなく、桐谷道場にいく日を合わせるようにもなった。だから、帰りはいつも一緒。

「早苗ちゃんの受験も、もうすぐだね」

ほんと、ごく自然にというか、なんというか。私はいつのまにか名字ではなく、名前で呼ばれるようになっていた。もちろん私も、彼のことを名前で呼ぶようにしていた。

「はい……もう、やれることは全部やった、って感じですかね」

「第一志望は、長谷田《はせだ》だよね」

いろいろ考えて、私は明応《めいおう》大学から長谷田大学に第一志望を変えていた。

「はい。だから合格したら、充也さんの後輩です」

たぶん、学部は別になると思うけど。

充也さんはちょっと照れ臭そうに、「うん」と頷いた。

「じゃあ……合格したら、お祝いに、何かさせてよ。食事とか、何か、そういうこと……」

きた、と思った。

やった、私いま、たぶん、デートに誘われてる――。

仮に、それがもし私の勘違いだったとしても、私が受験勉強にラストスパートをかける強力なモチベーションにはなったと思う。

長谷田に合格したら充也さんとデート、長谷田に合格したら充也さんとデート、デート、デート――。

私は、呪文のようにそう繰り返し唱えて参考書のページをめくり、眠い目を無理やりこじ開け、持てる力のすべてをノートに刻み付け、そのすべてを頭に叩き込んだ。

そして結果は、見事合格。他にも受かったところはあったけど、やっぱり第一志望の長谷田大学文学部文化史学科にいくことに決めた。

私が張り合いを持って受験勉強に臨めたのは、これはもう間違いなく、充也さんのお陰。磯山さんや桐谷先生にもとても感謝しているけれど、でもやっぱり、充也さんの存在は桁違いに大きかった。

そう。受験勉強って元来苦しいものだと思うけど、私はけっこうハッピーに、ポジティブに乗り切ることができた。

人を好きになるって、凄いことなんだなと、私は初めて、実感することができた。

3　大仰天

高校だろうが大学だろうが、あたしがする剣道に変わりはない。その他の違いといえば、往復に着ていく制服がなくなったことくらいだろうか。だからまあ、最初はその点で多少の苦労はした。

「磯山……そりゃ、服装は個人の自由だけどさ、いくらなんでも、それはないんじゃない？」

真っ先にいってきたのは、先輩の西木《にしき》さんだった。あたしをこの明応大学に誘った張本人だ。

「え、ジャージは駄目っすか」

「駄目ではないけど、普通、大学生は着てこないでしょ。田舎の中学生じゃないんだから」

「いやいや、みんな着てますよ。ほら、あそこにも」

「あれはランニングしてるときだけだろ。あの人たちだって、終わったらちゃんと私服に着替えるって」

西木さん、強くて面倒見もよくて、本当にいい先輩だったけど、ちょっとなぁ。お節介なところ、あったよな。

「磯山。今日、服選ぶの付き合ってやるから、一緒に帰ろう」

「いやぁ、稽古終わってからじゃ、洋服屋なんて閉まっちゃってますよ」

「ユニクロなら開いてるさ……っていうか、お前にはユニクロだって洒落過《しゃれす》ぎてる」

早速その日に、フリースだのTシャツだのジーパンだのを買わされた。翌日、あたしのことを「ユニクロちゃん」と呼んだ別の先輩は、その日の稽古でツキを五十本連続で入れて潰《つぶ》してやった。

そういえばこんなこともあった。

OBOGも大勢参加しての、新入部員歓迎会。総勢百二十名という大宴会だったが、その席で、

「市原《いちはら》さん、実物の方が全然可愛いなぁ。ちょっと……ちょっとちょっと、こっちきて一緒に飲も。いいからいいから、ほら、ここ、ここきて」

市原麻衣《まい》という、東京ではそこそこ強かったらしい新入生がやたらとモテていた。ただ東京代表になるほどではなかったのだろう。あたしはまったく知らなかった。

美醜に関することは正直、あたしの判断項目にはない。それも一つ持って生まれた才能なのだろうから、「美少女剣士」とか「美人剣道家」とか、専門誌に書かれて持《も》て囃《はや》されるのもいいだろう。

ただし、自分の身は自分で守れ、とはいいたい。

「……ちょっと、やめて」

ちょうど便所から出てきたところで、あたしはそんな声を聞いた。向きからすると、廊下の先の奥まってる、あの辺りからだ。

なんとなく不穏なものを感じたので覗きにいってみると、案の定、さっきの市原麻衣が男子部員に絡《から》まれていた。しかも先輩ではない。さっき新入部員として挨拶したうちの一人だった。

面倒ではあったが、こういうことは見過ごせない性格なのだから仕方ない。

「……おいこらぁ。入部早々、何やってんだぁ」

こっちを向いた途端、その男子部員は目を細めた。あたしはその男の名前も過去の実績も知らないが、向こうはこっちを知っている目だった。それはそうだろう。現役一年生の中で「全国大会覇者」の冠を持っているのは、このあたし一人なのだから。

男は小さく舌打ちした。

「あんたは……関係ないだろ」

「むろん、関係はない。ただ、このまま見て見ぬ振りもできない性分なんでな」

「おいおい、インハイ個人優勝者だからって、女が滅多な口利くもんじゃないぜ。あんま調子に乗んなよ」

ほほう。面白いことをいう奴だ。

「調子になど乗っていない。こういった場で、物陰に隠れて不埒《ふらち》な真似をするなといっているだけだ。そしてそれが聞き入れられないのならば……体に教えてやろうといったまでだ」

「へえ。体ってのは、たとえば、こういうことかよ」

男は市原麻衣の脇から手を回し、その左胸を鷲摑《わしづか》みにしていた。思った以上に下衆《げす》な野郎だ。

「きゃッ……」

あたしは大きくかぶりを振ってみせた。

「違う。あたしがいっている体というのは……こういうことだ」

合気道でいうところの「右半身」のように構え、あたしは摺り足《すあし》で間合を詰めた。しかし相手も剣道家、すぐに防御の姿勢をとり、あたしの攻撃に備えた。女だからといって油断はしない――その姿勢は褒めてやろう。

だが、摺り足というのは誘い水だ。あたしはこういった場で、剣道をやるつもりはない。

「シェッ」

あたしはすぐさま軸脚《じくあし》を右に踏み替え、左足の踵《かかと》で前蹴り、男の股間に体重を乗せた一撃をお見舞いした。金的にクリーンヒットはしなかったものの、前屈《まえかが》みにさせることには成功した。

その、前屈みになった男のアゴに、

「シャッ」

「ふぐぉ……」

右掌底《しょうてい》での、フック一閃《いっせん》——。

宴会中とはいえ、男を一人殴り倒したのだからタダで済むはずがない。ところが、被害者であるはずの市原麻衣がそれ以上事を荒立てたくないと言い出し、失神KOを被《こうむ》った男子もあたしを訴える気はないということで、とりあえずお咎《とが》めなしということになった。

それと、西木さんか。

「……はい。以後は私も、より一層の注意をいたしますので……はい。失礼いたします」

彼女が一緒に謝ってくれたというのは大きかったと思う。

「西木さん、すんませんした。ご迷惑おかけしました」

こういうことも覚悟のうえ、という意味だったのか。剣道部顧問をしている教授の部屋を出ると、西木さんは片頰にだけ笑みを浮かべてみせた。

「磯山……あたしは、お前のその、真っ直ぐ過ぎるところに惚《ほ》れたのかもしれない。今回の件は、そもそもあの山保《やまほ》って男子が悪いんだし。それ以前に、徒手空拳《としゅくうけん》の女子にKOされるってなんなんだよ、って話でさ。全然、気にする必要ないからな」

本当に、いい先輩を持ったもんです。


一方、剣道の方はというと。

「ンメェエーアッ、タァッ」

「メンありッ……勝負あり」

これが、絶好調だった。

五月の関東選手権大会では個人戦初出場で準優勝。あたしはいきなりの好成績で、大学剣道界に旋風を巻き起こした。

しかし学業では——これが、かなりの苦戦を強いられた。

むしろこっち方面で、西木さんには心配をかけた。

「いくらスポーツ学部だからって、なんも勉強しなくていいわけじゃないんだよ」

「……へい」

「教職課程とって、教員になるんだろ？」

「……一応、その道は確保しておきたい、かなと」

「だったら授業、ちゃんと出なよ。それでも一年次はまだ易しい方なんだよ。二年、三年って上がってくと、教職課程だってだんだん難しくなってくんだから。そんときになって泣いても知らないよ」

「……いや、先輩。あたし、すでに泣きそうです」

以前、あたしは母親に「大学まで竹刀一本でいってみせる」と見得を切ったが、そのときは、入学後のことなどまるで考えていなかった。

はっきりいって、大学の講義はキツい。あたしには相当しんどいし、なんといっても長い。中学高校と、ほとんど勉強というものをせずにやり過ごしてきたため、いよいよその付けが回ってきた感じだった。怖ろしいことに、なんの教科の講義を受けていても、まるで意味が分からない。坊主のお経並みにチンプンカンプンなのだ。そんな状態だから、当然集中力も続かない。決して寝るつもりはないのだが、たいてい意識を取り戻すのは講義終了のチャイムが鳴ったあとだ。

さすがにここまで講義内容についていけないと、あたしだって不安になってくる。

「西木さん。あたしって、馬鹿なんでしょうか」

「うん。ある面では、相当な馬鹿だろうね」

「こんなんで、卒業できるんでしょうか」

「馬鹿でも卒業できる人は大勢いるさ。ただしそういう人は、何かしらの工夫はしてるよ。低い点数でも単位がとれるように履修《りしゅう》したり、教授に頼み込んでレポートで勘弁してもらったり、友達に代返頼んだりさ。あんた、そういうこと一切してないでしょ」

「はい。まったくしてないっす」

「……しろよ」

なんだよぉ、この大学にあたしを誘ったの、西木さんじゃんかよぉ、だったら最後まで面倒見ておくれよぉ——とも思ったが、さすがにそれが非現実的な甘えであることは、あたしも承知していた。

とはいえ、あたしが勉強の不出来を気に病むのは一日のうちのほんの数分で、部活の時間になれば、

「カテェェエヤオラァッ」

もう、全身全霊を剣道に注ぎ込んだ。別に八つ当たりやストレス発散ではない。これがあたしの本業なのだから当たり前だ。

「ンデェアァァァーッタァ……もう一本お願いしまァすッ、ハッ」

高卒で警察官になっていれば、さすがにこの時期はまだ警察学校かもしれないが、ゆくゆくは本部特練《とくれん》に入って、あたしは稽古三昧の日々を過ごすようになったに違いない。それに比べてどうだ、この状況は。ぬる過ぎないか。お経を子守唄に居眠りなどしている場合ではないのではないか。

もっと剣道が、もっともっと激しく、濃密な稽古がしたい——。

あたしは大学での稽古が終わったら、ソッコーで着替えて地元の桐谷道場に向かった。五分でも十分でもいい。成人の部に参加して、大人の男たちと竹刀を交えて、一瞬たりとも気が抜けない、自然と奥歯がギリギリと鳴るような、力一杯向かっていっても弾き返されるような、そういう稽古がしたかった。

だが、その六月下旬のある夜は、道場の様子がまるで違っていた。

「……おんや。もう稽古は、終わってしまったんかい？」

竹刀の音も、踏《ふ》み込《こ》みの足音も聞こえない。道場の明かりも半分ほどに落とされている。玄関前までいってみると、ガラス戸に「本日の稽古は中止」とサインペンで書かれた張り紙がしてあった。それは明らかに、玄明先生の筆跡ではなかった。そもそも玄明先生であれば、必ず筆を使うはずだった。

にわかに寒気を覚えた。

まさか、稽古中止の張り紙が書けないような何かが、玄明先生の身に起こったのではあるまいな――。

あれは去年の関東大会県予選のあとだから、六月の上旬だ。玄明先生は体調が悪いといって一度、あたしに小学生の部の稽古を臨時に任せたことがあった。ひょっとして、またあれと同じようなことが起こったのではないか。

あたしは慌てて携帯を取り出した。でも、誰に連絡したらいい。小学生の部の役員代表をしている成田《なりた》さんか、中学生の部の三浦《みうら》さんか、成人の部の望月《もちづき》さんか。でもこの張り紙の字、なんか見覚えがある。たぶん成田さんだ。よし、成田さんに訊いてみよう。

コールは六、七回鳴っただろうか。

『もしもし』

「あ、もしもし、磯山です」

『あら香織ちゃん、どうしたの、どうして連絡くれたの』

「道場きたら、稽古中止って張り紙が」

『あ、そ、それ見て連絡くれたの。うん、そうなの。今日ね、夕方の稽古中にね、先生が急に座り込んじゃって、胸が苦しいって。去年もほら、ちょうど今時分にそういうことがあったじゃない』

月の上旬と下旬というズレはあるが、まあいい。

「それで、先生は」

『うん。一応、そのまま検査入院ってなったけど、でもお医者さんの話では、現状はさほど深刻な状況ではないらしいのね。ただ、今後はあんまり、運動はしない方がいいかもしれないって……』

玄明先生に、剣道をするなというのか。

「しない方がいい、かもしれないけど、してもいい、かもしれないんですよね？」

『んー、それは今日の段階では分からなかったけど、でも、私たちも親族じゃないしね。どこまで立ち入っていいのかも分からなかったから。とりあえず沢谷さんに連絡したら、すぐにきてくれて。私たちは沢谷さんにお任せして、帰ってきちゃったんだけど』

返す刀で沢谷さんに電話してみたが、そのときはまだ病院内だったのか出てくれなかった。

でも翌日か、その次の日辺りには連絡がとれた。

「沢谷さん。香織です」

『ああ、ごめんね、何度も電話もらってるのに、返せなくて』

「いえ。それより、先生の具合、どうっすか」

沢谷さんは少し、言葉を選ぶような間を置いた。

『うん……まあ、正直、よくはないよね。詳しいことは精密検査の結果を待たないとなんともいえないけど、今まで通りの生活は、今後、ちょっと難しくなるかもしれない』

ざわっ、と嫌な肌触りのものに、背中をこすられた気がした。

「難しい、っていうのには、つまり……稽古も、含まれるんすか」

『そうだね。そういうことに、なると思う……それについて、折り入って香織ちゃんに相談したいことがあるんだけど、今度、ちょっと時間もらえないかな。俺が、そっちまでいくから』

「なんすか、そんな、今いってくださいよ」

『いや、電話口でするような話じゃ……』

「一緒っすよ、大丈夫っすよ。なんすか、玄明先生のことなんでしょ、いってくださいよ。今度とか、あたし待てないっすよ」

そうあたしが一気にいうと、沢谷さんは一つ、深く息をついてから答えた。

『……うん。じゃあ、手短に。要は、桐谷道場の運営についてなんだけど……成人の部はともかくとして、小中学生の稽古は、今しばらく、先生は見ることができそうにない。そこで、ある程度は俺が代わりを務めるにせよ、でも全部を見るのは無理なんだ……俺は正直、桐谷道場を守るためなら、警察を辞めてもいいと思ってる。でもそれは、先生がお許しにならない。俺には、絶対に警察を辞めるなと、先生は仰《おつしや》るんだ』

沢谷さんが『警察を辞めてもいい』といったのもショックだったが、玄明先生がそれに強固に反対したということの方が、あたしには意外だった。桐谷道場はいずれ沢谷さんが継ぐものと、あたしは思い込んでいたのだ。

「えっ……じゃあ、どうするんすか」

『うん。ここからがつまり、相談なんだけど……できれば、週一回でも二回でもいいから、香織ちゃんに、手伝ってもらえないかと、思って……いや、これは俺が思いつきでいってるんじゃなくて、先生の意向なんだ。香織ちゃんに、できないか訊いてみろって……先生は、最近の大学剣道については、よく知らないで仰ってる。俺は難しいと思ういったんだ。明応大剣道部は名門だし、部活だって相当ハードでしょう。その上、保土ヶ谷まで帰ってきて、小中学生の稽古を見ろだなんて……』

「やりますッ」

あたし、相当大きな声で怒鳴ってたと思う。音が割れちゃって、沢谷さん、あたしがなんて言ったか、分かんなかったかもしれない。

『……え？』

「だから、やります。先生がそう仰るなら、あたし、喜んでやらせてもらいます。週ふたコマでも三コマでも、いくらでもやりますよ。任せてくださいッ」

まあ、実際にはそんなにできなかったけど。

そんなふうにして、沢谷さんとあたしで子供たちの稽古を見るという、今の桐谷道場の体制は始まった。基本的には火曜、木曜があたしで、土曜が沢谷さんなんだけど、木曜は沢谷さんも駆けつけて、中学生の部の後半は見てくれたりしていた。

そういうときはあたしも体が空《あ》くから、奥まで先生の様子を見にいったりする。

「先生、お加減はいかがですか」

「うむ……今週は、だいぶいい。明日辺り、そろそろ私も、素振《すぶ》りくらい始めようかと考えていた」

「あまり、ご無理はなさらないでください。それより、何か作りましょうか。お粥《かゆ》くらいなら、あたしでも作れますよ」

「いや、いい……鍋が傷む」

それが実情だった。いくらあたしと沢谷さんががんばっても、玄明先生の生活面まではなかなか手が回らなかった。ただ、その愚痴を早苗に漏らした時点で、あたしに他意は決してなかった。本当に、最近あたしは大変なんだよと、少し溜め息をつきたかっただけだ。

しかしそれが、思わぬ言葉を引き出した。

「……磯山さん。もし私に何かできることがあれば、遠慮なくいって」

ピカーン、と頭の中に、大きな裸電球が一つ灯《とも》った。

早苗、桐谷道場、早苗、剣道、早苗、稽古、早苗、復帰——。

あたしの中では完全に一本、真っ直ぐ筋の通った話だった。子供たちの稽古を見るだけなら、当人はさほど激しく動かなくても済む。本格復帰までのリハビリには持って来いだと思った。

まあ、それに関しては即答で断られてしまったが、結果的には、上手いこと早苗を桐谷道場に引っ張り込むことに成功した。

ただ、あそこまで早苗が甲斐甲斐しく玄明先生のお世話をするようになるとは、あたしも思っていなかった。ほとんど家政婦以上。当人が「いいの。勉強ばっかりじゃ息が詰まっちゃうから、私にはいい気分転換」というので、あたしも「気分転換のいい機会を与えてやっている」くらいに考えていたのだが、だからこそ、あの驚きは半端なかった。

あれはもう、早苗が長谷田大学に入学して、少ししてからだから、六月か、七月の初め頃だったと思う。

あたしは成人の部の稽古まですべて終えて、母屋でひとっ風呂浴びて、出てきたところだった。早苗はまだエプロンをしていて、台所で洗い物か何かをしていた。

その背中に、あたしは訊いた。

「なあ……なんか飲むものない？」

「あ、スポーツドリンク、ケースで買ってきてあるけど、ごめん、冷やしてない」

「いいよ、冷えてなくても。どこにあんの」

「納戸、お手洗いの隣の……でも、基本的には先生のなんだからね」

「分かってるよ。あたしだって、全部飲みゃしないよ」

それであたしはいこうとしたのだが、

「あ、磯山さん」

早苗は何かついでを頼むような調子で、あたしを呼び止めた。

「んあ、なに」

「うん、私ね、充也さんと、お付き合いすることにしたの」

「へえ、あっそ……」

迂闊《うかつ》にも、さらりと聞き流すところだった。

「……って、ちょっと待てい。充也さんって、どの充也さんだ」

早苗が、水道の水を止めて振り返る。

「どのって、私と磯山さんの周りに、充也さんって一人しかいないじゃない。充也さんは……もちろん、沢谷充也さんだよ」

「まあ、いわれてみりゃ、そうだけどさ……その、沢谷さんが、なんだって？」

「だから、お付き合いすることにしたの」

「誰と？」

「だから、充也さんと」

「沢谷さんと。私と、誰が？」

「私だよ。沢谷さんと、充也さんが、お付き合いすることになったの。最初からそういってるじゃない」

見事過ぎる一本は、取られた瞬間、自分が打ち込まれたことすら認識できないことがある。これが、まさにそれだった。

早苗が桐谷道場に通うようになって、もうすぐ一年。確かに、二人が一緒になる機会は頻繁にあった。帰りが夜になり、沢谷さんが早苗を送っていくといっても、それは男子であれば当然の申し出であり、ごく普通の気遣いであると、あたしは理解していた。そこに何か特別な事情があろうなどとは微塵も考えなかった。

そう、なかったのだ。二人がそういう、なんというか、こ、恋人？　みたいな、男と女？　的な、雰囲気というか、気配というか、温度というか、とにかく何も、そういうふうに思わせるものは、これっぽっちもなかった。

でも考えてみれば、無理はないのかもしれない。早苗は体調を崩した玄明先生のお世話をするため、桐谷道場に通ってきていた。相手が誰であろうと、男と逢引《あいびき》することが道場通いの目的であってはならない。そんな不謹慎な真似はしてはならない。そう考えた早苗は、道場にいる間は必死で自分の気持ちを押し隠し、誰にも気取《けど》られないようにしていたのではないか。おそらく、沢谷さんも考えは同じだったはずだ。玄明先生のお世話をするために通ってきている女学生に、邪《よこしま》な気持ちなど抱いてはならないと、自らを厳しく律したはずだ。

だがそれが、何かのきっかけで通じ合ってしまった。二人は互いの気持ちを知ってしまった。知ってしまったら、もう誰にも止められはしない。それが男と女、というものなのだろう——たぶん。あたしはよく知らんけど。

「……えっ、えェェーッ、おっ、お前らって、そうだったのォ？」

いや、ほんと、あんときはびっくりしたわ。ひょっとすると、あんなに驚いたの、あたし、生まれて初めてだったかもしんない。

4　こんなはずでは……

大学入学直後の私は、一年生の中でも、けっこう希望に燃えていた方だと思う。日本史を詳しく学び直し、現代日本の精神文化がどのように成り立ち、どのように育《はぐく》まれてきたのかを理解したいと思っていた。その中には当然、武士道的な思想が入ってくるだろうし、もっとさかのぼれば、化石燃料に頼らないエネルギー循環システムを持っていた江戸時代の暮らしぶりなんかも、ちゃんと勉強したら面白いに違いないと期待していた。

ところが、いきなり出鼻をくじかれた。

私が長谷田大学の文学部文化史学科を志望したのは、日本文化史を始めとする羽鳥《はとり》靖《やす》幸《ゆき》教授の講義を受けたかったからだ。

なのに、私がもらったシラバスには、

「うそ……なんでよ……」

なんと、羽鳥教授の名前が一つも載っていなかった。本当に、ただの一つもだ。

冗談でしょ、と思い、そのシラバスを片手に学生部へと乗り込んだ。で、とりあえず正面カウンターにいた年配の男性職員の人に訊いてみた。

「あの、すみません。文学部の羽鳥教授の講義が、これには一つも載っていないようなのですが」

ほとんどお爺さんって感じのその職員さんは、ちょっと困ったような顔をして答えた。

「ああ、はいはい……羽鳥教授、はですね、実は、先月いっぱいで当大学を退職されたんですよ。急に決まったことなんでね、新入生にまでは周知させられなかったんですが」

梯子《はしご》をはずされる、とはこういうことをいうのではないか。

「なんで、だって……私、羽鳥教授の講義が受けたくて、だから一所懸命勉強して、この大学に入ったんですよ。なのに……」

そんなの詐欺じゃないですか、と言えるものなら言ってしまいたかった。でも、申し訳なさそうに頭を下げるその職員さんに八つ当たりしても仕方ないことは、私も分かっていた。

「そんな……羽鳥教授が、お辞めになるなんて……」

「そう、なんですよね……あなたには、お気の毒というか、それは、大変申し訳ないことをしましたね。いや、在学生の中にも、羽鳥教授の退職を惜しむ学生は多かったんですよ。でも、教授個人の事情では、我々にも、どうしようもありませんしね」

個人的事情ってなんですか、羽鳥教授は今どうしていらっしゃるんですか、他の大学に移ったんなら、私もそこに——ってそんなの、訊くまでもなく不可能に決まってる。

私も、その職員さんに頭を下げた。

「……分かりました。残念ですけど、仕方ないんですよね……」

「ええ。仕方ないと、思いますよ……でもまあ、当大学には、他にも優秀な教授がたくさんおりますし。あなたくらい熱心な方でしたら、きっと有意義な勉強ができると思いますよ」

そうだよね、とそのときは思った。私って、何気にポジティブなところあるから、別の教授の講義だってけっこう面白いかもしんないし、と考えるようにした。そもそも剣道だって、それまでやってた日本舞踊が中学の部活になかったことがきっかけで始めたんだし。それであれだけがんばれたんだし。きっと今度も大丈夫、って自分に言い聞かせた。

しかし、その考えは甘かった。大甘だった。

一年次の必修科目である「日本史概論Ｉ」の最初の講義で、私は思いきり脳天にメンを喰らう恰好になった。しかも木刀《ぼくとう》でだ。

担当は佐藤裕正《さとうひろまさ》という教授だった。

「まず、この日本史概論の講義に限らず、私の日本史、ことに現代史における基本的な考えを、諸君に述べておきたいと思う……私は昨今の、歴史修正主義的な考え方に、大変強い憤りを覚えている。『太平洋戦争』を『大東亜戦争』と言い替えてみたり、従軍慰安婦の強制連行はなかったといってみたり、南京大虐殺は捏造《ねつぞう》だといってみたり、韓国併合はいい面もあったなどと擁護してみたり……もう、本当にいい加減にしてもらいたい。腹立たしいにもほどがある」

周りの学生は、はっきりいって引いてた。この教授は、講義に入る前から一体何を怒ってるんだ？　って空気が教室中に充満していた。もちろん私も面喰らってはいたけど、でも、私の場合はそれだけじゃなかった。

マズい。この教授、典型的な「自虐史観」の持ち主だ。一番、来ちゃいけないところに来ちゃった——そう思った。

近代史、現代史の解釈の仕方って、たぶん大きく二つに分かれるんだと思う。一つは、羽鳥教授みたいな考え方。

日本は今から約七十年前、欧米列強のアジア侵略を喰い止めるため、大東亜戦争を戦うことになった。しかしアメリカの圧倒的な軍事力の前に敗れ、日本は東京裁判で敗戦国として裁かれた。以後日本人は、長らく自分たちの祖国を「戦争を起こした悪い国、戦前までは恐ろしい国。平和国家になったのは、アメリカに民主主義を授けられたお陰」と思い込まされてきた。だが、実際はそうではない点が多々ある。それ以前から続く、長い歴史の中で培われてきた精神文化も、自由で華やかな民衆文化も、互いを思い合うことで構築されてきた自治社会の思想も、今なお世界に誇れる素晴らしいものだった。日本の民主主義は、決してアメリカに授けられたものなどではない——ざっくりいうと、こんな感じ。

できれば私は、自分が生まれ育った国を誇りに思いたいし、素敵な国だなって感じたい。実際、剣道を通して「武士道」を知り、日本って実は凄い国なんじゃないか、と思い始めていた。受験勉強中もできるだけいろんな本を読み、そんな中で羽鳥教授の著作にも出会い、感銘を受け、だからこそ長谷田大学を第一志望にしようと思ったのに——ってまあ、それについての恨み言は、もういいとして。

一方、この佐藤教授のような人が唱えているのが、いわゆる「自虐史観」だ。

「昭和天皇には当然、重大な戦争責任がある。天皇はただのお飾りで、戦争を指揮、指導などしていない、という見解、解釈、主張……それらは、はっきりいって事実誤認です。昭和天皇はもちろん、軍部から多くの情報を吸い上げ、把握していたし、積極的に戦争を指導し、軍を指揮していたのは明白な事実です。欧米列強からアジアを守るために日本は立ち上がったのだ、などというのは、ヒーロー映画か何かを観過ぎた、不勉強な人の妄言です。太平洋戦争を美化しようとする、大変危険な、右傾化した思想です。何より、アジアに対して侵略戦争を仕掛けたのは、他でもない日本なんですよ。欧米列強の猿真似をして、アジアの覇者になろうとなどしたから、列強に叩かれて敗戦国となったのです。要は、身の程知らずだったわけです。当然の結果です……こういった過ちを、我々は二度と繰り返してはならない。軍を持たず、戦争をせず、平和を維持する。今現在の民主主義を守ることで、現憲法を堅持することで、初めて我々は平和国家、日本を守ることができるんですよ」

私だって、日本は平和国家であるべきだと思ってる。戦争なんて二度としないに越したことはない。その想いはみんな同じだと思う。でも、東京裁判で敗戦国として裁かれたから日本は悪い国だった、というのは、根本的におかしな話だと思う。

日本はアメリカ本土に攻め込んで、民間人をたくさん殺したりはしていない。一方アメリカは、東京大空襲で少なくとも十万人、広島への原爆投下ではその年内に十四万人、長崎では七万人を死亡させている。これだけでアメリカは、優に三十万人を超える日本の民間人を虐殺したことになる。民間人を殺してはいけないことは戦時国際法で決まっているにも拘《かか》わらず、だ。それでも、勝ったアメリカは一切裁かれていない。逆に裁かれたのは、民間人虐殺を行わなかった日本。結果、悪いのはあくまでも日本、戦争を起こした日本、アジアを侵略した日本――そんな理屈、絶対に変だと思う。

早くも、この大学で勉強することが憂鬱になり始めていた。それが顔にも出ていたんだろう。語学の授業で一緒になって、すぐ仲良くなった石原《いしはら》さんと学食でお昼を食べていたら、いきなり彼女に訊かれた。

「……早苗、最近元気ないね。なんかあった？」

石原さんは同じ文学部でも英米文学科。それもあって、ちょっと自分の学科のことを愚痴りたくなってしまった。

「うん……この前、私が習いたかった教授が、入学前に辞めちゃってたって話、したじゃない」

「なんだっけ、カトリ教授だっけ」

「んーん、羽鳥教授」

石原さんは、心配そうな顔をしながらも、深く頷いてくれた。

「ああ、羽鳥教授ね……でもさ、早苗は偉いよ。あたし、この大学にどんな教授がいて、どんなこと教えてるかなんて、受験前に調べたり全然しなかったもん。実際、今もよく分かってないし。まあ、私立では一流大学っていわれてるし、なんだかんだ就職にも有利かな、なんて、その程度だったもん。志望動機なんて」

それはそれで、いいとは思うんだけど。

私は小さくかぶりを振った。

「偉くなんてないよ。とんだお間抜けだよ……だって、今いる教授たちって、ほとんど主張が羽鳥教授と真逆なんだもん。いわゆる、自虐史観の持ち主ばっかり……ほんと、気分暗くなるよ」

自虐史観？　と石原さんが訊いてきたので、それについても簡単に説明しておいた。それでおおまかには、石原さんも納得したみたいだった。

「うんうん、分かる分かる……っていうか、小学校とか中学の社会科って、大体そんな感じじゃなかった？　戦争は残酷です、二度と起こしてはいけません、平和を守っていきましょう、みたいな」

「そう。その、平和はもちろん守るべきなんだけどさ、それと、戦争を起こしたから戦前の日本は全部悪かった、みたいなのって、直結しないと思うんだ」

ただし、それ以上いうべきではなかった。少なくとも、学食みたいな公共の場では。

でも私はつい、いってしまった。

「このままいくと、南京大虐殺では三十万人の中国人が殺されたとか、従軍慰安婦として二十万人の朝鮮人女性が強制連行されたとか、朝鮮は日本に侵略されてひどい目に遭《あ》ったとか……絶対、そういう話になるに決まってるんだもん。私、そんなの耐えられないよ。そんな嘘を答案に書いて、単位取ったって嬉しくない」

と、そこまで言い終わった途端、

「……おい」

いきなり隣にいた人が、私の肩を摑んできた。キッ、と目付きの鋭い、男子学生だった。もちろん知らない人だ。

「えっ……なん、ですか」

「お前、今なんていった」

しかも、ちょっと日本語のイントネーションに癖がある。

マズった、と思った。

この人、日本人じゃない——。

その男子学生は、さらに目を吊り上げて続けた。

「何が、何が嘘だ。従軍慰安婦の何が嘘だ。日本政府は認めてるぞ。日帝の軍が命令して、二十万人の韓国人女性を強制連行して、セックスを強要してひどい目に遭わせたと認めているぞ。それの何が嘘だ。どこが嘘だ。私はこんなつらい目に遭ったと、泣きながら証言しているオモニが大勢いるじゃないか。泣きながら強制連行を訴えるオモニたちの姿を、お前は見たことないか。見たことないか？　ハッ、それも嘘か？　ふざけるな。どこが嘘だ。お前たち日本人はいつだってそうだ。言葉だけで謝った振りをして、賠償もしないで逃げ回ってばかりいる卑怯者だろ。独島《ドクト》だってそうだ。独島は古来から韓国の領土だ。お前たちのものだったときなんて一秒もないんだよ。それからまだ、南京大虐殺もいうか。それも嘘だったっていうか。あったんだよ、実際にあったんだよ、証拠はいっぱい残ってるんだよ。日帝が中国人の首を刎《は》ねてる写真があるだろうが。見たことないか？　見たことないのか？　それも見ないで何をいうか。何しにきた。大学まで何しにきた。大学くる前に、もっと勉強することがあるだろう。お前たちの祖先が、韓国に、中国に、他のアジアの国々に、散々ひどいことしてきた過去を勉強してこいよ。勝手なこというなよッ」

今なら、全部反論できる。

従軍慰安婦の問題自体、そもそもは日本人作家のフィクションと、それを真に受けた日本の新聞社の虚偽報道が発端となった虚構であり、慰安婦は実際にいたけれど、そこに日本軍による強制性はなかったというのが、今では一般論になりつつある。

南京大虐殺だって、中国政府は「三十万人殺された」というけれど、当時アメリカ人宣教師などによって組織された「南京安全区国際委員会」は、南京の人口を「二十万人」と発表しており、もうそれだけで矛盾していることが分かる。二十万人しかいない地域で、どうやったら三十万人もの人を殺せるというのだろう。

他にも日韓併合、竹島問題、首相による靖國神社の公式参拝——今だったら、どんな問題にだって答えられる。日本国民として、日本国の主張を正面から論ずることができる。

でも、このときはまるでできなかった。

私は石原さんや、近くにいた他の同級生たちにかばわれて、学食から逃げてきてしまった。

あのとき、私は負けたのだと思う。

涙を流して、泣いてしまったのだから。

文化史学科の教授たちに加え、キャンパスのどこにいるかも分からない留学生たち。ますます私は、大学という場所を居づらく感じるようになってしまった。

私だって別に、留学生はみんなあんな感じで怖い人ばっかり、なんて思ってたわけじゃない。実際、オーストラリア人の女子学生や、ネパール人の男子学生とはよくご飯を食べたり、一緒に出ている授業の資料を貸し借りしたりもした。

でも私の心の中に、それまでにはなかった感情が芽生えてしまったのは事実だった。

なんか、外国の人って、ちょっと苦手——。

そんな悩みも、充也さんには正直に打ち明けた。

「ほんと、怖かったんだから……目、こぉーんなに吊り上げて。何が嘘だァ、オモニを見たことないのかァ、って」

その日は日曜日で、充也さんの仕事も桐谷道場もお休みだった。だから表参道で、二人で会っていた。

充也さんは、分かる分かるって、笑いながら頷いてくれた。

「俺も、短期だけど留学したことあるから、経験ある。そういう論争って、けっこうどこにでもあるもんだよ。アメリカはアメリカの、韓国は韓国の、中国は中国の国益を守るために、歴史を自分たちの都合のいいように解釈するからね。ま、意識的に捻《ね》じ曲げたり、書き替えたりしてるケースもあるけど……あと、人種差別かな。黒人の大統領が誕生した今だって、アメリカには人種差別意識が根強くある。日本だって決してゼロではないけど、でもさすがに、あそこまで強くはないでしょ。民族紛争だって、オウム以降はテロだって大きなものはない。まさに、そういうのを『平和ボケ』っていうのかもしれないけど、ある意味、ボケられるほど平和だなんて、こんな幸せなことはないと思うよ……ま、それとは別に、安全保障については、一般の人ももっと真剣に考えるべきだとは思うけどね」

私も、大体は充也さんと同じ意見だった。話が安全保障までいくと、私にはまだ難しかったけど。

「なんか……充也さんと話してると、安心する。充也さんに話すだけで、気持ち、すごい軽くなる」

そっか、と充也さんは、また優しく微笑みかけてくれた。

でも、そういう充也さんの優しさを、私はときどき、不安にも思っていた。

「あ……こんな話、充也さんは聞いたってつまらないよね。学生の、どうでもいいイザコザなんて、下らないよね」

「そんなことないよ。早苗ちゃんが話して楽になれるんだったら、俺はそれでいい。なんでも聞くよ」

ところが、そういったあとで、充也さんは急に表情を曇らせた。曇らせたというか、ちょっと眉をひそめて、真剣な表情になった。

「あの、早苗ちゃん……実は、その……まさに、こういうことなんだけどさ」

珍しく、充也さんにしては歯切れの悪い言い方だった。

「こういうこと……って？」

なんか、嫌な話かなと思ったけど、全然違った。

「俺たちさ……なんとなく、二人で食事に出たり、いつのまにか二人で会って、話したりするようになってるじゃない。こういうの、いつのまにか、なんとなくっていうの、俺、ちょっと極《き》まりが悪いっていうか、もうちょっとちゃんと、はっきりさせたいなって、思ってたんだ」

それは、私も思ってた。でも、男の人と付き合うのとか初めてだから、こういうのって、なんとなくの連続で、それが続いてって、やがてどうにかなっていくものなのかなって、漠然と思うだけだった。

でも充也さんは、そうじゃないんだ。

「うん……ちゃんと……はい」

「早苗ちゃんは、まだ学生だから、別に今すぐとか、そういうんじゃないんだけど、でも……いずれ、ゆくゆくは、け……結婚を、前提にっていうか、そういうふうに、俺と付き合ってもらえたらって、思ってる……いや、付き合って、ください」

ふわーっと、温かいものが胸に湧き上がってきて、その温かいものが、そのまま両目から、自然とこぼれ落ちていった。

頷くと、またポロポロっと。

「うん……嬉しい……そう、したいです……っていうか、します……ありがとう」

「いや、そんな、こちらこそ……ありがとう」

表参道のオープンカフェで、向かい合って、二人で頭を下げ合ってるって、どうだったんだろ。

傍《はた》から見たら、けっこう滑稽だったかもしれない。

むしろ、問題は磯山さんだった。

私たちは桐谷道場をきっかけに出会い、互いに意識し合い、気持ちを確かめ合い、交際するようになった。その過程のほとんどの場面に磯山さんは居合わせたわけで、実際、私たちが仲良くなっていくのを目の当たりにしているはずだった。

だから、磯山さんには一刻も早く、正直にいうべきだと思っていた。私個人のことをいえば、磯山さんだって充也さんのことが好きかもしれないって、ちょっと心配してもいた。それもあって、最初の頃は充也さんと仲良くなり過ぎないようにって、自分の気持ちを抑えてたところがあった。でもそんなこと、すぐにできなくなった。

磯山さん、ごめん――。

私は心の中で謝りながら、でも充也さんが好きだって気持ちが膨らんでいくのを、自分でもどうしようもなくなっていた。

だから、打ち明けた。できるだけ早い段階で、なるべくさらりと、自然な感じを心がけて。

ところが、だ。

「えっ、えェエーッ、おっ、お前らって、そうだったのォ？」

こっちが逆に驚くくらい、大袈裟に驚かれた。

「う、うん……そう、なんだけど……でも磯山さんだって、なんとなくは、感じてた……でしょ？」

「感じてたって、何を」

「私たちが、なんていうか……それっぽいことを」

「それっぽいって、何が」

「だから……私が、充也さんを、好きなんじゃないかな、みたいな」

「いーや、全っ然」

「充也さんも、私のこと、気に入ってるのかな、とか」

「いーや、まったく。だってお前ら、そんなこと、おくびにも出さなかったろ」

そんなこと、なかったと思う。充也さん、私に笑いかけるときと、磯山さんにそうするときとじゃ、全然表情違ってたし。私だって、そういうふうにされたら、けっこうフニャってなっちゃってる自覚、あった。互いに名前で呼び始めたのだって、わたし的にはけっこうドキドキものだった。

そうだよ。言葉にだって、私はかなり出してたよ。私は「充也さんってカッコいいよね」とか、「イケメンだよね」って、磯山さんに何度もいってたし。「付き合ってる人、いるのかな」って訊いたことだってあった。磯山さんは「はあ」とか、「そうかね」とか、「さあ」みたいな反応しかしなかったけど、それだって、実は磯山さんなりの予防線なのかもって、私はかなり疑ってたんだ。

「……じゃあ、全然、なんにも、感じなかったの？」

「ああ。完全に虚を突かれた。あたしは今、猛烈に驚いている」

そう、みたいね。なんか瞳孔《どうこう》、完全に開いちゃってる感じだもん。

「驚かせちゃったのは、ごめん……悪かったなって、思ってる。でも……どう、かな」

「どうって、何が」

「だから、私と充也さんが、お付き合いするのって……磯山さん的には、どう、なのかな」

「いや、めでたいだろ」

あー、そういう感じか。

「じゃあ、賛成、してくれる……のね？」

「賛成とか反対とか、そういう問題じゃないだろ。っていうかあたし、そういうのよく分かんないし。そもそも、身近な男女がそういうことになるのって、あたし、たぶん初めてだし。いや、恋愛してる男女と出くわすこと自体、初めてかもしんない。出くわすっていうか……目撃？」

うわ、うわうわうわ。恋愛をする男女は、珍獣扱いですか。

「い、磯山さん、さすがに、それはないよ。磯山さんの周りにだって、恋愛してる人はいくらもいたはずだよ」

「かもしれない。でもみんな、きっとあたしの前ではそういうの隠すんだな……あれだ、あたしに、そういう弱みを見せないようにしてんだな、きっと。負けたくないから」

大学生になって、磯山さんもけっこう大人になったように思ってたけど、久々にやられた感が大きかった。このときは。

磯山さんって、やっぱり凄い変わった人なんだって、強烈に再認識させられた。

5 後継者

早苗と沢谷さんがそうなったからといって、あたしの日常に何か変わりがあるのかというと、それはなかった。

朝は自宅から大学にいく。その時点で警察官である父はすでに出勤しているし、一つ年上の兄もあたしより早く家を出るので、あたしが出かけてしまえば、あと家にいるのは専業主婦の母だけになる。

「……ほんじゃ、いってきます」

「あ、香織。今日は桐谷道場あるの？」

「うん、ある」

「じゃ夕飯は？」

「たぶん、道場で食べる。今日は早苗がくる日だし」

「そう……でも、あなたもたまには家で食べなさいよ。お父さんだって寂しがってるわよ」

それはないな。

「ああ、考えとく……いってきます」

大学生活も、三年になる頃にはだいぶ慣れた。講義も、なんとか眠らず乗りきれるようになった。一緒に受ける友人らしき知人も、何人かできた。

「磯山、起きなよ。先生見てるって」

「起きてる……寝てない」

「寝てるって。目ぇ完全に閉じてんじゃん……涎《よだれ》も垂らしてるし」

この頃になると西木さんだけでなく、そういった友人らしき知人からも、本気で心配されるようになった。

「磯山、もう教職課程、無理なんじゃね？」

「うん……かもしんない」

「教員、なれなかったらどうすんの」

「うーん……どうすっかなぁ」

「就職活動、するの」

「しなきゃ……駄目なんだろうな。どう思う？」

「知らなーい」

まあ、そんな小難しい話は脇に置いておいて、お勉強の時間をやり過ごしたら、さあ部活だ。稽古だ稽古。

「ハッ、イエェーアッ」

この、大学三年時のあたしは、最高にノッていた。

まず、関東大会。三度目の出場で二度目の個人優勝。

そうそう、関東大会個人初優勝は二年のときだったが、その後に出場した全日本女子学生選手権、これがよくなかった。準決勝で東朋《とうほう》大の村浜《むらはま》——あの、東松学園高校で二年先輩だった、あの村浜にしてやられた。直前の関東個人で当たったときはコテとメンで二本勝ちしたのに、本番の学生選手権ではまるで駄目だった。あたしは一本も取れず、逆にあたしが得意とするツキを喰らっての一本負け。あれなぁ、そんなにキマッてなかったと思うんだけどなぁ。でも、今さらいってても仕方がない。

注目すべきは三度目、三年時の戦績だ。

関東大会二度目の個人優勝を果たしたあたしは、その勢いのまま学生選手権に乗り込み、三度目の正直で初優勝。しかも、決勝で徳協大《とつきょう》の黒岩を破っての栄冠だったため、大変気分がよかった。黒岩にしてみれば、三年目にしてようやく叶った大舞台での雪辱《せつじょく》戦だったのだろうが、そうは問屋が卸さない。あたしはツキを中心に据えながらも、コテ、ドウを織り交ぜた攻めで黒岩を翻弄《ほんろう》してみせた。

試合後のインタビューでも、黒岩は本当に悔しがっていた。

「今回は、絶対に勝てると思ってたんですけどね……ええ、因縁の相手ですから。それも、ちょうど三年ぶりですから……ほんと、磯山選手に勝って、優勝したかったです……はい、残念です。悔しいです。メンを捌《さば》かれて、もぐり込まれたときは、もう、本当にゾッとしました……速かったっていうか、もう、そういうふうに動かされてましたから……でもまあ、三年前と違って、負けてもピンピンしてるんで。また、挑戦ですね。楽しみが増えました……はい。ありがとうございました」

また、あたしはこの年の五月に開かれた「東京都女子学生剣道選手権大会」でも優勝し、社会人を含む真の剣道日本一を決める「全日本女子剣道選手権大会」の、東京都予選に駒を進めていた。東京都から全日本選手権への出場枠は四名。これの準決勝まで残れれば日本の頂点に挑戦できる——そういう戦いだった。

自分もいよいよここまできたか、という感慨はむろんあったが、油断はまったくなかった。実際、決勝戦まではほとんど延長にもつれ込むこともなく、わりと綺麗に勝つことができていた。

だが東京都予選といえども、決勝ともなるとそう簡単にはいかなかった。

相手は警視庁のベテラン、桜井朋美《さくらいともみ》選手、五段、三十二歳。全日本選手権出場はすでに八回を数え、うち二回は準優勝、一回は三位という好成績を収めている。大学時代には学生選手権個人で二回、団体で一回優勝しており、国体での優勝回数に至っては、なんと三回、さらに世界選手権への出場経験もあるという、本物の、猛者《もさ》中の猛者だ。

「イアァァァーッ」

「テェエアッタァ」

背は、あたしより数センチ低い。おそらく百六十センチあるかないかだろう。足捌きが何しろ速く、動きを捉えるのにえらく難渋した。三十歳を超えてもまだこんなに動けるのかと、尊敬を通り越して、ちょっと怖くもなった。しかもその高速移動中に、少々無理な体勢からでも果敢にコテを打ってくる。これが、いちいち鋭い。ポン、ポンと上手いこと当てられ、何度も向こうの赤旗が挙がりかけていた。

あたしはやはりツキを中心に据えながら、身長差を活かしてのメンを狙っていた。しかし、メンを狙われることなど桜井選手は慣れっこだったはず。延長戦開始から十七分

が経過した頃、

「エェェアァァァーッ」

「コテありッ」

あたしはまんまと、下から吸い付いてくるようなコテで一本奪われてしまった。すでに延長に入っていたため、これで勝負あり。結果、東京都予選では準優勝。それでも一応、全日本選手権への出場権は得ることができた。

ところが、その全日本選手権の決勝で、あたしは再びこの桜井選手と戦う破目になった。しかもこのときは、本戦十分内での二本負け。同じ相手に負けるにせよ、二度目は何かしらで一矢《いっし》報いるくらいしたかったが、そんなことはまるでできなかった。一本目は桜井選手得意のコテ。二本目は、そのコテを警戒するあまり脳天ががら空きになり、斜め右からメンを叩き込まれた。

剣道マスコミは【女子学生剣道界のエース、華々しく全日本デビュー。見事準優勝】とあたしを持ち上げたが、そんなのはなんの慰めにもならなかった。実際、桜井選手はあたしに対して厳しいコメントを残している。

「さすが強いですね、磯山選手。高校、大学と、数々のタイトルを獲得してきただけはあると思います。彼女がさらに経験を積んだら、本当に、最強になるんじゃないですか。ただ、若さにだけは負けまいと、私も思っていたので。今回は年の功で勝たせてもらいました。私も、全日本は九回目ですから。これが最後になるかもしれないと、思う部分もありましたし……」

要は、あたしはまだまだ経験の足りない未熟者、ということだ。

あの桜井選手が、九回目で全日本選手権初優勝。あたしとはひと回り近い年齢差があるが、果たして、それに比例するだけの実力差があったかというと、さすがにそこまではなかったように思った。ということは、あたしもあと何回か出れば全日本王者に——って、そんな単純計算で計れるものでないことは百も承知だが、イメージとしてはそんな感じだった。

全日本王者の実力を肌で感じ、その強さや存在感は知ることができた。結果、何が分かったか。ひと言でいうと、「剣道だ」ということが分かった。あたしが今までやってきた剣道と何一つ違うものではなかったし、修練を積めばたどり着ける頂であるという手応《てごた》えも得られた。一方、勝敗は別にして、あたしが戦った中で桜井選手だけが突出して強かったのかというと、それもまた違った。その年の全日本選手権には出ていなかったが、村浜だっていまだに強いし、黒岩だって彼女らと遜色《そんしょく》ない実力を持っていると思う。このクラスにいる人たちは、みな一様に強い。あたしはそのうちの一人に過ぎない。そう実感した。

そういった選手としての活動をする一方で、あたしは桐谷道場の師範代として、子供たちに稽古をつけていたわけだ。

「幸雄《ゆきお》、これ、これはやめろ。逆ドウがら空きだぞ」

いま注意したのは、竹刀を引っくり返して、メンとコテとドウを同時に守る「三所隠《みどころがく》し」。やる選手は全日本クラスにも大勢いるが、あたしはあまり好きではない。玄明先生も、三所隠しは厳しく禁じておられる。竹刀は中段《ちゅうだん》に定め、相手の攻撃はその状態から捌き、また速《すみ》やかに中段に戻す。それが剣道の王道であり、もっとも理に適《かな》った戦法であるというのが、桐谷道場の基本理念だ。

「やめ、引き分け……幸雄、待ってるだけじゃ勝てないぞ。もっと自分からいかないと。打てるところいっぱいあったろ。そういうとこ見逃しちゃ駄目だよ……次、誰だ。悠太《ゆうた》と仁志《ひとし》か……ほらぁ、ダラダラすんな……はい、始めッ」

今、本番同様の試合稽古で赤の目印をつけているのが、大野《おおの》悠太。保土ヶ谷区立保土ヶ谷第四小学校の六年生。あたしも保土ヶ谷四小だったから、つまりは後輩というわけだ。タイプ的には——運動神経がよくて性格も明るい、といったら聞こえはいいが、あたしにいわせれば、単なる「お調子者」だ。だから、相手が誘いで作った隙《すき》に、すぐ体が反応してしまう。打てる、と思わされ、動かされてしまう。頭のいい相手は、必ずそこを突いてくる。

「メェェーアッ」

ほーら、いわんこっちゃない。

「メンあり……こら悠太ァ。お前、仁志のそれ、何回引っかかったら覚えるんだよ。今まで何十本取られてきた？　分かってんだろう、仁志の得意技だって」

「ハイッ」

「ハイ、ってお前、返事だけよくても駄目なんだよ。同じ取られ方、何回もする奴は馬鹿だぞ」

「ハイッ」

「ほれ構えて……二本目ッ」

まあ、いま取った白目印の方、同じ学年の飯田《いいだ》仁志は去年、五年生ながら小学生の全国大会で個人ベスト16に入った選手だから、一本取られるくらいは仕方がない、といえなくもない。ちなみに仁志は東松学園初等部に通っている。こちらは微妙に、あたしの後輩とは言い難い。あたしが東松に入ったのは高校からだし、初等部なんて、校舎がどこにあるかも知らないまま卒業してしまった。

その、全小ベスト16の仁志に対して——。

悠太はぐっと剣先《けんせん》を下げ、じり、じり、と間合を詰めていく。仁志はその剣先を軽く弾きながら、右に右にと回り込んでいく。

「イエアッ」

「アァーシャッ」

気勢《きせい》から半拍、いや四分の一拍ずらして、仁志がドンと踏み込む。悠太が、スッと身を引いて間合をはずす。そこに、さらに仁志が攻め入ってくる。竹刀を起こしながら、一瞬にして間合を詰める。メン狙い、に見せかけてのドウか。

しかし、悠太はこれに素早く反応した。浮いた手元に、

「アテェアァァァーッ」

うん、いいコテだ。一本にはできないが、反応と狙いはよかった。

「ダァァーッタァーッ」

ひるまず仁志がドウを打ち込むが、これもなし。

互いに体を寄せて鍔迫《つばぜ》り合い。カチカチと鍔を、竹刀を当てながら、次の相手の一手を封じつつ、自分の技を叩き込むチャンスを窺《うかが》っている。だが、ない。そう簡単に引き技は出せそうにない。

両者、竹刀を押し付けながら後退《あとずさ》る。中結《なかゆい》、物打《ものうち》とすれ違わせつつ距離をとる。剣先と剣先がこすれ合い、それが離れたところで、間合が切れる。

「イヤッタァァーッ」

「ハイーアッ」

気勢を交わし、また互いに間合を計り始める。

悠太が詰める。仁志が斜めにかわす。仁志が虚を見せ、しかし悠太が堪《こら》える。また悠太が詰め、仁志が仕掛け、悠太がいなす。さらに仁志が仕掛け、悠太が嫌って距離をとり、だがすぐに詰め直し、直後の仁志の仕掛けに対し、悠太は、

「イアッ、テアッ」

相手の踏み込みに合わせたコテ——出コテを打ち、だがこれは決まらず、捌いた仁志が、

「メアッ……」

引きメンを狙ったが、まさか、そこまで読んでいたのか、

「クワテェェアァァァーッ」

悠太が、その場で踏んでコテを叩き込んだ。

よし、今のはよかったぞ。文句なしだ。

「コテあり」

そもそもあたしは、悠太と仁志の実力に大きな差はないと思っている。ただ、仁志の方が少しだけ考え方が大人で、今のところは駆け引きに長けている。そこに勝機を見出すことに、意識を集中できている。悠太はまだ、勝負を自分の力と技だけでどうにかしようとしている。相手とのやり取りに意識を集中しきれていない。しかし、だからこそ

伸《の》び代《しろ》がある、ということもできる。少なくとも、あたしはそう見ている。

「時間です」

タイムキーパーをさせていた北野《きたの》彩芽《あやめ》が高く手を挙げる。彩芽は保土ヶ谷第一小学校の六年生。

「やめ……引き分け」

悠太と仁志が蹲踞《そんきょ》し、竹刀を収める。

「じゃ、次は彩芽と仁志な……仁志、少し休むか？」

「いえ、大丈夫です」

よし、いいぞ。さすが、桐谷道場生え抜きの門下生だ。

試合稽古がひと通り終わったら、その後はあたしも入っての互角稽古。最後に整理運動代わりの素振りをやって、

「文哉《ふみや》、足が揃ってるぞ。お前だけあと五十本追加な。ちゃんと右左、左右、右左、左右……そう」

今日の稽古は終わりにした。

号令は仁志。

「……面《めん》をとれ」

八十畳ある道場の板の間。その黒光りする下座に、ずらりと正座した三十人が、静かに面をとる。頭に巻いたお揃いの手拭い、若草色のそれはいずれも汗で色が濃く変わっている。

「黙ソォーッ」

全員で目を閉じ、黙想。しかし、あたしだけは自分のタイミングで先に目を開ける。三十人の顔、それぞれを見やる。面をとればやはり、高学年といえどもまだ小学生だ。どいつもこいつも、可愛い顔をしている。

パン、と手を叩くと、全員が一斉に目を開ける。そこには凜々《りり》しく、真っ直ぐな武士道精神が宿って見える。

「先生に、礼……ありがとうございました……神前に、拝礼……お互いに、礼……ありがとうございました」

そこまで終えると、全員があたしの方に寄ってきて、また正座をする。稽古後、年少者が年長者に助言を求めるのは、どこのどんな道場でも見られる光景だろう。

「はい、お疲れさん。まず……仁志。ちょっと、踏み込みが甘くなってるな。足の裏、まだ痛いのか」

去年の夏頃から、仁志は踵や足の裏の痛みを訴え始めた。

「はい……この、親指の付け根辺りが」

「ちょっと、踵をかばい過ぎてるのかな。今度の試合が終わったら、また少し踏み込みの形を見直そう」

「はい」

「それから」

右隣にいる、悠太に目を移す。

「悠太。お前はもう少しなぁ……ひょいひょい動かされないようにしないと……でも、不動心といったところで、そう急に身につくもんでもないしなぁ」

「……はい」

「簡単に騙《だま》されるな、っていわれたって、騙されちゃうもんは、しょうがないよなぁ」

「……はい。俺的には、なんていうか、もっと真っ向勝負っていうか、そういう方が……」

まさに、そこなんだな。

「それはな、悠太、逆。まったく逆なんだ。剣道はな、段階が上がれば上がるほど、相手を意のままに動かして打ち込む勝負になっていくんだから。今のお前みたいに、自分の身体能力だけでどうにかしようとする戦い方には限界があるんだ。ま、幸いにしていい稽古相手が隣にいるんだから、盗めるものは盗んで、少しずつでも、駆け引きってもんを覚えていかないと」

「……はい」

本当に分かってんのか、こいつは。でも、あそこまで馬鹿正直な剣風で仁志から一本取ったんだから、まあ、筋は悪くないのだと思う。というか、悪くないと思いたい。他にも何人か気になった子にも指導して、あとは——そうだ、ちょっと彩芽を褒めておこう。

「彩芽は、ずいぶんよくなった。体当たりでも男子に負けなくなったしな」

「はいっ」

この子の特徴は、強靭な体幹にある。最近は脚力もついてきており、それゆえブレずに真っ直ぐ、前に出られるようになった。これは剣道をやる上で、非常に大きな武器になる。

「でも、ここんとこまた右の握りが力んで強くなってる。もっと左で竹刀を操《あやつ》るように」

「はいっ」

「意識するだけで変わるから」

「はいっ」

「……よし。じゃ、今日は以上で解散。試合当日は直接会場前集合だから、くれぐれも遅刻しないように。武運、長久を祈る」

「ありがとうございましたッ」

三十人が一礼して立ち上がり、それぞれが自分たちの防具と竹刀を抱えて、更衣室の方に移動していく。

そんな後ろ姿を見ていると、あたしはいつも思う。

あたしにも、同じような頃があったな、と——。

稽古が終わったらその都度、玄明先生に挨拶にいく。

「先生。小学生の稽古、終了いたしました」

「……うむ。ご苦労だった」

体調がいいときは、先生も道場で稽古をご覧になる。今日も途中まではそうされていたが、子供たちを整列させたときには、もう母屋に戻られていた。気分でも悪いのかと思ったが、見たところ、そういうわけでもなさそうだった。そのときは、茶の間のいつもの座卓で新聞を読んでおられた。

なぜだろう。ふいに訊いてみたくなった。

「あの、先生」

「……なんだ」

「沢谷さんと、早苗のことですが」

「うむ」

「先生はそれについて、確か、沢谷さんから、お聞きになったんでしたよね」

「そうだ。私は、充也から報告を受けた。そののち、早苗さんからも伺《うかが》った。よいお話だと、思っている」

「それって、いつ頃のことですか」

先生は「む」と口を閉じ、小首を傾げて考え込んだ。

「いつ、か……おそらく去年の、夏頃であったと記憶しているが、定かではない」

ということは、あたしと大差ない時期に聞いてはいたわけだ。

先生は、眼鏡をはずしながらこっちを向いた。

「それが、どうかしたか」

「いえ、あの、そんな、大したことではないんですが……先生は、二人がそういう気持ちというか、間柄であることを、沢谷さんから聞く前に、ご存じでしたか」

「……どういう意味だ」

「つまり、沢谷さんから直接聞く前に、そのことを察しておられたのかな、と」

「……知らん」

ええと、念のため、もう一度お訊きします。

「沢谷さんから聞いて、初めてそのことを知った……と、いうことでしょうか」

「もちろん、そうだ。それがどうかしたか」

「いえ、どうもしません」

なんか、玄明先生だったら、そういうことも気配から読み取って、なんでもお見通しい、みたいな感じなのかなと思ったんだけど、さすがにね、それはないですよね。あの二人が好き合ってたなんて、そんなこと、近くで見てたって、全然分かりませんでしたよね。うんうん、そうですよそうですよ。普通、分かりませんよそんなこと。

あー、よかった。分かってなかったの、あたしだけじゃなかった。

大学四年時は、なぜだろう。特に思い当たる理由もなかったが、戦績的にパッとしなかった。まあ、いくらあたしだって、そう毎年毎年、学生選手権で優勝できるわけではないし、全日本選手権に出場できるわけでもない、ということだ。学生選手権は、兵庫代表の二年生に、メンを綺麗に捌かれた上でドウを喰らって一本負け。三回戦敗退となった。全日本選手権の方は、東京都予選を通過することもできないという、誠に残念な結果に終わった。

その代わりといってはなんだが、この年は黒岩が大活躍した。

まず学生選手権で初優勝。そのときのコメントはこうだった。

「嬉しいです。嬉しいですが、なんというか……そう、ですね。磯山選手が、まさかあそこでコケるとは思ってなかったので、ちょっと……逆に、気を引き締め直して、挑みました。私たちの代が、総崩れっていうのは嫌だったんで」

　さらに全日本選手権では、初出場初優勝という快挙を成し遂げた。彼女の外見も手伝って、このときは本格的な「女子剣道ブーム」がくるのでは、とまでいわれた。実際には、全然こなかったけど。

　全日本初優勝時の、黒岩のコメントはこんな感じ。

「ありがとうございました……いや、言葉に、ならないです。ここまでこられるとは、私も、思っていなかったので……ああ、それはちょっと、ありますね。ライバルはむろん、磯山選手だけではないんですが……そう、ですね。彼女もまた、この戦いの場に、必ず戻ってきてくれると思うんで。そのときに、決着はつけたいです……なんでしょうね。私も、上手くいえないんですが、倒したいという意味では、彼女が一番ですかね……なんなんですかね。私にも、分からないです」

　あたしが前年に準優勝、続いた黒岩は一回で見事優勝ということで、剣道マスコミは盛んにあたしと黒岩のライバル物語について書き立て、現時点では「黒岩が一歩リード」と持て囃したが、どうもあたしは、その手の話には乗りきれなかった。いや、嫉妬とかそんな気持ちは全然なくて、むしろ素直に「黒岩おめでとう」といいたいくらいだった。

　これってどういうことなんだろうと、あたし自身不思議に思った。

もしかして、黒岩に対するライバル意識が失せたのか。まあ、そういう面もないではない。奴と戦う準備はいつでもできているし、次に戦っても負ける気はまったくしないが、そこに気持ちの焦点がピッタリ合っているかというと、そうではない、というのが正直なところだった。

かといって、黒岩以上のライバルがあたしにいるのかというと、それは「いない」としか言い様がない。彼女は、自身が優勝した大会できっちり、あの桜井選手にも勝っている。それくらい、今の奴は強い。むろん、あたしたちの代の前後にも強い選手は大勢いるし、またこれからも出現するのだろうけど、それとこれとは別問題。現役選手ではない早苗を除けば、あたしのライバルは黒岩伶那、ただ一人。そのことに変わりはない。

しかし、これは大変おかしな話だとも思う。

最強のライバルと自他共に認める黒岩伶那、奴に対する対抗意識が薄れたということは、あたし自身の、勝負に対する執着心が薄れたということと同義ではないのか。いやしかし、本当にそうか？　こんなに毎日、一所懸命に稽古をしているのに、大学でも、男子学生とバリバリ張り合ってがんばっているのに、勝負に対する執着心だけ、薄れたりするか？　それって、なんか矛盾してないか。

あ――あたし、前にも確かこんなことあったな、と思い出した。

あれは高校一年のとき。早苗と出会って、自分の、勝負論一辺倒の剣道に疑問を抱き、あたしはスランプに陥った。でも、今のこの状態と、あのときとでは多くの点で違いがある。今、あたしはスランプになんて陥っていないし、剣道に興味を失ってもいなければ、目に見えて実力が落ちているわけでもない。確かに、一時的に戦績は振るわなくなったが、全日本クラスになればむしろ、そういう方が普通だ。常勝チャンピオンなんてあり得ない。だからそれ自体は問題ではない。

だったらなんなんだ。この、晴れてるのか晴れてないのかも分からない、薄曇りみたいな心境は。ひょっとして、これって剣道とは関係ないのか。だとしたらなんだ。勉強か。取得単位の話か。就職に関することか――それは、確かにあったかもしれない。

四年になって、はっきりと分かった。一般的な勉強はなんとか誤魔化せるにしても、教職課程はもう、どうやっても単位が取れそうになかった。ということは、教員は諦めて普通に就職しなければならないということだ。普通といってもあたしの場合、企業になど就職するつもりは毛頭ないから、いくとしたら当然、警察ということになる。目指すは、いうまでもなく警視庁。でもなぁ、警察官になってもなぁ――。

そんなことを思い悩んでいた、十月のある日。

事件は、桐谷道場で起こった。

「……あっ、玄明先生ッ」

誰かがそういったのが聞こえ、振り返ると、それまで中学生の稽古を畳の間で見ていた玄明先生が、胸を押さえてその場にへたり込んでいた。

「先生ッ」

あたしも慌てて駆け寄り、見ると顔色が悪かったので、

「誰か、救急車ッ」

まだ道場に残っていた小学生のお母さんに頼んで、一一九番してもらった。幸い、かかりつけの病院に搬送してもらえたので、大事には至らずに済んだ。二時間ほどすると胸苦しさも落ち着いたようで、会話もできるようになった。

「先生、お水とか、飲みますか」

先生は「いや」と、息だけの声で低く答えた。

「あたし、ずっとここにいますから。なんでもいってください」

先生は「すまぬ」と、また同じように答えた。

沢谷さんが到着したのは、そんな頃だった。スーツの上着を脱いで、手に持っていた。駅からここまで走ってきたのだろう。少し息が上がっていた。

「先生……あ、香織ちゃん……ありがとう。本当にありがとう……君がきてくれてる日で、本当によかったよ。そうじゃなかったら、今頃どうなってたか……」

あたしは立ちながら、沢谷さんにも丸椅子を勧めた。

「でも、大したことないって、担当の先生はいってた。一日二日は、ここで様子を見た方がいいだろうけど、それくらいで退院できるだろうって」

うんうん、と沢谷さんが頷く。

「今回はたまたま、この程度で済んでよかったよ……先生。稽古のある日で、香織ちゃんがいてくれたから、こうやって無事で済んだんですよ。でも……やっぱり今の形で生活するのは、もう限界なんじゃないんですか。もし今日、香織ちゃんがこない日だったらと、考えてみてください。想像するだけで私は、身震いがします……もう少し、ご自身の体と生活について、真剣にお考えになってください」

何も、さっき倒れたばかりの老人にそこまでいわなくても、とあたしは思ったが、そういいたくなる沢谷さんの気持ちも、分からないではなかった。そこそこ元気な状態の玄明先生に同じ話をしても、それまではずっと「大丈夫だ」の一点張りだった。さらにいっても「お前が心配することではない」とか、「そこまで耄碌《もうろく》してはいない」とか返されるのがオチだった。

だから、なのだろう。少し弱っている今、あえてその話をして、自分の言葉を聞き入れてもらおう、現状を認識してもらおうと、沢谷さんは必死だったに違いない。

だがそれが、あまりにも意外過ぎる言葉を、玄明先生から引き出す結果となってしまった。

「充也……私もこのところ、いろいろ、考えてはいた。自身の衰えは、もはや認めざるを得ない。こうなった以上、選択肢は、一つしかあり得ない……道半ばで、大変無念ではあるが、桐谷道場は、閉鎖するほかない」

あたしは、自分の世界が消えて失くなるような不安を、このとき初めて、覚えたんだ。

6　時代が動き始める予感

桐谷先生が入院されたことは充也さんから聞いて知っていたけれど、どうしてもはずせない用事があったので、私はお見舞いにもいかれなかった。次に私が道場にいったときには、先生はもう退院されていて、様子もごく普通に見えるくらいに回復してらした。

「失礼します、早苗です……先生、すみませんでした。お見舞いにも伺えなくて」

先生は、茶の間のいつもの座椅子に座り、お茶を飲んでいた。その向こうの障子と、お庭に面した縁側の窓は開けられていた。先生は、窓を開けて風を入れるのがとてもお好きなのだ。

「こちらこそ、ご心配をおかけして申し訳ない。ですが、本当にもう、大丈夫です。このところ、徐々に調子がよくなってきていたので、いささか慢心いたしました。朝晩の、素振りの本数を増やしたのが、よくなかったのでしょう……いや、これは、充也には内密にお願いいたします」

充也さんとの交際を認めていただいているとはいえ、私はやはり他人なのだから、あまり差し出がましいこともいえなかった。先生が「大丈夫だ」といえば、私は「お大事になさってください」としか返しようがない。

これについては、磯山さんともいろいろ話した。先生に聞こえるようなところでは都合が悪いこともあるから、大体は稽古のない日の夜に、電話でだった。

『……今回のことは、先生もだいぶ応《こた》えたみたいでさ』

そのときの磯山さん、いつになく声が暗かった。

「そう……私が見た感じでは、もう、具合はほとんどよさそうだったけど」

『んん、具合云々っていうより、今の状況をどうするんだっていう、沢谷さんとのやり取りがな。応えたと思うんだ』

充也さんとの、やり取り？

「充也さんと、何かあったの？」

『いや、まあ……これ、まだ早苗にはいうなって、玄明先生にいわれてっからな……』

だったら、口止めされてることもいっちゃ駄目でしょう。

「何よ。そこまでいったんなら教えてよ。私を桐谷道場に引っ張り込んだの、磯山さんなんだからね。ちゃんと、私が納得できるように説明して」

しばらく『うーん』とか『えー』とかいってたけど、その手のことを磯山さんが黙っていられるわけもなく、最終的には『実はさ』と話し始めた。

『……先生がさ、道場を閉めるって言い出したんだよ』

「えっ、桐谷道場を？　閉めるって、つまり、やめちゃうってこと？　剣道場を、廃業するってこと？」

『ああ。今いる道場生は、近くの剣友会とか警察道場とかに移籍してもらってさ、それが済み次第、閉鎖するっていうんだ』

そんな。

「だって、何も閉めなくたって、今の体制で、一応稽古はできてるじゃない。営業できてるじゃない」

『そこが、沢谷さんとの意見の食い違いでさ。沢谷さんは、いずれは警察を辞めて桐谷道場を継ぎたいって、ずっと前からいってたんだ。まあ、その「いずれ」がいつなのかはさて措くとして、でもそれが早まった形だと思うんだ、今のこの状況って。沢谷さんは、いろんなことを考え合わせたら、自分が継ぐのがベストだろうっていってる。でも玄明先生は、それは駄目だって、お前は絶対に、警察を辞めてはならないって、その一点張りで……それについては、あたしにもあんま詳しいことといわないんだ、あの二人……でもなんか、先生なりに、警察には思い入れがあるみたいな感じなんだよな……なんなんだろか、それって』

桐谷先生と、警察。重なるような、重ならないような。

「私も充也さんから、いずれは道場を継ぎたいっていうのは、聞いてたけど、でも、先生が道場を閉めるっていったなんて、私にはひと言もいわなかったよ」

『そりゃ、口止めされたからだろ。玄明先生に』

それでも磯山さんは喋ってしまった、と。

「磯山さん、どうするの。まさか、このまま道場が閉鎖されちゃうの、黙って見てるわけじゃないよね」

すると磯山さんは『当たり前だろ』と、急に口調を強くした。

『そりゃ、桐谷道場の代表は玄明先生だから、最終的には玄明先生の決定に従わざるを得ないんだろうけど、でも同時に、道場は門下生のものでもあり、あたしたちみたいな関係者のものでもあるんだからさ。ただ閉めりゃいいって、そういうわけにゃいかないよ』

「うん、磯山さんの気持ちがそうなのは、よく分かるんだけど、でも、具体的にはどうするの」

『むろん、あたしにだって策はある』

ほほう。伺いましょう。

「策……と、申しますと」

『それはだな、つまり……あたしが、桐谷道場を、乗っ取るんだ』

あちゃー、そっちにいっちゃったか、というのが私の正直な感想だった。

「乗っ取る、って……それはちょっと、どうかなぁ」

『だって実際、小学生の稽古も中学生の稽古も、半分以上見てるのはあたしなんだぜ。そして幸いにも、あたしはいまだに就職先が決まっていない』

そういうことを誇らしげにいう大学四年生って、たぶんいないと思う。

「そ、そうね、教員にも、なれそうにないしね……でもだからって、道場を乗っ取ってどうするのよ。今のところ、稽古見てるのはボランティアでしょう」

『それについては、あとで考える』

そういう辻褄の合わなさって、なんか磯山さんらしくて、嫌いじゃないけど。

「まあ、まあまあ……じゃあ仮に、磯山さんが稽古を一手に見るようになったとしよう。でもそれって、今となんの違いがあるの？　桐谷先生が充也さんに継がせるっていわない限り、状況は何も変わらないんじゃないの？」

『だからさ、立候補するんだよ、あたしが。桐谷道場の、正式な後継者に。要するに、道場の実効支配を強めてだな、なし崩し的に、桐谷道場は香織に任せるのがよかろうと、玄明先生に認めさせようって寸法さ』

えー、なんか嫌な感じ。その「実効支配」とかそういうの、私、あんまり賛成できない。

実際、磯山さんは警察官になることも教員になることも、どこかの企業に就職することもなく、大学をスレスレの単位で卒業し、以後は小学一年生の初心者から、

「はい、じゃあこれを続けてやるぞ。前に出ながら……メンッ。左から下がってェ……メンッ。そうだ、カズくん、上手いぞ」

小学生の中級、上級、中学生まで、門下生との稽古に明け暮れる生活を始めた。

「じゃあ次、縦に長い切り返しやるぞ。本数じゃないからな。向こうにいくまで途切れないように左右メン、帰りも三分の二、この線までちゃんと下がりながら打ち続けて、元立ちが止まったらここまで下がって、で、最後のメーンだ。分かってるな？　はい、始めッ」

さらに夜の成人の部では、自分も大人たちに交じって稽古。しかも、周りはほとんどが男性。

「テェィヤァ……メン取ったりッ。もう一丁ッ」

水を得た魚とは、まさにこういうことをいうのだろうと、私は思った。

磯山さんは、朝八時には道場にきて、ひと通り掃除を終えたら準備運動。続いて木刀

での素振り、竹刀での素振り。その後は防具まで全部着けて、打ち込み台を相手に一人で稽古、というのが毎日のメニューらしい。

そして、午後になったら少し、道場の事務仕事をして——ただ、これだけは桐谷先生も困っていらした。

「もともと、桐谷道場は年中無休でしたから、香織が朝からきて、勝手に稽古をするのは、それはそれでかまわんのですが、しかしこの……事務にまで手を出そうとするのは、どうしたものか……いや、善意でやってくれているのは、私も分かっているのですが……早苗さん。香織は学生時代、学業の方は、どうだったのでしょう」

は？　と私が訊き返すと、先生は一冊のノートを差し出してきた。それは私も見たことのある、道場の経理ノートだった。

「……まず、誤字脱字がひどい。足し算に至っては、上の段と下の段の位を、ひと桁間違えたまま最後まで足してしまっている。この……小学生の月謝の合計も間違っている。奴は、こんな基本的な掛け算もできないんでしょうか。早苗さん、どうなんでしょう」

確かに勉強はできない方だったと思う。大学での講義にも、さっぱりついていけてなかって、磯山さん、自分でいってたし。でも、足し算、掛け算くらいは、さすがに——。

「あ、あー……それは、たまたま、ちょっとした、単純ミスじゃないですかね。私が、あとでやり直しておきます」

「いえ、それには及びません。これくらいは、私がいたしますが、どうも……なんというか、あれで大丈夫なのだろうかと、少々心配になりまして」

「ですよね。なんか、見てると心配になりますよね、磯山さんって。

分かります分かります」

一方、面白いこともいろいろあって、

「きゃー、早苗先パーイ、お久し振りですぅ」

たとえば、東松学園中学で一学年後輩だった田原美緒。彼女が桐谷道場に出稽古にくるようになった。

「ここって、東松中学の武道場に、雰囲気似てますよね」

「うんうん、私も最初、そう思った。なんか、お寺の本堂みたいな感じが、すごい似てるよね」

「早苗先輩も、ここで稽古してるんですか」

「んーん、してない。ちょっとね……まだ膝、ときどき痛むし。正直、剣道やるのは、怖いかな」

「え、じゃあ何してるんですか、ここで」

「私は……まあ、なんか、いろいろお手伝い。ボランティアのスタッフ、みたいな」

お付き合いしてる方が道場の元内弟子で、桐谷先生の親戚でもあって、その関係で――というのは面倒なので説明しなかった。

あと、磯山さんからよく話を聞いていた、蒲生《がもう》武道具店の「たつじい」こと、蒲生辰《たつ》二郎《じろう》さんとも仲良くなった。

「早苗ちゃん、新品の竹刀と、修理が終わった防具《ぼうぐ》、持ってきたよ」

「はい、ありがとうございまァす。今、お代お支払いします」

いつのまにか私は、桐谷先生から道場のお財布を預かるようにもなっていた。経理も――うん。ほとんど私が見ていた。とはいっても、道場生は小学生が初級、中級、上級合わせて四十二人、中学生が二十九人、高校生以上の成人が二十三人。月謝は子供から大人まで一律五千円だから、経理といったってごくごく単純なものだ。その他にも大会参加費用の集金や、今みたいな剣道具の購入や修理の代金立て替えとか、細々あるにはあるけど、それだって、さして複雑な計算ではない。電卓が一個あれば簡単に終わる仕事だった。

あと、私にとって興味深かったのは、成人の部の稽古。中学と高校、部活での剣道しか知らなかった私には、その自由な感じがとても新鮮だった。

その大きく違う点は――いわゆる「先生」みたいな人が一人いて、その人に稽古を見てもらう形ではない、というところ。じゃあどうやるのかというと、六段、七段、八段といった高段位の方々が上座に並んで、下座に並ぶ高校生や大学生、若い人たちに稽古をつける――いわば、段位が上の方全員が「先生」というわけだ。これが大人の稽古の基本形。ただ、沢谷さんとか磯山さんみたいな、若くてもちょっと特別な人は、六段の方よりは下手、向きでいったら神棚から遠い方、上座の末席に並んで、高校生や大学生に稽古をつける。

「お願いしますッ」

「よし……こいやッ」

そうやって美緒も、磯山さんに稽古をつけてもらっていた。

そうそう。大学時代の美緒って、実はけっこう複雑な立場だった。

美緒は高校時代、目立った大会実績こそ挙げられなかったけど、その実力は充分認められていたから、推薦のお誘いは複数の大学剣道部からあったらしい。そんな中から美緒が選んだのが、なんと徳協大学。あの、レナの通う大学だった。だから美緒は、磯山さんの後輩でありながら、レナの後輩でもある、というわけ。

「イエェェアッ、トォアッ」

「甘いぞオラァッ」

私以外で、磯山さんとレナの両方を知ってる人ってほとんどいないから、美緒と話してると面白い。

「レナ先輩って、モノすっごい、形から入りますよね」

「うんうん。高三のとき、『座頭市』に影響されて、竹刀逆さまに構えて打つの、本気で練習してた」

「はは、すっごいやりそう……最近も、香織先輩対策なんですかね、ツキを極めるんだって、フェンシングを習い始めたっていってましたよ」

ちなみにレナは大学卒業後、名古屋の自動車メーカーに就職した。なので、今後全日本選手権とかに出てくるときは、愛知県代表ってことになるんだと思う。

みんな、それぞれがんばってる。ここにくると、私もがんばらなきゃって、心から思える。だから、私は桐谷道場が好き。

それだけに、桐谷道場はなくなってほしくないって、私も本気で思っていた。


大学での勉強は、まあ仕方ないので、二年生からは可能な限り近代史、現代史の講義は履修しないで、中世とか近世を多く取るようにした。また、私の専攻は日本文化史だったけど、やりようによっては世界史分野の講義も受けられたから、西洋現代史、イスラム史、国際関係論なんかも履修した。ちょっと「武士道」とか、そういうのからは遠くなっちゃったけど、でもいい勉強になった。お陰で今まで見えなかったものも、少しずつ見えてくるようになった。

就職に関しては、私はけっこう楽しちゃって、わりと早い段階で内定をもらってしまった。その就職先というのが――実は、東松学園なのだ。それも、高校女子部の事務局。きっかけは、ごくごく単純。高校女子剣道部でお世話になった小柴先生が、急に桐谷道場に電話してきて、

『なんか、磯山が道場長やってるって聞いたからさ。俺も一丁、稽古つけてもらおうかと思って』

そんなの冗談だと思ってたんだけど、ある日、小柴先生は本当に防具を担いで、桐谷道場に現われた。

「いやぁ、噂には聞いてたけど、本当に立派な道場だなぁ」

傷だらけだけど太い柱とか、黒くてピッカピカの床とか、年季の入った神棚とか、百年物の大和太鼓とか。小柴先生はほんと嬉しそうに、あちこち触って回ってた。

またそれに、磯山さんが一々誇らしげに説明をつけるわけ。

「この床は、あたしが小学四年のときに貼り替えたんすよ。厚みが、いくらあるっていってたかな……もう今じゃ、この厚みの板は手に入らないらしくて。一、二枚ならともかく、この枚数ってなると、まず揃えられないから……大事に削って、長持ちさせたいなって、思ってます」

もちろん、桐谷先生ともご挨拶されていた。

「初めまして。東松学園の、小柴です」

「いらっしゃいませ。代表をしております、桐谷でございます。どうぞ、お時間の許す限り、稽古なさっていってください」

でも、成人の部が始まるにはまだ時間があって、そのときに、たまたま私の就職の話になった。

「早苗は、就職どうするんだ」

「まだ、具体的には決めてないんですよ。インターンシップとか、あんまり受けられなかったし」

「じゃあ、たとえばさ、うちの事務局とか、どうだ。一人空きが出るんだけど、できればOGがいいって、事務長はいってるんだ」

「えぇー、ほんとですか。いいんですか、私なんかで。私、実際には東松卒業してませんけど」

「ああ、そうだな、転校しちゃったもんな……でも甲本姉妹については、まあ、姉さんの影響も大きいけど、いまだにみんなよく覚えてるし、評判いいんだ。お前さえ嫌じゃなかったら、俺から事務長に話しておくが」

「お願いします。ぜひぜひぜひ、お願いします」

そんな感じで、私の就職先はあっさり決まったのでした。

これについては、後々まで磯山さんにネチネチいわれた。

「……OGってだけなら、あたしの方が資格充分じゃね？　ちゃんと卒業してんだからさ。なんかズルくね？　お前」

いやぁ、足し算も掛け算もできない人に、事務局の仕事は務まらないでしょう。

大学での勉強を別にすれば、私の青春時代って、本当に上出来だったと思う。

その極めつけが、これ。

「早苗ちゃん。就職内定、おめでとう」

「ありがとうございまぁす。かんぱぁーい」

「乾杯」

みなとみらいの夜景が一望できる、やや高級めの和食レストランを充也さんが予約してくれて、そこでお祝いをしてもらった。私、そんなにお酒は強くないけど、でもせっかくだから、この日はスパークリングワインをいただくことにした。充也さんが甘口のを選んでくれたから、けっこう美味しく飲めた。

こういう日でも、私たちの頭から桐谷道場のことや、磯山さんのことが離れることはない。

「すっかり、道場は香織ちゃんに、任せるようになっちゃったな」

「しょうがないよ。この一年、充也さんは全日本で大変だったんだもん。それに、磯山さんは好きでやってるんだし。もうほんと、その点は全然、心配しなくていいと思う」

ちなみにこの年、充也さんは全日本選手権で三位入賞を果たしている。それについては私より、明らかに磯山さんの方が興奮してた。

「あたしなんかのよォ、女の準優勝とはよォ、ワケが違うんだよォ、ワケがァ……ウィッ……男のさァ、全日本三位入賞っつったらさァ、もうさァ、実質、世界最強一歩手前ってことなわけよォ。なァ、分かるか、早苗ェ……ヒッ……分かってんのかお前はァ、なあ、早苗ってばよォ」

子供の頃から面倒を見てくれてた充也さんが全日本三位になって、よっぽど嬉しかったんでしょう。磯山さん、あの夜はほんと、道場で一人で、吐くまで飲んでたもんな。桐谷先生も呆れてたっけ。

また、そういうことについて感謝の気持ちを忘れないのも、充也さんの素敵なところだと、私は思っている。

「こうやってさ、俺が全日本に出られるようになったのは、これはもう全部、先生や香織ちゃんのお陰だと思ってる。俺は、いろんな人に支えられて、それがあったからこそ、ここまでこられたんだって、思ってる。感謝してる」

「うん。そうだね」

「それは、早苗ちゃんも同じ……ありがとう。本当に、心から感謝してる」

やだ、急に。そんな、改まって。

「んーん。私は、何もしてないよ。ただ、みんな凄いなって、思ってるだけ。そういう人たちの近くにいて、パワーのお裾分けもらって、私もがんばろうって、思うだけ」

でも充也さんは、「そんなことない」とかぶりを振った。

「逆だよ。みんな早苗ちゃんに、いっぱいパワーもらってる。支えられてる。一番支えてもらってるのは、もちろん、俺だと思う……だから、早苗ちゃん。これからもずっと、俺のそばにいてほしい。未熟な俺を、支えてほしい」

そういって、充也さんがポケットから出したのは、

「……え」

婚約指輪だった。

ブリリアントカットの、シンプルな立て爪の、でも、ダイヤの近くでリングが細くなってるデザインが、とっても繊細で、可愛らしくて——私は、それを見ただけで、また泣き出してしまった。

「早苗ちゃん。俺と、結婚してください」

「……は……は……はひ」

あーあ。せっかく、最高のシチュエーションでプロポーズしてもらったんだからなぁ、

もうちょっとちゃんと、返事はしたかったな。

7　裏奥義

そもそも「実効支配」だなんて、あたしだってそんな火事場泥棒的なことを最初から考えていたわけではない。道場生のお母さん方にそれとなく玄明先生の意向を匂わせ、ちゃんとリサーチしたりもしていたのだ。

まずは小学生上級のお母さんから。

「天野《あまの》さん、ちょっといいですか……もし、もしもですよ。このまま玄明先生が、前みたいに教えられない状況が続いたとして、仮に、仮にですけれども、道場を閉めるなんてことになったら、やっぱりみなさんは、近くの剣友会とかに移籍して、続ける形になりますよねぇ」

道場を閉めると聞けば、お母さん方は当然「エェーッ」と騒ぎ出すと思っていたので、あたしはできるだけ曖昧《あいまい》に、ソフトな口調を心がけて訊いたつもりだった。

だがその反応は、大きく予想に反するものだった。

天野さんと、すぐ隣にいた小林《こばやし》さんはなんと、笑い出した。

「そんな、やだ、香織先生、もう……だって、玄明先生がお休みしてたって、こうやって、香織先生が教えてくれてるじゃないですか。道場を閉める必要なんて、どこにあるんですか」

同じ質問は、中学生のお母さんや成人の部のみなさんにもしてみた。成人の部はともかく、中学生のお母さん方も、反応は似たようなものだった。

「館長がご高齢だから稽古は他の先生が見るなんて、そんなの、町道場にはよくあることでしょう？　ほら、よく全国優勝とかしてる、東京の、練馬の、なんていったかしら……あの道場だって、子供たちに教えてるのは館長先生じゃなかったわよ、確か」

近くで聞いていた別のお母さんも加わってくる。

「そうよ、よくある話よ、そんなの。いいじゃないの、このままで。普段は香織先生に稽古見てもらって、たまに沢谷さんとか、無理のない範囲で、玄明先生にも見てもらって……うん、今みたいな感じで、なんにも問題ないんじゃないかしら」

それがごく常識的な意見であろうと、あたしも思った。

ところが、当の玄明先生が、それでは駄目だというのだからややこしい。

「香織……門下生の移籍は、進んでおるか」

十日にいっぺんくらいのペースで、繰り返しそう訊かれた。最初は適当に誤魔化していたが、それにも限界はある。

ある日、あたしは意を決して先生に意見してみた。

「それについて、なんですが……実は、どのお母さまも、移籍は考えていないようなのです。子供たちの意見も聞いてもらいましたが、やはり、移籍はしたくないと……つまり、今のままでいいのではないかと」

それに対し、玄明先生は「ふん」と荒く鼻息を噴いた。

「この道場を閉鎖するというのに、移籍をしないとは、つまりみな、剣道をやめるということか」

「いえ、閉鎖自体、必要ないのではないか、という意見が、大勢を占めておりまして」

「そういう問題ではない。私が閉めるといっているのだから、この道場はもう終わりだ。桐谷道場の師範は、私が最後ということだ」

あたしだって、玄明先生が物分かりのいい好々爺《こうこうや》だなんて思ってなかった。決して自分の主義を曲げようとしない、とんでもない頑固者《がんこもの》であることは百も承知している。むしろ、あたしは先生のそういうところをこそ尊敬してきたのだし、今もその気持ちに微塵も変わりはない。

ただ、何かで意見がぶつかった場合、これほどやりづらい相手はいないだろうとも思っていた。そして今、あたしは初めてそういう局面に立たされている、ということだ。

「あの、大変、僭越《せんえつ》とは存じますが……私には、今すぐ桐谷道場を閉鎖する必要性が、今一つ感じられません。大学卒業後は、先生からお給料をいただけるようにもなりました。大変ありがたく思っております……だから、というのではありませんが、今しばらく、この形で道場を運営していくわけにはいかないでしょうか。あと数年……沢谷さんが選手を引退すれば、沢谷さんに正式な後継者、師範として入っていただくことができます。それまでは……」

あたしに任せてもらえないか、というつもりだった。だが、いわせてもらえなかった。

「充也に道場は継がせない。そして、香織……お前に道場を任せる気も、同様にない」

思わず、あたしは声を大きくしてしまった。

「なんでですか。あたしはともかく、なんで沢谷さんが駄目なんですか」

しかし、それしきで先生の姿勢は変わらない。

「それについては、幾度となくいったはず。充也は警察官としてその一生を全《まっと》うするのがよい。このような町道場を継ぐために、警察官の職務を途中で放棄すべきではない」

分からない。玄明先生の考えてることが、まるで理解できない。

とはいえ、道場が開いているうちは門下生が移籍するはずもなく、あたしが師範代として稽古をつける日々は以後も続いた。

そんな中で、

「沢谷ィ、おめでとォーッ」

「早苗ェーッ、おめでとォーッ、お幸せにィーッ」

沢谷さんと早苗は結婚し、しかし新婚旅行などにはいかず、二人は式翌日から桐谷道場裏手のマンションの一室で生活し始めた。

そもそも桐谷家は、道場がある高台の土地を丸ごと所有している。一部の土地は、だいぶ前にマンション業者に売却して手放しているものの、その他は今なお桐谷家の所有地であり、その敷地内に建てた賃貸マンション二棟は今、桐谷家の家計を支える貴重な収入源となっている。その、桐谷家所有のマンションの一室に早苗たちは住み始めた、というわけだ。

まあ、あたしは新婚家庭の様子になど興味はない。あたしはあたしの仕事をするまでだ。

結婚式の翌日は、保土ヶ谷区少年剣道大会。式の日の朝に稽古をつけた、中学生たちの試合に付き添いできていた。ちなみに小学生は区の音楽祭に参加するため、この日の試合には全員不参加。まったく。同じ保土ヶ谷区主催のイベントなんだから、もうちょっと日程くらい調整できんもんかね。

ただ付き添いといっても、中学生ともなると自分の試合場や試合順も自分たちで確認して動いてくれるので、あたしがすべきことはほとんどなかった。剣道連盟の支部の割り振りで、大会運営の手伝いや審判に駆り出されることもあるが、今回はそれもない。

ゆっくりと、道場生たちの試合を観ることができた。

その、試合の方はというと――。

仁志と彩芽の二人は順当に勝ち進み、それぞれ学年別のトーナメントで優勝した。ただこの日は、悠太が全然駄目だった。

二回戦で、同じ保土ヶ谷二中の宮永《みやなが》という選手と当たり、一本負けしてしまった。

「悠太ぁ……お前、何やってんだよぉ」

それがまた、実に情けない試合内容だった。いつもなら試合中の何がいけなかったのか、どういうところを注意すべきだったのか、そこから何を学ぶべきなのか、そういったことを具体的に指摘し、指導するのだが、この日はそれもできなかった。何が悪かったかといえば、全部といわざるを得ない。まるで動けてないし、攻めもなってない。防御も甘いし、打ちも弱い。もう、すべてが萎縮してしまっていて、何をどうしたら勝てた、というポイントを挙げることすらできない。本当に、これが桐谷道場の門下生かと、泣きたくなるほどの不甲斐なさだった。

また、相手の宮永という子の剣道も、あたしは気に喰わなかった。

何かというと竹刀の先でバチンと床を叩いてみたり、残心《ざんしん》がやたらと芝居がかっていたり。中三にしては上背もあって、動けるところは長所といえるが、そのせいかチョコマカと横に動いて、脇から変な形で打ってきたりと、とにかく見ていて胸糞が悪い。なんというか、剣道の基本を軽視しているように、あたしの目には映った。昔の黒岩の剣風にも似たものは感じたが、あれよりもっと品がないというか、性根《しょうね》が捻じ曲がっているというか、伝統というものを馬鹿にしているというか――。

それだから余計に、というのもあったかもしれない。

あんな奴になぜ負けたのかと、あたしはいつもより少し、キツく悠太を叱ってしまった。面をとった悠太は完全に色を失くし、うな垂れていた。

「……すみません」

そのしょげ方があまりに悠太らしくなかったので、あたしも少々言い過ぎたかなと、そのときは反省した。

沢谷さんを後継者にするのは駄目、あたしが代行を続けるのも駄目、とにかく道場は閉鎖。その方針は変わらないのに、あたしは日々、子供たちに稽古をつけている。

これってやっぱり変だよなと、あたしは夜、稽古が終わってから早苗に相談しにきていた。

「うん……なんだろうね。道場を閉めなきゃいけない理由……そうだよね。特にないよね」

早苗たちの新居は、けっこうオッサレーな2LDK。最上階の七階だから、バルコニーからの眺めも抜群にいい。あたしは高いところが好きだから、これはけっこう羨ましい。あと、リフォームしたばかりというのもあり、LDKの壁紙が真っ白で綺麗なのもいい。画鋲の痕とか、セロテープの剝がし損じとか、竹刀が突き刺さってできた穴ぼことか、そんなのは全然ない。あたしの部屋とは大違いだ。

あたしは早苗に淹れてもらった緑茶を飲みながら、茶菓子代わりのしば漬けをつまんでいた。

「……そういや、先生の夕飯はどうしたん」

「もう作ってきたよ。カレイの煮付け。七時過ぎだったかな」

「あっそ。全然気づかんかった。お前も、いろいろ大変だねぇ……いや、その、道場のこったけどさ。もちろん、玄明先生には奥さんも子供もいないわけだから、後継者争いみたいなこともあり得ないわけじゃん。だったら沢谷さんでいいじゃん。それまでの繫《つな》ぎはあたしでいいじゃん。なあ？　そう思うだろう」

早苗は、頷きながら傾げるような、微妙な首遣いをして答えた。

「ただささ……あの桐谷先生が、よ。なんの考えもなしにそんなことを仰るとは、私には思えないんだよね。きっと何か、理由があるんだと思う」

「なんだよ。たとえばどんなこったよ」

「それは、私にも分かんないけど」

またピカーンと、あたしの頭の中に、中くらいの裸電球が灯った。

「じゃあさ、お前、玄明先生にそれとなく訊いてみろよ」

「なんで私なのよ」

「お前、玄明先生のお気に入りじゃん。桐谷家の嫁みてえなもんじゃん」

「違います。私は沢谷家に嫁いだの。そこら辺ごっちゃにしないで」

「夕飯作りにいってんじゃん」

「そんなの独身時代からやってます。結婚したこととは関係ありません」

いーや、やっぱ早苗は桐谷家の嫁も同然だ。

「ゴチャゴチャうるせえな……とにかくさ、なんで沢谷さんが継いじゃ駄目なのか、訊いてみてくれよ。あたしや沢谷さんが訊いても、警察官としての職務を全うすべし、としかいわないんだよ、先生」

「そんなの、私が訊いても同じだと思うけど……」

そんなこんなしていたら、廊下の向こう、エレベーターホールの方から足音が近づいてきて、やがて「ぴんぽろりん」とドアチャイムが鳴った。

「……あ、充也さんだ」

けっ。なぁーにが、あー、充也さんだぁ、だよ。嫌だねェ、新婚さんってのは。いちいち甘ったれた声出しやがってさ。しっぽ振りながら玄関まで跳んでったよ。あたしは、そりゃ早苗のことは尊敬してる部分もあるし、切っても切れない仲だとは思ってるけど、ああいう女子っぽいところは、なんつーか、好きじゃないね。見てるだけでこっちが恥ずかしくなる。

「……あ、香織ちゃん、いらっしゃい」

そうそう。結婚しようが何しようが、普段の姿勢が変わらない沢谷さんって、やっぱいいよ。武道家ってのはこうでなくちゃ。

「こんばんは。お邪魔してます」

「道場……ここんとこ任せっきりにしちゃって、ほんと、申し訳ないと思ってるんだ。俺も、できるだけさ……」

「いやいや、いーのいーの。今はちゃんと、お給料もらってるし。全然、任せてもらっていいっすよ」

沢谷さんからカバンを受け取った早苗が、これまた、甘ったるい目付きで沢谷さんを見上げる。

「充也さん、ご飯は？」

「いや、食べてない。先輩と缶コーヒー一本で長話しちゃってさ、さすがに腹減ったよ」

くるり、と早苗がこっちに向き直る。

「じゃあさ、磯山さんも一緒に食べていきなよ。まだなんでしょ？　餃子なんだけど、いっぱい作ったからさ、食べてってよ。ビールも買ってきてあるし」

ん、そうか？　じゃあ、せっかくだからそうさせてもらうかな。

早苗の料理、あたし、けっこう好きなんだよ。なんつーか、意外と旨いんだ。

その、早苗のところで餃子をたらふく食った翌々日の夜。

道場での稽古を終えて着替えていると、携帯が鳴り始めた。メールだった。

「おんや、誰じゃらほい……」

なんと、珍しいことに沢谷さんからだった。

【お疲れさまです。今日、稽古が終わったら、少し話す時間をもらえないだろうか。マンション前の公園で待ってます。とりあえず返事ください。】

なんでマンションじゃなくて、その前の公園なのだろう。公園ったって、砂場とベンチがあるだけの、何かのオマケみたいな小さな公園だ。なんであんなところで？　まあ、あたしも特に予定があるわけではなかったので、【今から行きます】とだけ打って返した。

いってみると、沢谷さんは一人、ぽつんと入り口脇のベンチに腰掛けていた。上はTシャツ、下はジーパンというラフな恰好。一度はマンションに帰って、着替えて出てきたということか。

あたしは会釈をしながら「お疲れさまっす」と声をかけた。

沢谷さんはさっと立ち上がり、あたしの会釈よりも深めに頭を下げて返した。ちょうど座ってたところに、大学ノートみたいなものがちらりと見えたが、なんだろう。

「……お疲れさま。ごめんね、こんな時間に呼び出したりして」

「いや、いいっすよ。でも、なんすか。早苗の前ではしづらい話でもあるんすか」

どうやら、図星のようだった。沢谷さんは「うん」と頷き、自分の隣を勧めた。

「……まあ、とりあえず、座って」

結婚したばかりの男が、新妻と同じ年の女を夜の公園に呼び出す。しかも用向きは、新妻の前ではしづらい話――これがもし他の男だったら、あるいは相手があたしじゃなかったら、もっと違った見方をされるのかもしれない。だが沢谷さんに限って、しかも相手があたしでは、そういったことは絶対にあり得ない。

沢谷さんは、一つ深めに息をついて、話し始めた。

「この前、俺が帰ってくるまで……早苗と、道場のこと、話してたんだって？」

「ああ、うん……そう。なんで玄明先生は、沢谷さんに道場を継がせようとしないんだろう、って話」

「でもそれについては、警察官としての職務を全うすべきだからって、先生は仰ってるよね。それでは、香織ちゃんは納得できない、ってこと？」

そりゃそうだろう。

「そんなの、納得できっこないっしょ。だって……現役の警察官を前に、こんなことというのは失礼かもしんないけど、でも警視庁には、四万何千人も警察官がいるわけでしょ。特練とか助教《じょきょう》だって、何百人って単位でいるんだし。たとえ沢谷さんが辞めたって、その代わりは、必ず誰かが務めるんだから。そういう組織なんだから……でも、桐谷道場は違うっしょ。後継者は沢谷さんしかいないんだよ。だったらさ、そんなのさ、考えるまでもないじゃん。今すぐは難しいとしても、現役選手としての活動にひと区切りつけたら、その後は桐谷道場を継ぐって、そういうの、全然ありじゃん。なんでそれが駄目なんだよ。全然分かんないよ、玄明先生のいってること」

それにも「うん」と、沢谷さんは頷いた。でも、あたしのいったことに納得しているのかというと、決してそういう表情ではない。

「分かる……香織ちゃんのいうことは、もっともだと思う。でもね、それは、普通の町道場であれば、確かにそれでいいのかもしれないけど、桐谷道場に限っては、そういうわけにはいかないんだ」

ハァ？　とあたしは、声を裏返して訊き返してしまった。

「桐谷道場だって町道場じゃん。普通の剣道場じゃん。何が違うの」

「それが、違うんだ。桐谷道場は……門下生に教えているのは、確かに普通の剣道のようにに見えるかもしれないけど、実際、結果的にはそうなってるんだけど……でも、桐谷の剣道を受け継ぐ者には、それとは別の資質というか、技能が、求められるんだ」

あたしは「何それ」と、訊くこともできなかった。

あたしを見る沢谷さんの目に、物凄く暗い、重たいものを、見た気がしたから。

その目のまま、沢谷さんが続ける。

「ここからの話は、一切他言しないと、約束してほしい。道場の内外はもとより、早苗にも、いわないでほしい」

沢谷さんが何を語ろうとしているのか、あたしにはまるで想像がつかなかったが、でも、他言するなといわれれば、従うしかない。

「……うん。誰にも、いわない、けど……」

「先生はこのことを、桐谷家の恥だと思っていらっしゃる。そればかりか、隆明《りゅうめい》先生が早くに亡くなったことや、隆明先生が警察官になるのを諦めて、桐谷道場を継いだこと、代わりに警察官になることを勧められていたにも拘わらず、玄明先生は、そうしなかったこと……いろんなことを、先生は今も、深く悔やんでいらっしゃる。それもあって、先生は俺に、警察を辞めてはいけないと仰る。その重みは、俺も重々承知しているつもりなんだ。でも、それとこれとは別問題だという思いも、ある。それに関しては、気持ちは香織ちゃんに近いのかもしれない」

分からない。話の方向性が、まったく見えない。

「あの」

「ごめん。よく分からないかもしれないけど、でも、もう少し我慢して聞いて……本当はね、桐谷の先祖が何をしていたのか、とか、今の桐谷道場がどういう経緯でできたのか、とか、そういうことから話した方がいいんだろうけど、でも今、それは後回しにする。とりあえずさっきいった、桐谷道場を継ぐ者には、普通の剣道とは違う資質が求められる、って話を、するよ……香織ちゃんは覚えがあると思うけど、先生と鍔迫り合いしてると、こう、腕を搦《から》め取られて、立ったまま逆関節を極《き》められること、あったでしょう」

覚えている。というか、あたしは高校時代、それを無断で真似て、あの村浜の右腕を捻挫《ねんざ》させたことがある。

「うん……よく、覚えてる」

「あれには、鍔迫り合いをダラダラと続けてはならない、相手が他に、どんな武器を隠し持っているかは分からないのだから、相手の動きを制するまでは、距離をとって戦うべし、という教えが含まれてるんだけど……そんなの、普通の剣道にはない考え方でしょう。というか、不必要な発想だよね。でもそれを、一つひとつ技の形にして、これは聞いたことないと思うけど……『シカケとオサメ』という、元立《もとだ》ちと掛《か》かり手《て》みたいな、二人ひと組で稽古する形にしたのが、本来の、桐谷道場の剣道なんだ」

確かに、普通の剣道でも鍔迫り合いは早く解消するよう指導されている。ただしそれは、鍔迫り合いで試合時間を空費させないためであり、相手が別の武器を持っている云々の話では、もちろんない。

さっきの、沢谷さんの言葉が脳裏に蘇《よみがえ》る。

門下生に教えているのは、確かに普通の剣道のように見えるかもしれないけど、実際、結果的にはそうなってるんだけど——。

つまり、まったく別の発想から一つひとつの技を見直した結果、やはり同じ剣道に行き着いた、それが本来の、桐谷流の剣道、ということなのか。

だとすれば、なるほど、妙に腑《ふ》に落ちるものはある。

玄明先生の技には、普通の剣道にはない尾ひれというか、反則スレスレの裏技みたいなものが多分に含まれている。だがそれを卑怯だとか、そんなふうには全然、少なくともあたしは感じたことがなかった。むしろ強さの裏打ちというか、もっと奥深い、多層的な何か——いうなれば、ある種の「奥義」みたいな、何かそういうものがあるのではと、漠然と感じてはいた。

なるほどなるほど、そういうことだったか。

の?」

「……沢谷さん。その『シカケとオサメ』って、いわゆる、形稽古《かたげいこ》みたいなものな

「そう。日本剣道形みたいに、『シカケ』と『オサメ』、それぞれに決まった形《かた》があって、その組み合わせで成り立ってる。最初に形を覚えたら、次は約束稽古、さらにヤク稽古と進めていって……最終的には『無規則試合』になる」

無規則試合――つまり「ノールール・マッチ」か。

「形って、全部で何本あるの」

「『シカケ』が五十本、『オサメ』が五十本の……計百本」

「その中に、あの立ち関節も含まれてるの」

「入ってる。『シカケ』の十八本目だ」

あんな技が、合計百種類もあるのか。

「ひょっとして、沢谷さん……全部、知ってるの」

沢谷さんは頷きながら、さっきちらっと見えた大学ノートを、お尻の下から引っ張り出した。それを、パラパラと捲《めく》ってみせる。

「……知ってる。一応、今でも全部できる。できるってだけじゃ、先生はご不満なんだろうけど……本当はね、こういうものに書き記しちゃいけないんだ。俺のそういうところも、後継者として相応《ふさわ》しくないのかもしれないけど……でもこれ、警察の逮捕術で、

物凄く役に立つんだ。実際、俺は逮捕術の訓練では、ほとんど負けたことがない。それに、いま俺は本部特練だけど、いずれ所轄署で剣道助教をするようになったら、逮捕術だって教えなきゃいけなくなる。そのとき、これが初めて、大きな意味を持ってくると思う。先生が俺に警察を辞めるなっていう本当の理由は、そこなんだ。自分が守ってきた桐谷の技を、警察という、社会正義の場で活かしてほしい。それが、先生の本心なんだ」

沢谷さんのノートには、丸と線で描かれた人間が向かい合い、絡まり合い、技を展開する様子が記されている。細かく注釈も入っている。それが何ページ捲っても、次から次へと現われる。

沢谷さんが、あたしの目を覗《のぞ》き込む。

「香織ちゃん。俺と、これを、やってみないか」

返事は、一つしかあり得ない。でもその前に、確かめておくべきことがある。

「そんな大事なもの、あたしなんかに、教えていいの」

「先生は他の誰より、君を見込んでいる。それは先生の近くにいた、俺が一番よく知ってる。そうでなかったら、先生は門下生に立ち関節なんか仕掛けない」

「あたし、女ですよ。警察じゃ助教にはなれないって、親父にいわれたんすよ」

「関係ない。性別や出自は問題じゃない。大切なのは技だと、先生は常に仰っている。

事実、先生に桐谷一族の血は流れていない。隆明先生とは異母兄弟で、血筋としては桐谷の人間ではないんだ。それでも先々代……玄明先生の御祖父さん、桐谷典光《てんこう》先生は、隆明先生と分け隔てなく、玄明先生にも桐谷の技を伝えた。香織ちゃんが桐谷の技を継いではいけない理由は、ないはずなんだ」

あたしにできるのか、という不安はむろんある。しかしそれもまた、この申し出を受けない理由にはならない。

沢谷さんがノートを閉じる。

「香織ちゃん、もう一度訊くよ……俺と一緒に、これをやってみないか。俺はこれを君に伝えることで、本当の意味で、先生に認められたい。そして、君にはこれを習得することで……桐谷道場の、正式な後継者に、名乗りをあげてもらいたい」

ここからではマンションの陰になるため、桐谷道場の家屋そのものは見えない。だがその光景は、三歳の頃からずっと見てきた。目を閉じれば、すべて脳裏に描くことができる。

道場の窓から見る夕焼けも、新旧様々な柱の傷も、床板一枚一枚の木目も、裏の雑木林から吹く風の香りも、一本だけある桜の木が春につける花の色も、夏になるとやかましい蝉の声も、秋に生《な》ったところで渋くて食べられない柿の実も、冬は子供たちが霜柱を踏んで遊ぶため、庭の土が荒れることも、全部知ってる。

あたしは、桐谷道場のことなら、なんでも知ってた。

「……お願いします」

あたしはベンチから下り、地面に座し、稽古を始めるときと同じように、沢谷さんに頭を下げた。

「あたしに……桐谷の技のすべてを、教えてください」

新しい何かを始める、という感覚はなかった。

真っ直ぐ、このまま先に進む――。

これは、そういうことなのだと思った。

8　変わったこと、変わらなかったこと

結婚して変わったこと。

休日の朝、目が覚めたときに、隣に充也さんがいること。

そういう日は、私が張り切って先に起きる。朝食は、パンだったりご飯だったり、わりと適当。でも充也さんから「焼き魚が食べたい」とか「出し巻き卵作って」とかリクエストされれば、もちろんそうする。お味噌汁もよく作る。ただ充也さんは、量はそんなに食べない。おかずもふた品か、せいぜい三品くらいでいいみたい。運動やってる男

の人って、もっと朝からガッツリ食べると思ってたから、そこは意外だった。

一方、結婚しても変わらなかったこと。

平日、目が覚めたときは一人だということ。

充也さんは「本部特練」といって、警視庁が対外試合をするときの代表選手になっているから、普段は新木場にある警視庁術科センターに勤務——勤務っていうか、ずっとそこの道場で稽古をしている。平日は毎朝七時から稽古があるから、五時過ぎには家を出なければならない。

最初はさ、私だってがんばったんだ。朝三時半に起きて、朝食作ってお弁当も作って、充也さんを送り出したら掃除と洗濯もして。それから着替えてお化粧したって、仕事にいくにはまだ充分余裕があった。早起きって、なんて有意義なんでしょう、とか思ってた。

でも、ごめんなさい。二週間と続かなかった。充也さんも、無理しなくていい、君は寝てていいっていってくれたんだけど、そこはさ、やってできるものだったら、やってあげたいって思うでしょう。妻としては。

でも、心折れた。決定的だったのは、充也さんのこの言葉。

「朝食はみんな、朝稽古が終わってから食べるし、昼飯も、どうにだってなるからさ。実際、今まではそうしてたんだし……ほんと、早苗ちゃんは無理しなくていいよ。それになんか……最近、ちょっと顔色悪いよ」

げっ。顔色の悪い新妻なんて、最悪じゃん――。

まあ、その後のフォローですぐに立ち直ったけど。

「俺はさ、早苗ちゃんに、元気で、笑顔でいてほしいんだよ。だから、無理しないで……朝は、寝てていいから」

はい、そうします。そうさせていただきます。遠慮なく。

もう一つ、結婚しても変わらなかったこと。

それは、職場での仕事。そりゃそうだよね。四月に就職して六月に結婚したんだから、私は社会人としても、まだまだヒヨッコなのです。

「おはようございます」

高校の事務局の仕事って、いうまでもないことだけど、完全なる事務仕事。来客とか電話の対応、生徒の出欠、遅刻、早退なんかのデータ管理から、奨学金、助成金に関わる書類作成、各種証明書の作成や発行、などなどなど。物品の購入とかに必要な現金の管理なんかも事務局の仕事だ。もちろん、私が全部一人でやるわけじゃない。私の担当は、来客と電話の対応、証明書関係がメイン。あと、学校説明会に使う資料の管理とか、印刷所とのやり取りもこれからは任されることになると思う。

事務局員は私を入れて、全部で六人。事務長が一人、主幹が二人、主査が二人、それとヒラの私。事務長の大貫《おおぬき》さんと、主幹の武井《たけい》さん、主査の江口《えぐち》さんの三人が男性で、あとの二人は女性。主査の溝口《みぞぐち》さんは私のことをよく覚えていてくれて、最初から仲良くしてくれた。

「早苗ちゃんて、見た感じ、全然そんなふうじゃないのに、剣道強かったよねぇ」

「えぇー、そんなことまで覚えててくれたんですか？」

「うん。だってあの、西荻緑子さんの妹でしょ。けっこうみんな注目してたし、転校してもたまにチェックしてたけど……全国優勝だもんね。凄いよぉ」

あー、福岡南でのあれは、私の実力とは、ほとんど関係ないんですけどね。そこはまあ、よしとしておきましょう。

もういっちょ、結婚しても変わらなかったこと。

桐谷先生のお世話と、道場の事務仕事も続けています。

最近は先生も調子がいいみたいで、食材さえ揃えておけばご飯作ったり、掃除や洗濯もご自身でされるようになった。なので週に二回くらい、先生のご希望を伺って私が買い物をして、それを届けるついでに夕飯くらいは作って差し上げる、と。今はせいぜいそんな程度。

あとはお月謝の管理と、試合の申込みとか、そういうこと。なので、道場生のお母さま方とも、けっこう仲良くなった。中には、私と磯山さんの因縁をご存じの方もいたりする。

「ねえねえ、早苗さんって高校時代、香織先生のライバルだったんでしょう?」

「いや、ライバルってほど、私は強くなかったですよ。ほんのいっとき、チームメイトだったってだけで」

「また剣道やってくださいよ。私、すごい見てみたい、早苗さんの剣道着姿」

「いやぁ……高三で膝痛めてから、もう六年もやってないんで。もう全然ですよ」

そしておそらく、これが一番、結婚しても変わらなかったこと。

磯山さんとの関係。

「おーい、早苗ぇー、新しい竹刀、届いてないかぁ」

これは、ほんとに全然変わらない。

「はーい、届いてまーす、いま持っていきまーす……天野さん、ごめんなさい、ちょっといってきます」

基本的に私は、常に磯山香織という人に振り回される立場にあり、しかし、当の磯山さんは私を振り回しているとはまるで思っていないという、この図式。

そしてこの関係は、そう簡単には変わりそうにない。


ところが、結婚後に変わったことも、ある。

それまで充也さんは、六時半とか七時前には家に帰ってきて、夕飯は毎日必ずといっていいくらい、一緒に食べていた。ときには一緒に作ったりもしてくれた。リフォームしたばかりの真新しいキッチンで、二人でエプロンしてお料理するのって、けっこう「幸せの象徴」的な行為だと、私は思っていた。

そして充也さんがお休みの日は、朝から夜までずっと一緒。遅めの朝食を済ませたら、横浜まで出かけて買い物をしたり、映画を観たり。そのままランチもして、帰りに買い物もして、夕飯の支度も二人でして、そんな日は私もちょぴっとビールを飲んだりした。

ところが、七月のとある日曜日。確か、午前の十時頃。

「早苗ちゃん……俺ちょっと、道場いってくるよ」

「え、今から新木場？」

「いや、隣。桐谷道場」

「あ、ほんと……うん、いってらっしゃい」

私はてっきり、桐谷先生に何か話があるとか、忘れ物をしたとか、その程度のことだと思っていた。充也さんは大学時代、母屋の二階にずっと住んでいて、今もそこに少し私物を残しているから、そういう荷物で必要になったものを取りにいくこともあった。

なんにせよ、三十分かそこらで帰ってくるものと、私は思い込んでいた。ところが、なかなか帰ってこない。十一時を過ぎ、十一時半になっても、まだ帰ってこない。桐谷先生との話が長引いてるのかな、とも思ったけど、それにしたってちょっと長い。このままじゃ、今日は出かけられなくなっちゃうよって、軽くイラッとし始めてもいた。

「しょうがない……迎えにいってみるか」

隣といっても、いったんは外の道に出るのだから、部屋着のままというわけにはいかない。ささっとワンピースに着替えて、可愛めの、スエードのサンダルを履いていった。マンションから出ると、雑木林から吹いてくる風が涼しくて、このまま近所をお散歩、みたいな過ごし方もいいかな、なんて思ったりもした。

お寺のような構えの門をくぐったら、「ごめんください、早苗です」って、いつもみたいに奥の勝手口から入るつもりだった。でもその前に——カチャカチャッと、竹刀と竹刀が軽く当たる音が道場内から聞こえてきた。

おかしいな。日曜なのに、誰か稽古をしているのだろうか。桐谷先生が稽古を見られなくなってから、日曜は道場を開けなくなっているはずなのに。西側の窓が全部閉まっているので直《じか》には見えないけど、でも中に人がいるのは、曇りガラス越しになんとなくだけど分かる。

私は道場脇を通り過ぎ、

「ごめんくださぁい……早苗でぇす……」

静かに勝手口を開け、中に入った。やっぱりおかしい。普通、稽古をしているんだったら、もっと連続して竹刀の音とか、踏み込みの「ドンッ」て音とかが聞こえてくるはず。なのに、それはない。また、カチャカチャッ、というのは聞こえたけど、でもそれだけ。もしかして、桐谷先生と充也さんで竹刀の整理でもしているのだろうか。

サンダルを脱いで、そっと道場の方を覗いてみる。最初に目に入ったのは、道場西側の、畳敷きになったところ。もう一歩入ると、少しずつ道場の板の間が見えてくる。

道場内にいるのは、二人だった。一人は充也さん。道着を着て防具を着けてたら、それがいくら充也さんでも、垂《たれ》ネームが見えるまで分からないかもしれない。でも、普段着だから。うちを出ていったときと同じTシャツとジーパンだから、すぐに分かった。

もう一人は、磯山さんだった。そっちもよく知ってるジャージの上下だから、間違いない。でも日曜に二人で、着替えもしないで竹刀だけ持って、何やってるんだろう——いや、確かに恰好は普段着だし、面とか胴《どう》は着けてないけど、二人とも小手《こ て》だけは着けてる。

何やってんのって、声をかけてもいいはずだった。私は充也さんの奥さんなんだし、磯山さんとは長い付き合いの友達だし。二人ほどじゃないにせよ、私だって剣道についてはよく知ってる方だと思うし。でも、なんとなく声はかけづらかった。なぜって——二人のやっていることが、私の知っている、いわゆる「剣道の稽古」ではなかったからだ。

二人は鍔迫り合いの体勢、ごく至近距離で、向かい合って立っている。小手をはめた両拳を合わせるようにして、静止している。

でもその状態から、

「……シッ」

なんと、いきなり充也さんは竹刀を左に倒し、その流れのまま右肘で、磯山さんの顔面を打とうとした。私は、あっ、て思った。だってそんなの、どう考えたって剣道じゃ反則だし、それをよりによって充也さんが、あの普段は優しい、穏やかな充也さんが、曲がりなりにも女性である磯山さんに仕掛けるなんて、信じられなかった。

さらに奇妙だったのは、それを磯山さんが冷静に受けてみせたこと。素早く、自分の顔の左側に竹刀の握りを動かして、その肘打ちを防いだこと。しかもその動きを、何度も何度も執拗《しつよう》に繰り返す。

充也さんが打って、磯山さんが受け止めたら、また鍔迫り合いの体勢になる。その戻したときに、ちょっとだけ竹刀がカチャカチャッと当たる。私が最初に聞いたのは、その音だったようだ。

なに。あの二人、何やってんの。

なんか、見ちゃいけないものを見ちゃった気がして、私は、結局声をかけることなくマンションに戻ってきてしまった。充也さんが戻ってきたのは、そのすぐあと。十二時ちょうどくらい。

「ごめんごめん……ちょっと、先生と話が長引いちゃって」

その言い訳に、私の背筋はひどくざわついた。

なんで。なんで充也さんがそんな嘘をつくの。桐谷先生と話なんてしてなかったじゃない。磯山さんと稽古してたんじゃない。それも、着替えもしないで、変な肘打ちを避ける練習ばかりやってたんじゃない。

どうして。どうしてそんな嘘、私につくの。

「ん、うん、いいの、大丈夫……お昼、どうしようか」

「そうだな……ああ、パスタでも食べにいこうか。駅の近くの、あのお店」

充也さんは、いつも優しい。ちゃんとリードはしつつ、でも私の意見もしっかり聞いて、優先することを忘れないでいてくれる。

「ほら、早苗ちゃん、けっこう気に入ってたじゃない」

普段なら、そんな思いやりに感じられる言葉も、あの場面を見たあとでは、なんというか、空々《そらぞら》しいご機嫌とりみたいに聞こえてしまう。

すぅーと冷たい空気が、私たちの間に流れ込んでくるのを感じる。

「そうだね……あそこ、いこうか」

そして充也さんは、いつもなら私の、どんな微妙な変化にもすぐ気づくのに、今は、気づかない。私が目を合わせないことにも、言葉とは裏腹にまるで乗り気でないことにも、気づいてくれない。

「あそこのボロネーゼ、美味しかったもんね。よし、じゃ急いで支度しよう」

急いで支度しようって、なにそれ。

その後もときどき、充也さんは桐谷道場にいっては、磯山さんに謎の稽古をつけているようだった。それは必ずしも日曜の昼間と決まっているわけではなく、成人の部の稽古がない夜だったり、土曜日の夕方だったりもした。私も、何回かはこっそりあとを尾《つ》けて様子を見にいったりしたけど、そんなことをしても嫌な気持ちになるだけなので、それもやがてしなくなった。

むろん、気にしないようにして済ませられるなら、それに越したことはない。でも私、そんなにスッパリ割り切れる性格じゃないから、充也さんの前ではなんでもない振りをしていたけど、ちょっと夜の散歩が長引いたくらいで一々問い質《ただ》したりしませんよ、って顔をしていたけど、内心は全然穏やかじゃなかった。イライラのし通しだった。

そんなある日、

「……へえ。まさに、新婚家庭の新居、って感じじゃん。早苗、若奥さんじゃーん」

お姉ちゃんが、初めて我が家を訪れた。

「でしょ。見て見て。このソファ、二人で選んで買ったの。でね、でね、このサイドボードの上にお花を飾りたいっていったら、仕事の帰りにね、この花瓶買ってきてくれたの。充也さん、けっこうセンスいいでしょう?」

「んん、まあね……っていうかあたしは、そんだけストレートにノロケられるあんたが羨ましいわ。あれだね……あんたが男の話してるのって、あんま記憶にないけど、実は、ものすっごいデレデレするタイプなのね。全然隠そうともしないのね」

悪かったわね。

「いいじゃない、別に。お姉ちゃんと違って、私は今までそういう機会がなかったんだから、ちょっとくらいノロケさせてよ。今までできなかった分、取り戻させてよ」

そうだよ。お姉ちゃんだって、岡先輩と付き合ってた頃は、私の前でけっこうノロケ話してたじゃない。その後は別々に暮らすようになっちゃったし、私がお姉ちゃんのところに居候するようになっても、お姉ちゃんほとんど仕事で留守だったから、その手の話を聞く機会はすっかりなくなっていた。

「……で、その愛しい愛しい充也さんは、今日はどうしたの」

「なんか、大学から稽古に呼ばれて、朝早く出かけてった。祝日くらい、休めばいいのにね」

　ちなみに、磯山さんとの稽古でないことは確認済み。磯山さんは磯山さんで、今日は道場裏の草刈りをやっている。私も手伝おうかっていったんだけど、「力仕事と単純作業は任せとけ」っていわれたんで、今日は手出ししないことにした。

　お姉ちゃんが「ふうん」と口を尖らせる。実の妹がこんなこと思うのは変かもしれないけど、お姉ちゃんって、やっぱり凄い美人だ。綺麗ってだけじゃなくて、表情とか仕草そのものに「華」がある。ただ口を尖らせただけなのに、それだけで、こっちはリップスティックのCMを観てるみたいな気分になる。

「……新妻を放っといて、大学生とチャンバラとは、感心しないね」

「そういう言い方しないで。充也さんは、全日本クラスの選手なんだからね。スッゴい強いんだからね」

「あんたって、ほんと単純馬鹿だよね。必ず、あたしが予想した通りの答え、返してくるもんね」

　悪かったわね、再び。

「……ねえ、お姉ちゃん。休みの日に、わざわざ私に喧嘩売りにきたわけじゃないよね」

「ばーか、そんなわけないでしょ。お母さんもなかなかこっちまで出てこられないから、様子見てきてちょうだいってしつこく頼まれただけよ。そうでもなかったら、この忙しいあたしが保土ヶ谷くんだりまでくるわけないでしょ」

このなぁ、口の悪さっていうか、意地の悪さみたいなものが顔にも微妙に表われてて、でもそれが、程よくスパイスとして利いてるから、この人は魅力的に見えるんだろうな——などと思ってしまう私は、たぶんとてもお人好しなのでしょう。

そうだ。ここしばらく電話でも話してなかったから、この際だから聞きたかったこと訊いてやろう。

「そういえばお姉ちゃん、岡先輩とはどうなってんの。結婚式の席だって、本当にあれでよかったの？」

紅茶をひと口飲み、カップに残った口紅を、さっと指先でつまむ。そういう仕草も、悔しいことに一々カッコいい。

「ああ……だから、いいっていったじゃん」

「いいっていったのは私だって知ってるよ。だから隣にしたんじゃん。そうじゃなくて、なんで隣合わせでもいい感じになったの、って訊いてるの」

私のイッコ上の先輩、岡巧さんは、さらに一つ年上のお姉ちゃんと高校時代に付き合っていた。岡先輩も、これまた少女漫画から抜け出てきたようなイケメンだったから、二人が並んで歩いてると、もうそこだけ、ほんとに世界が違って見えた。でも二人は、お姉ちゃんが卒業して専業モデルになって、まもなくの頃に別れてしまった。理由は私も聞いてない。訊く機会もなかったし、そういうチャンスがあったところで、直接は訊けなかったと思う。あんたには関係ない、とか、子供扱いされて終わりだったと思う。あの当時は。

お姉ちゃんは「ああ……」と、アンニュイな雰囲気を漂わせながら窓の方に目を向けた。

「巧とは、だから……縒《よ》り、戻したんだよね」

やっぱり、そういうことだったか。

「どうしてどうして。なんでなんでなんで。なんで一回別れたのに、また付き合うことになったの」

うちの両親も一回離婚して「元鞘《もとさや》再婚」してるけど、それとこれとは話の次元が違う。お母さんはともかく、うちのお父さん、全然カッコいい系じゃないし。

お姉ちゃんは「うん……」と、ほんの数ミリ首を傾げた。

「巧が就職したの、出版社だって知ってたっけ」

「うん、光談社《こうだんしゃ》だっけ。なんか、剣道部がある会社なんだよね」

「それはまあ、別にどうでもいいんだけど……あたし、去年あそこから、フォトエッセイ出したじゃない。で、そのお付き合いもあって、一回だけパーティに出たんだけど、そこで……久し振りに会ったんだよね」

うんうん。それでそれで。

「で……なんか、目を見たらさ……あ、この人、あたしのこと忘れてないなって、分かったんだよね。あたしも別に、巧のこと嫌いで別れたわけじゃないし」

ああ、そうだったんだ。

「そもそも、さ……なんで別れちゃったの」

「それはいいよ。もう昔の話だし」

ほらね。絶対いわないと思ったんだ。お姉ちゃんだって、けっこう単純じゃん。

「とにかく……今ならあたしたち、大丈夫かなって、思ったんだ。お互い、立場も変わったし。そしたら、メールきてさ……別れてから、一回もメールなんて、よこさなかったのにね」

そうなんだ。クールだなぁ、この人たち。

「そんでそんで？　メールきて、どうしたの？」

「まあ、食事の約束して、ちょくちょく飲みにもいくようになって……もう一度、っていうのも、悪くないよね、みたいな」

マジで。そんな簡単なの？　男と女って。

「っていうかさ、お姉ちゃんだって岡先輩だって、別れてた間に、別の人と付き合ったりしてたんじゃないの？」

「そういうデリカシーのない質問しないの」

磯山さんだったら、すかさず「ピザでも注文するか」っていうところだろうけど、もちろん私はいわない。

「ええー、だってぇ、気になるもぉん。私、恋愛経験少ないからぁ、そういうドロドロする感じ、全然分かんないんだもぉん」

「別にドロドロなんてしてないわよ。さっぱりしたもんよ、あたしたちなんて」

「そうなのぉ？　そんなこといわないで教えてよぉ。なんかしらあったんでしょう？　ねえ、週刊誌に喋ったり、絶対しないから」

「あんたにそんな知り合いいないでしょ」

「うん、いないけど。いないから、だからさぁ、ちょっとだけ話してみてよぉ……」

するとまあ、ほんと、マスコミにバレたらヤバいでしょ、って話がいくつも、お姉ちゃんの口から出てくる出てくる。えっ、あの人ってそうだったんだ、とか。あの俳優、お姉ちゃんにフラレたんだ、とか。あの女優と三角関係なんて危な過ぎ、とか――。

お陰で、充也さんと磯山さんが謎の稽古をしてるとか、それで私が一人でヤキモキしてるとか、そんなの、なんか馬鹿馬鹿しくなっちゃった。

私って、やっぱりすごく平凡で、幸せなんだなって思った。

9　師匠談

沢谷さんの説明によると、桐谷道場独自の稽古方法「シカケとオサメ」は、様々な攻撃を「シカケ」る側と、それを徹底的に防御し、戦いを「オサメ」る側とに、攻防を分割したものなのだという。この二者の役割が混在することはない。「シカケ」には常に手段を選ばず攻撃することが認められているが、「オサメ」が同様の方法で反撃することは認められていない。「オサメ」に許されているのは、すべての攻撃を防いだ上で、正調《せいちょう》の剣道技で反撃することのみなのだという。

たとえば、「シカケ」の一本目は相手の頭部への肘打ち。対する「オサメ」の一本目は、それを竹刀を持った両拳で、防具を着けた状態なら小手頭《こてがしら》で防御する、というもの。

最初は「なんだそれだけか」とあたしは思った。中には立ち関節みたいな面白い技もあるのだろうが、大半はこういった単純なものなのか、と。けっこう楽勝だな、と。

だがそれは、とんでもない早合点だった。

考えてみれば剣道だって同じだ。相手がメンを打ってくる。これを防ぐなら、剣先を上げて面を守ってやればいい。それ自体はごく単純な動作であり、約束稽古でやる分にはさして難しいことではない。ただし、これが互角稽古や試合になったら、必ずしも同じように防げるとは限らない。当たり前だ。相手がいつメンを打ってくるかは分からないのだから。コテやドウ、ツキもある動きの中で、相手は虚を突いてメンを打ってくる。これが防げなければ、当然メンが入ってしまう。

「シカケとオサメ」の一本目でも、同じことがいえる。

形を覚え、約束稽古で確認しているうちはまだいい。だが、互いに「シカケ」と「オサメ」の役割に分かれて行う「役稽古《やくげいこ》」になったら、相手はメン、ドウ、コテ、ツキという正調の攻撃に、さらに肘打ちを織り交ぜてくる。こっちは普通の剣道技に加え、鍔迫り合いになったら常に肘打ちを警戒しなければいけなくなる。しかも、肘打ちだけを警戒していればいいのではない。相手は普通に引きメン、引きドウ、逆ドウ、引きゴテだって打ってくる。

「カテェイアァァァーッ」

そうなると、普段は絶対もらわないような見え見えの引きゴテだって、簡単にもらってしまうようになる。

「……参りました」

一本取られて頭を下げると、沢谷さんも構えを解く。今、沢谷さんは通常の剣道防具に加え、肘打ちをやっても怪我をしないように、道着の下にエルボーパッドを着けている。

「香織ちゃん。相手の出方を読もうとして、あちこち見ちゃ駄目だよ。目は相手から逸《そ》らさない。まず目で勝たなきゃ」

「はい」

「自分が培ってきた剣道の技術とか、呼吸とか、忘れちゃ駄目だ。同じなんだから。同じ戦いなんだから」

「はい」

「君はそういうこと、肌身で感じられる人だったじゃないか。こんな、一本目から自分の剣道を忘れてるようじゃ、先に進めないよ」

沢谷さんのいう意味は分かる。逆の経験だったら、あたしも中学から高校になったときにしている。

ツキは中学までは禁止だから、高校に入ってもあんまり上手く使う人がいなかったけど、あたしは桐谷道場で子供の頃からツキありでやってたから、それだけで当時はけっこう有利だった。後輩に稽古をつけるときなんか、「ツキでビビるな、恐怖を飼い慣らせ、自分のものにしろ」なんて、いま思えばけっこう偉そうにいってた。

あたしは今、あのときの後輩と同じ状況にいる。正調の剣道技に肘打ちが加わる——たった一つ技が増えるという、ただそれだけで、今までできていた剣道まで、ガタガタと崩れてしまう。それじゃ駄目だって、確かにあたしもいってた。自分でもツキを使いこなせ、恐怖を与える側に回れって。

いや、同じ状況とはいえないか。あたしはまだ「オサメ」しかやらせてもらってないから、肘打ちは禁じ手のままだ。単純に、恐怖を与える側に回ればいい、という話ではない。ただ、この不公平こそが「シカケとオサメ」なのだと、その点は分かっているつもりだ。充分、納得もしている。

「はい、すみません……もう一回、お願いします」

とりあえず、肘打ちを綺麗に防げるようにならんとな。

夜十時。

沢谷さんとの稽古を終え、面をとり、互いに礼をする。二人だけなので、普段の稽古みたいに、上座と下座に遠く離れては座っていない。わりと近め。小声でも話ができる距離にいる。

「……ありがとうございました」

「はい、お疲れさま」

ふと気配を感じ、斜め後ろを振り返ると、丹前《たんぜん》を着た玄明先生が、母屋に通ずる戸口のところに腕を組んで立っていた。でも、数秒こっちの様子を窺っただけで、そのまま、何もいわず茶の間の方に帰っていく。

形稽古だけならともかく、今日は普通に役稽古までやったのだ。バチャバチャ竹刀だって当ててたし、ドスンドスン踏み込んでもいた。いくら母屋に引っ込んでるとはいえ、それが玄明先生に聞こえないはずがない。気づかないわけがない。

あたしは正面に顔を戻した。

「……沢谷さん。あたしがこれを習うことについて、玄明先生には、なんていってあるんですか」

沢谷さんは、ふっと息をつき、わずかに顎を引いた。

「君は、そんな心配しなくていい。先生には、俺からちゃんと話してある」

「それはそうでしょうけど、でも……」

「いいんだ。俺が君に教えて、君はこれを習得する。いずれ、その結果を先生に見てもらう。それだけのことだよ」

いずれって、一体いつだ。防御限定の「オサメ」だけで五十本、さらに攻め手の「シカケ」が五十本あって、その百本すべてを習得するのに、一体どれほどの時間が要るのだ。すでにあたしが「オサメ」の一本目を習い始めて、十日が過ぎようとしている。

「これ……全部覚えるのに、どんくらいかかるんですかね」

「さあ。それは、香織ちゃんのやる気と、才能の問題だろうね」

「沢谷さんは、どれくらいかかったんすか」

「うーん……俺は当時、まだ学生だったから。先生もお元気だったし、毎日朝晩、日曜は一日中、夏休みなんかも使って……まあ、半年くらいはかかったかな」

そんなにみっちりやって、それでも半年――。

ああ、と沢谷さんが、何か思い出したように続ける。

「隆明先生と玄明先生のお父さん、桐谷慎介《しんすけ》さんは、この百本を一週間で覚えたらしいよ。しかも二十歳のときには、すでに典光先生に勝つようにもなって……物凄い、天才だったらしい。残念ながら空襲で、若くしてお亡くなりになったそうだけど」

これを一週間って、そんなの、天才どころの騒ぎじゃないだろ。怪物だろ、ほとんど。あたしなんて、何本目が何って、順番と技の説明を覚えるだけだって、一週間じゃ絶対無理だし。にわかには信じ難い。

実はそれって、いわゆる「都市伝説」だったりして。桐谷家限定の。

おそらく沢谷さんは、あたしには相当丁寧に稽古をつけてくれていたのだと思う。どうも話を聞いていると、沢谷さんはまず、まとめて「オサメ」の五十本を暗記してから玄明先生との稽古を始め、それと並行して「シカケ」の五十本も暗記し、「オサメ」が概《おおむ》ね身についた頃に「シカケ」の稽古も開始した、という流れだったようだ。決してあたしのときみたいに、一本一本、従来の技に馴染ませながら覚えていったわけではないらしい。

あんま、甘えてばっかりじゃ駄目だな、あたしも性根を入れ替えて勉強しなきゃ、と思った。まずは沢谷さんからもらった、ノートのコピー。これを徹底的に、頭に叩き込まねば。

「シカケの八本目、左顔面への、拳による打突《だとつ》……げー、ゲンコで殴んのかよ。きちーな……オサメの八本目、竹刀の表で捌く……まあそりゃね、竹刀持ってりゃいいけどさ……ん、左を殴られそうになったら、竹刀の表……表か？……ああ、いいのか。表でいいんだ……沢谷さん、あんま絵ぇ上手くねえな」

形が理解できたら、立ってやってみる。姿見の鏡などあたしの部屋にはないので、カーテンを全開にして、窓ガラスに映して動きを確認する。こうなると、自室が二階で本当によかったと思う。こんなのやってて、外から覗かれたら恥ずかし過ぎる。ま、恥ずかしかろうがなんだろうが、あたしはやらなければならんのだが。

「シカケの九本目は、この逆で……右顔面への打突。オサメは、竹刀の裏で捌く、と。そりゃそうだ……っつーか、なんでここは左右別々なんだよ。一本目は、頭部への肘打ち、左右って、一本にまとめてんじゃねーか。なんか適当だな、この辺……」

などとブツブツいいながらやっていたら、ぼんぼん、と襖《ふすま》をノックする音がした。

「香織、ちょっといい？」

兄だ。慌ててコピーを閉じ、上に雑誌の「剣道日本」をかぶせる。

「ん、ああ……いいよ」

建て付けの悪くなった襖を開け、兄が顔を覗かせる。

「……香織、何やってんの」

うちの家族で、あたしのことを一番気にかけているのは、間違いなくこの兄、和晴《かずはる》だ。今も眉を八の字にし、さも心配そうにあたしを見ている。

「何って、別に。なんで」

「なんか、ブツブツいってるの聞こえたから」

体を横にしながら入ってくる。一つ年上の兄は、もちろん普通に就職している。アイなんちゃらジャパンとかいうアパレルメーカーで、主に紳士服を作っているらしいが、有名なのはオリジナルデザインのメガネだとか、なんかそんなふうに聞いている。

「あ、聞こえた……ごめん。うるさかったか」

「いや、うるさくはないんだけど、昔、香織が部屋でブツブツいってるのって、たいてい中間とか期末テストのときだったからさ。なんで今さら、ブツブツ言い始めたのかなって、ちょっと思って……なに、なんか勉強でもしてたの」

「んん……まあ、ちょっとね」

「剣道関係で？」

「そう……ね」

「昇段審査か何か受けるの」

剣道の昇段審査には、必ず実技と学科の両方がある。剣道経験者でもある兄は、当然そのことも知っている。

「まあ、そんなとこ」

「ふぅん……」

たまたま独り言を漏れ聞いた兄くらいなら、誤魔化すことも難しくはない。だが相手が早苗ともなると、その難易度はぐんと上がる。

その次の日。あたしはいつも通り朝八時に道場入りし、掃除や一人稽古を済ませ、昼飯も一人、道場で握り飯を食べていた。玄明先生とは、朝挨拶をしたきり顔を合わせていない。庭弄《いじ》りをしに出てこられることもあるが、そうでなければあまりお姿は見かけない。

そんなときだった。

「ごめんくださぁい、早苗でぇす」

勝手口の方からそう聞こえた。

桐谷道場の奥は母屋と連結しており、少々複雑な造りになっている。右手、東側は玄明先生の居住スペース。突き当たりまで真っ直ぐいくとトイレと納戸、そこから左に折れると普段は使わない広めの座敷がある。左手前はまだ道場の続きみたいなもので、防具置場と更衣室になっている。その防具置場の脇っちょに、ちょっとした事務机が置かれている。木製の、揺すると脚がギーギー鳴るひどい年代物だが、早苗はなぜだかこれをえらく気に入っている。

ちょうど、その机の辺りを早苗が通過し、母屋の台所に入っていくのが見えた。両手は大きく膨らんだレジ袋で塞《ふさ》がっていた。買ってきたものを玄明先生に届けにきたのだろう。

数分すると、身軽になった早苗が道場に入ってきた。あたしは昼飯を終え、畳敷きの小上がりみたいな通路に寝転んでいた。

「……磯山さん、お疲れさまぁ」

「おう、今日はどうした。仕事はないのか」

よっこらしょ、と体を起こす。

「うん、今日から夏休みだから。事務局も交代で休めるの」

「へえ。就職しても夏休みがあるたぁ、いいご身分だな」

「磯山さんだってけっこういいご身分じゃない。こんな広いところで、ごろんで昼寝できるんだから」

「……違《ちげ》えねえ」

すぐそばまできた早苗が、スカートの裾を押さえながら畳に正座する。その状態から、胡座《あぐら》を掻いているあたしの顔を、まじまじと覗き込む。

ち、近い——。

「……なんだよ」

「それはこっちの台詞《せりふ》だよ。磯山さん、ここどうしたの」

いいながら、あたしの唇の端を指差す。

あ、そこは——。

「いや、これは……別に、なんでもない」

「なんでもないことないでしょ。痣《あざ》になってるんだから」

防具を着けない形稽古のときに、ちょっと沢谷さんの肘が入ってしまったのだ。

「ちょっと、ぶつけたんだ」

「何に」

「あー、なんだったかな」

「そんな、顔に痣が残るくらい何かにぶつけたのに、記憶がなかったら大変じゃない。記憶障害起こしてるんだったら、ちゃんと精密検査受けた方がいいよ。ちょっと、ちゃんと見せてみ」

なんだ。なんなんだ、こいつ。

「いいって、大丈夫だって。ただ、その……ほら、あの……そうそう、あれだよ、ベッドのさ、柱みたいな、あれだよ。角にあるさ、こういう……あれに、ちょっとぶつけただけだって」

「ふーん。ベッドの柱ね。なるほど」

「そうそう、うん……ベッドの柱だな」

それでも早苗は、まるで納得した顔をしない。

「それはそれとして、磯山さん。最近あんまり、うちにご飯食べにこないね。なんで？」

それは、沢谷さんとの極秘稽古に忙しいからに他ならないが。

「あ……ちょっと、美味い焼き鳥屋を、近所に見つけてさ」

「へー、そこにいってんだ」

マズい。早苗の目が、珍しく意地悪な感じになってる。

「うん……そう、ね。ちょいちょい」

「常連なんだ」

「ん、まあ……実際は、それほどでも、ない……かな」

「どこのお店？」

ほらぁ、下手な言い訳するからぁ、余計ツッコまれたぁ。

「いや……いっても、分かんないと、思うよ。看板もなんも出してない、地味ぃな、うん……貧乏臭ぁい、早苗が、あんま好きそうじゃない店だから」

「私、基本的に地味でレトロな方が好きですけど」

ほらまたぁ、余計なこといって墓穴掘ったぁ。

「あ、そう、ね……うん、じゃあ、まあ……今度までに、地図書いとくわ。今はなんか、ちょっとそこ、口じゃ、上手く説明できそうにないから。うん、また今度」

早苗は決して、納得はしていなかったと思う。しかし、なぜだか急に姿勢を正し、あたしへの追及を打ち切った。

その状態で、ニッ、と唇の両端を持ち上げ、笑いの形を作る。

「……ま、焼き鳥屋さんの件は、別にいいや。磯山さんは、磯山さんでがんばって。じゃ、私はこれで失礼します」

そういって、稽古終わりのときよりは浅めだけど、早苗は畳に両手をついて、お辞儀をしてから立ち上がった。

「ああ、うん……お疲れさん」

なんなんだ、こいつ。ひょっとして、何か勘づいてるのか。

あたしだって、今みたいな状態が普通だとは思ってない。沢谷さんは「君からは何もいわなくていい」というけれど、こっちは毎日玄明先生と顔を合わせるのだ。気まずいことこの上ない。

ある朝、あたしは意を決して、先生に話してみることにした。

「……香織です。おはようございます」

縁側に座って、まず声をかける。ここまでは毎朝同じ。

「うむ」

「先生、ちょっと今、よろしいでしょうか」

「……かまわんが、なんだ」

障子を開け、頭を下げながら中に入る。先生はいつもの座卓、いつもの座椅子に座ってお粥を召し上がっていた。

障子を閉めたら、もう一度頭を下げる。

「あの……一度、先生には、きちんと申し上げておかなければならないと、思っていたことがございまして」

「……なんだ。手短に申せ」

先生は手元にあった手拭いを摑《つか》み、口元に当てた。

「はい。わたくし、最近になって、沢谷さんから……『シカケとオサメ』を、教えていただくようになりました。それについて……」

だが、最後までいわせてもらえなかった。

「それについて、充也はなんといっている」

「……は」

「充也はお前に、どうしろといった」

「はい……わたくしから直接、先生に申し上げる必要はないと」

「ならばそれでよい。私からお前にいうべきこともない」

「しかし、先生……」

「ない。下がりなさい、香織」

でも、でもこれだけは、どうしても——。

「先生、お願いします。これだけは聞いてください。あたしは、ここが好きです。この道場が好きです。ここがなくなるなんて、考えたくないんです。なくしたくないんです。この場所を、桐谷道場を、守れるものなら守りたいんです」

他にも勢いでいろいろいったかもしれないけど、自分でも何をいったのか、正確には覚えていない。

ただ、あたしの言葉が尽きたとき、玄明先生が浮かべていた、なんとも形容し難い表情だけは、強く印象に残っている。

微笑みながら泣き、怒りながら心を鎮めようとするような、人間のすべての感情を呑み込んだ「無」のような——そんな表情といったらいいか。

「……香織」

それでいて、声はいつもの玄明先生のそれと変わらなかった。

「はい」

「お前が、この道場を守りたいと、そういってくれることについては、心から嬉しく思う。深く感謝する。しかし、人が何かを守ろうとするとき、ただ守りたいという気持ちだけでは、叶《かな》わないことがある。むしろ、叶わないことの方が多いのではないかと、私は思う。悲しいかな、守りたいという気持ちだけで何かが守れるほど、この世界は綺麗事では成り立っていない……人が何かを守ろうとするとき、必ず必要となるのは、力だ。圧倒的な力。それでいて暴走しない、抑制的な、禁欲的な、どこまでも制御され、研ぎ澄まされた、力だ。それを持ち得ない者は……奪い合いの渦に呑まれることになる。打って勝つな、勝って打てと、いうのと同じことだ。その点、よくよく考えてみるといい……分かったら、下がりなさい」

全身が、冷たくなっていた。

「……はい。失礼……いたします」

気持ちで熱くなって、勢いで切り抜けようとした自分が、ひどく、卑しく感じられた。

沢谷さんから聞いた、玄明先生のお父さんの話を思い出した。たった一週間で「シカケとオサメ」を覚え、二十歳で先々代の桐谷典光先生に勝ったという天才、桐谷慎介さんのことを。

そういう天才でも、空襲を受ければ、死ぬ。慎介さんだって、小さかった隆明先生や玄明先生を守りたいと思っていたはずだ。典光先生や自分の奥さんを守りたかったはずだ。それこそ、この桐谷道場を必死で守ろうとしたはずだ。でも、慎介さんは空襲で火に巻かれ、死んでしまった。

そういう魂にも恥じないものを、お前は持っているのかと問われている気がした。試されている気がした。期末試験のノリで百本を丸暗記し、ガラスに映る自分を珍妙に思い、コソコソと人目を気にしながら稽古をしていた自分を、あたしは、今すぐこの世から消し去りたくなった。

これは、今度こそ、性根を入れ替えてやり直さねばなるまい。

武士道と云うは、死ぬ事と見付けたり――。

そういうことだと思った。

10　訊いてみました

お姉ちゃんと話して、少し気持ちが楽になった。楽になったっていうか、整理がついた感じだろうか。

そもそも充也さんは、浮気をしてるわけでもなんでもない。磯山さんと道場で稽古をしているだけだ。そしてそれは、決してやましい行為ではない。休みの日くらいちゃんと休もうよ、もうちょっと私との時間も大切にしてよ、って思いもなくはないけど、じゃあ私が充也さんと過ごす時間が全然なくなってしまったのかというと、それはちゃんとある。稽古はやってもせいぜい二時間だから、それ以外の時間はずっと一緒にいられる。買い物だって映画だって食事だって、ちゃんと二人きりでいける。

じゃあ何がよくないのかっていうと、充也さんが磯山さんとの稽古について、正直に私に話してくれなかったこと。その一点に尽きる。じゃあその一点で、沢谷充也という人が嘘つきになってしまったのか、信用できない人間になってしまったのかというと、それも違う。私は今も充也さんを全面的に信頼しているし、誰よりも大切に思っている。つまりこれは、どういうことなのか。

私が考えるべきことは、何か——。

充也さんはなぜ、磯山さんとの稽古を秘密にしようとしたのか。それについて考えてみる必要はありそうだった。

なので、訊いてみることにした。まずは桐谷先生に。

「ごめんくださぁい、早苗でぇす」

いつものように声をかけ、勝手口から入る。道場の方は、あんまり見なかった。ちょうどお昼時だから、磯山さんはまたお握りでも食べてるんじゃないだろうか。

「失礼いたします。早苗です」

「こんにちは。いつもありがとう」

私が買い物をしていくと、桐谷先生はとても丁寧に頭を下げてくださる。最初は恐縮して「よしてください」みたいにしてたけど、いつの頃からか、私なりの返し方も決まっていった。同じように頭を下げてしまえばいいのだ。これなら失礼はない。

「どういたしまして……先生、美味しそうな梅干しが出てましたから、買ってきました。あとレトルトで、簡単に一人分作れる中華の素、カレー、リゾット……それと、お米とお野菜は注文しておきましたから、明日のお昼頃には届くと思います」

「ありがとう。助かります」

で、買ってきたものを所定の場所に納めたら、もう一度茶の間に戻る。

「あの、先生……ちょっとお話、よろしいですか」

「はい。なんなりと」

すごく不思議なんだけど、桐谷先生は、私には一切険しい顔を見せないし、厳しいこともいわない。常に穏やかで、とても物静かだ。

「実は、その……充也さんの、ことなんですけど……最近、磯山さんと二人で、何かの稽古をしているようなんですが、先生は、そのことはご存じですか」

先生は、すっ、と真っ直ぐに頷いた。

「ええ。すぐそこでやっているわけですから、耳にも入りますし、目にも留《と》まります。それが何か」

そこまでは当然として、だ。

「では、どんな稽古か、内容をご覧になったことは」

「通りすがりに、ちらりと見ることはあります」

「あの……あれは、一体なんの稽古なのでしょう」

「充也はなんといいましたか」

む。さすが、見事な質問返しです。

「まだ……充也さんには、訊いてません」

「なぜ、直接充也にお訊きにならないのですか」

鋭いなぁ。さすがだなぁ。

「それは……充也さんが、磯山さんと稽古していることを、私に内緒にしているからです。私は何度か覗きにきて、二人が稽古しているのを遠目に見て知っていますが、充也さんは私が知っているということを、知らないと思います。なので、散歩とか、ちょっとそこまでとか、別の理由をつけて……私は、それを暴《あば》くようなことは、したくないんです。できれば、充也さんから、自発的に話してほしいのですが」

また、先生が真っ直ぐに頷く。

「それで、よいのではないでしょうか。ぜひ、そのときを、待ってやってください」

なるほど。桐谷先生はすべてをご承知、というわけか。

先生が続ける。

「あれがなんであるのかを、私の口から申し上げるわけにはいきません。それは充也のためでもあり、また香織のためでもあります。早苗さんにこのようなことをお願いするのは、本来筋が違うのかもしれませんが、今は見守ってやってほしいと、思います……いずれ必ず、早苗さんにもすべてをお伝えするときがくるでしょう。それが充也からなのか、香織からなのかは、私には分かりかねますが、いずれ、必ず……私自身、そのときを待っているのです」

なんか、私が予想してたのより、事の真相は重たいものなのかもしれない。外野が、下手に首を突っ込むべきではないのかも。

「そうですか……分かりました。じゃあもう少し、私も待ってみます。ありがとうございました。失礼いたします」

私はその場で頭を下げ、茶の間から下がった。

でも、よかった。桐谷先生のお陰で、気持ちに淀んでた何かが、ちょっと流れ始めたみたいな、そんな感覚はあった。直接訊いてみてよかった。

ついでといってはなんだけど、磯山さんにもひと声かけにいった。充也さんがせっかく秘密にしてるのに、まさかあなた、あっさり口を割ったりしないでしょうね、という意地悪な気持ちも多少はあった。なんといっても、磯山さんには前科がある。桐谷先生が道場閉鎖について口止めしたにも拘わらず、あっさり私に喋ってしまったという過去が。

でも、今回は大丈夫だった。ベッドの柱に顔をぶつけたとか、近所の焼き鳥屋に通ってるとか、下手な嘘ばかりついていたけど、でも、口は割らなかった。

そこだけは褒めてあげましょう。今日のところは。

自分でも意外なんだけど、私って実は、けっこうじっとしていられない性分なのかもしれない。浪人中だって、桐谷先生のお世話を自分から買って出たりしたし。就職して、結婚してからもそれは続けてきたたし。中学のときも、部活に日本舞踊がないからって、必ずしもそれが剣道を始める動機には直結しないよなって、今になって思う。日本舞踊がないんだったら、帰宅部だってよかったはずだ。私は読書だって好きだし、他にも時間の使い方はいろいろ考えられたはず。でも、何かしたかったのだ。何かないかな、何かないかなって探した結果、剣道いいじゃん、となった——ような気がする。

だから、学校が夏休みに入って事務局の仕事が極端に減ると、つい他の何かを探してしまう。そうはいっても、２ＬＤＫの自宅を徹底的に掃除したって潰れる暇は高が知れている。そもそも、リフォームしたばかりだからそんなに汚れてないし、充也さんもあんまりゴチャゴチャ物を置く人ではないから、これ以上片づけようもない。

何かないかな、私にできる、何か――。

結果、桐谷道場に入り浸ることになる。ただし、暇だということを磯山さんに悟られてはならない。そうなったら、絶対に「稽古しろ」といわれるに決まってるから。

「磯山さん。防具置場にさあ、なんか、今いない人の防具とか、いっぱいあるように思うんだけど」

「ああ。辞めちゃった人とか、いつのまにかこなくなっちゃった人が、そのまま置きっぱにしてんのも、けっこうあるかもな」

「そういうのさ、ちゃんと綺麗にして干して、使えるものは使った方がいいんじゃないの？」

剣道の防具って、当たり前だけどサイズが体に合ってないといけないから、成長が早い小学生なんかは、新しいのを買ってもわりとすぐ使えなくなってしまう。ちょうどいい大きさのをお兄さんやお姉さん、先輩からもらえればいいけど、そういうのって、常に親御さんが心がけてくれないと、あんまり上手く回っていかない。

はあ、と磯山さんが、さも面倒臭そうに防具置場を覗きにいく。私もそのあとにくっ付いていく。

「まあ、な……整理、した方がいいんだろうな」

「よかったら、私、やってあげよっか」

ジロリと、磯山さんが私を見る。

「……なに。お前、暇なの」

おっと危ない、その誘導尋問。

「暇じゃないよ。そうじゃなくて、前々から思ってたの。ここ、風通しもあんまりよくないしさ、カビてる防具とかけっこうあるだろうな、って。ちゃんと手入れしたら、そういうのだって、まだ使えるかもしんないじゃん。全然使えないのは処分するしかないだろうけど、でもそういうのが減るだけで、ここももっと使いやすくなると思うのよ」

磯山さんが、口を尖らせて頷く。

「そりゃ、まあね……なに、やってくれんの」

「うん。とりあえず、持ち主がいるかいないか、確認してみるよ。名簿見ながら」

「お前、暇なんだろ」

「違うってば」

防具置場だけじゃなくて、更衣室とか、道場にある竹刀立てとか、母屋の方だって納戸とか、整理整頓できるところはいくらもあった。うちと違って、桐谷家は何しろ広いので。

やり始めたら、すぐに桐谷先生が覗きにいらした。

「早苗さん、すみません、そんなことまで」

「いえいえ、ついでですから。使えそうにないものは、あとで先生にご相談して、要らないとなったら、処分しちゃいましょう」

夕方までは、そんなことをしながら過ごすことが多かった。ただ、小学生が道場に入り始めたら、更衣室や防具置場は明け渡さなければならないわけで。私の作業も、そこでいったん終了。

子供たちが、置場の戸口で足を止める。

「わー、置場、ちょー綺麗になってる」

「ほんとだ。案外ひれー」

うんうん。喜んでもらえて何よりです。

「早苗先生がやってくれたの？」

ああ。実は私、いつのまにか子供たちから「早苗先生」って呼ばれるようになってて。最初は「私は先生じゃないよ」って否定してたんだけど、だからって、道場にいる大人に対して「早苗さん」ってのも子供たち的には違和感があるらしく、結局「早苗先生」が呼び名として定着してしまった。ひょっとすると磯山さんが、そう呼ぶように吹き込んでいるのかもしれない。あるいはお母さんの誰かが、あれは磯山先生のライバルで、本当は剣道も強いのよ、そのうち教えてくれるかもよ、とかなんとかいっているのかも。

稽古が始まったら始まったで、やることはある。お月謝関係とか、その他もろもろの会計処理。それも特になければ、お母さん方とお喋りしててもいい。剣道の稽古中って、確かに竹刀の音がうるさいけど、だからといって、隣の人と会話ができないほどではない。

「早苗先生は、スーパーとかどこにいってるの？」

「スーパーは、駅前のもいきますけど、私は、宅配もけっこう頼んじゃいます」

「ああ、なるほどねぇ」

とはいえ、目はなんとなく道場に向けている。磯山さん、ちゃんと小学生には優しく教えてるんだな、とか。言葉もけっこう使い分けてるんだな、とか。中学生にはさすがに厳しいな、今の蹴りとか痛そう、とか。いろいろ思いながら見ている。特に中学生の部になると、話し相手になるお母さん方もいなくなるので、じっと稽古を見ていることが多い。

するとたまに、磯山さんでも気づいていないであろうことに、私が気づいてしまうことがある。

たとえば、今年中学三年になった、大野悠太くん。彼って、今まであんな感じだったろうか。印象としては、明るくてすばしっこくて、中三にしては子供っぽいところもあるけど、でも楽しい子ってイメージだった。

それが、ここ何回か——私の場合毎日ではないので、たまたまなのかもしれないけど、でもずいぶん元気がないように、私には見えた。稽古中の声も、そう思って見ていると張りがないように聞こえる。実際、磯山さんにも注意されてた。気合が足んないぞコラ、って怒られてた。

お節介だとは思ったけど、稽古が終わってから声をかけてみた。

「悠太くん、お疲れさま」

板の間から上がったところで、面、胴、小手を防具袋にしまっている。着替えはこれから。道着は汗で、色が全体に濃くなっている。

「あ……ども」

表情も、どことなくぼんやりしている。悠太くんらしくない。

「ねえ、最近、もしかして……ちょっと、元気ない？」

あんまり上手い訊き方じゃなかったかな。どうだろ。

すると悠太くんは、スッ、と私から目を逸らした。

「いえ、別に……」

別に、っていうリアクションではない。

「どっか、傷《いた》めてるとか？」

「いや……大丈夫っす」

そういって、小さく頭を下げる。話、早く終わらせたそう。

これは、深追いは禁物かな。

「そっか、ごめん。変なこと訊いちゃったね。ごめんごめん……」

本当は、県予選もうすぐだね、がんばろうね、くらい言いたかったけど、とてもそんな空気じゃなかった。

子供たちが帰ってから、それとなく磯山さんにも訊いてみた。

「磯山さん、お疲れさま」

「ああ、お疲れ……ってお前、こんな時間までフラフラしていいのかよ。沢谷さんはどうした。腹空かして待ってんじゃないのか」

「んーん、今日はなんか、後輩と飲みにいくから遅くなるって……いや、そんなことよりさ、大野悠太くんなんだけど」

Tシャツとジャージに着替えた磯山さんは、美味しそうにスポーツドリンクをラッパ飲みしている。そんなに勢いよく飲んでると、またお腹壊すよ。

「……ん、悠太が、なんだって？」

「ここ最近、なんか元気なくない？」

「そうか？」

ほら、やっぱり気づいてない。

「ないよ。全然元気なかったって。磯山さんだって、気合足んねーぞ、こらぁーって、悠太くんにいってたじゃない」

「あたし、そんな間抜けな言い方してないけど」

「でも、気合足んなかったのは事実でしょ？」

「気合が足んないなんて台詞は、いわば、景気づけみたいなもんだからな。怒鳴る理由付けっつーか。別に、特に悠太が、とは思わなかったけど……」

そういいながらも、磯山さんはちょっと考えるように首を傾げた。

「……あれ、いつだったかな……ああ、お前たちの結婚式の、次の日の試合だったか。なんか、悠太が全然ダメダメだったから、そんときはあたしが、けっこう厳しめにいって、悠太もしょげてたけど、でもそんなの、ふた月も前の話だからな。もう時効だろ」

ふた月で時効が成立するかどうかは、さて措くとして。

「まあ、ふた月もずっと元気がない、わけじゃない、とは思うけど……なんだろうな。ちょっと気にはなるよね」

ペットボトルの蓋を閉めた磯山さんは、それでポンポンと、自分の肩を叩いた。

「テストの成績が悪かったとか、宿題が溜まっちゃって大変だとか、案外そんなことかもしんないぞ」

「また。磯山さんじゃあるまいし」

「何いってんだよ。あたしはそんなことじゃ落ち込まないよ。成績がビリだろうが宿題出し忘れようが、堂々としたもんだったよ。お陰で、三年間皆勤賞だ」

ごめん。磯山さんに相談した私が間違ってた。


その夜、充也さんが帰ってきたのは零時過ぎ。充也さんが「午前様」なんて滅多にないことだけど、明日は土曜で朝稽古がないから、たまには、そういうのもいいでしょう。

「……やだ、充也さん。顔真っ赤。けっこう飲んだの？」

「ああ、先輩にも後輩にも、けっこう飲まされた……新婚生活は、どうだって……散々、冷やかされて……ほら、式にきてくれた人も、何人かいたからさ……写真持ってんだろって、携帯見せろって、しつこくいわれて……で、早苗ちゃんの写真見せたら、けっこう……へへ……みんな、可愛いって、盛り上がっちゃってさ……へへ」

充也さんでも、そういうの喜んだりするんだ。可愛い。

「そう。じゃあ、皆様によろしくお伝えください……どうする、お風呂入る？　もうちょっと休む？」

すると充也さんは、急に「あ」といって真顔に戻った。

「今、何時だ……ああ、もうさすがに、こんな時間じゃや、駄目だな」

「何が？」

「いや、先生は、もちろんだけど……香織ちゃんも、さすがに電話しちゃ悪いよな、こんな時間に」

また何か、秘密の稽古に関することかと思ったけど、そうではなかった。

「いや、実はさ、俺の留学してたときの友達で、ジェフって奴が今度、日本にくるんだけど……奴っていっても、俺より五歳くらい年上なんだけど……ジェフ・スティーブンス」

名前くらいは、前にも聞いたことがあるような、ないような。

「ああ、アメリカの人？」

「そう。で、向こうでは、なんだっけな……財団系のシンクタンクかなんかで、働いてるっていってたかな。背が高くてさ、そこそこイイ男なんだ。白人でね。まあ、俺みたいな日本人が思うのと、アメリカ人の中でどうかは、分かんないけどさ」

充也さん、口調は徐々にしっかりしてきてるけど、でもやっぱり酔ってるんだわ。自分で話の行き先を見失ってる。

「その、ジェフさんと磯山さんが、なんだっていうの？」

あ、そうだった、と充也さんが背筋を伸ばす。普段はこういうひょうきんな仕草、しない人なんだけどな。よっぽど飲み会が楽しかったんでしょう。いいことです。

「そう、香織ちゃんにね、頼み事っていうかさ……そのジェフが、久し振りに連絡してきてさ。日本にいったら、剣道をやりたいから、道場を紹介してくれっていうんだよ。俺が学生時代に、剣道の道場に住んでるっていったの、覚えてんだかなんだか、分かんないんだけど」

あれれ。なんかちょっと、雲行きが怪しくなってきたな。

「でも、外国人で初心者なんて、磯山さんだって、困っちゃうんじゃないかな。それに、言葉も……磯山さんが英語喋れるとは、到底思えないんだけど」

充也さんが大袈裟に手をかざす。

「ああ、それは大丈夫。ジェフ、全然初心者じゃないから。俺が会った当時で……もう、十年くらい前だけど……そのときでも、そこそこできてたし。今は、もっと上手くなってるだろうし……まあ、ずっと続けてればの話だけどね。何せ、ほら、アメリカ人だから……外国人ってさ、ナチュラルに力強いからさ、けっこう、それだけで苦戦したな。理合《りあい》も、全然合わないし」

剣道における「理合」とは、「こうすれば打てる」あるいは「打てない」という、剣道家それぞれが持つ理法というか、法則、必然みたいなもの、といったらいいだろうか。その中には当然、「こう竹刀を動かしたら手元を下げるだろうから、メンが打てる」みたいな、相手を崩すための心理戦も含まれてくる。だが心理戦というのは、「こうしたらこう勘違いするだろう」という、共通認識があって初めて意味を持つわけで。そういう共通認識がない相手、たとえば外国人なんかには通じにくい部分もあるんだろうなと、それくらいは私でも理解できる。

いや、理合はさて措くとして。

「じゃあ、まあ、キャリアはそこそこあるにしても、でも、英語が」

「いや、それも大丈夫。ジェフ、日本語けっこう喋れるし……それにさ、せっかく俺を頼って連絡してきてくれたのに、さして付き合いもない剣友会とか紹介したら、悪いじゃない。どうせなら、ちゃんとした道場、紹介したいし。さすがに、警察の稽古に入れるわけにはいかないけど、でも桐谷道場ならさ、俺もいくらか付き合えるし、面倒も見られると思うんだ」

あれあれあれ。なんか、本格的に雲行きが怪しいんですけど。

ひょっとして充也さん、忘れちゃってるのかな。

私、外国の人って、けっこう苦手なんですけど。

11　異邦人

中学生の稽古が終盤に差しかかった頃、スーツ姿の沢谷さんが道場に入ってくるのが見えた。

今から急いで着替えても、稽古できるのはせいぜい十分か十五分だな、などと思っていたが、それから五分経っても十分経っても沢谷さんは奥から出てこない。何やってんすか、モタモタしてっと稽古終わりにしちゃいますよ、くらいいってやろうと思って奥を覗きにいったが、

「……あれ、いねーじゃん」

更衣室にも防具置場にも沢谷さんの姿はない。

どうやら中学生の稽古を見にきてくれたのではなく、玄明先生に会いにきただけらしい。それなら待っていても仕方ない。

あたしは道場に戻って一発太鼓を叩き、互角稽古を終わらせた。

「はい、竹刀を納めて深呼吸……希美《のぞみ》、胴紐、解けてるぞ……浩一《こういち》、お前も……お前、面紐も解けてんじゃん。しっかりしろよ……ほい、じゃ最後、早素振り千本、気合入れて打てよ。千回打ったら千本取れるように。一本たりとも無駄にするな。素振り中、着《ちゃく》装《そう》が乱れた奴は五百本追加だからな……誰だ、今いったの。マジだよ。追加が嫌なら着装をしっかりする。それだけのこった。はい始めェッ」

最後にもうひと苛《いじ》めしたら、本日の稽古は終了。気になった部分は各個人に助言し、解散。

「……忘れもんすんなよぉ……はい、さいなら……」

子供らが半分くらいに減ったところで、あたしは母屋に向かった。道着のままだが、かまわんだろう。

「先生、香織です」

「うむ……入れ」

縁側に座って障子を開けると、玄明先生はいつもの場所、沢谷さんがその向かいに座っていた。ただ、道場の後継者がどうとか、そういう堅い話ではなさそうだった。沢谷さんも脚を崩している。

「入って、香織も聞きなさい」

「はい」

いわれた通りにし、そこに座る。

玄明先生が、一つ咳払いをする。

「……充也。香織にも説明しなさい」

「はい」

沢谷さんが、少しこっちに体を向ける。

「実は、俺の友人で、アメリカ人のジェフ・スティーブンスという男が、仕事の関係でまもなく来日する。滞在予定は一年なんだが、その間も剣道の稽古はしたいということで、道場を紹介してくれと頼まれた。剣道の経験は十年以上あるし、日本語も日常会話くらいなら問題なく話せる。剣道用語ももちろん理解できる。そこで、桐谷道場で面倒を見てもらえないかと思い、お願いにきたんだが」

「へえ。その方のお年は」

「ごめん、三十四歳」

「そっすか。成人だったら、いいんじゃないっすか。別に手間もかかんないだろうし。一歩右とかも、分かるんでしょ」

「分かると思う。すごく頭のいい人だから」

「なら、問題ないっす……先生は」

玄明先生は腕を組み、目を閉じたまま頷いた。

「香織がよいというのなら、私に異存はない」

ですよね。

「……っていうか沢谷さん、なんでそんなこと、わざわざいいにきたの。一本電話くれれば、それで済んだのに」

するとと、沢谷さんは「うん」と小難しげな顔をして頷いた。

「早苗がさ、きちんと話しにいった方がいいっていうんだよね。外国人だと、いろいろ勝手が違うこともあるだろうから、って。俺は、そんなに心配することないとは思ったんだけど」

そっすね。月謝さえちゃんともらえれば、特に問題ないっす。

しかし、早苗は何をそこまで心配しているのか、翌日には眉間《みけん》に小皺を寄せて道場に入ってきた。

「磯山さん、アメリカ人の入門希望者、受け入れたんだって？」

「ん……ああ、そうよ」

あたしは竹刀の修理中。この中結《なかゆい》を結ぶの、あたしやっぱり苦手だわ。いつまで経っても、たつじいみたいにはピシッと結べない。

「ああそうよ、って……ねえ、ちゃんと分かってる？　相手はアメリカ人なんだよ。日本人じゃないんだよ」

「そいつぁどうかな。日系アメリカ人って可能性も、なくはない」

「白人だって、充也さんはいってたけど」

「あ、そうなんだ……ま、あたしは別に、黒人だってかまわないけどね。ロシア人でもブラジル人でも、ドンとこいだよ」

早苗はうな垂れ、聞こえよがしに溜め息をついた。

「そんな、安請け合いして……本当に大丈夫なの？　どうせ断るんだったら、早いうちの方がいいよ。何か問題が起こってからじゃ遅いんだから」

　なんでこいつ、あたしが断る前提で話してんだ。

「……問題って、たとえば何さ。ないだろ別に、そんなの」

　早苗の、眉間の小皺が深みを増す。しかし、こいつが怒った顔をしてもちっとも怖くない。

「甘いよ磯山さん。剣道には、日本のいろんな歴史が詰まってるんだよ。大切なのは武士道精神でしょ。そんなの、外国人に理解できっこないって」

　おやおや、これは異《い》なことを。

「そりゃ、武士道精神は大切さ。でもそんなの、あたしだって意識するようになったの、十年以上やってからだぜ。その、ジョンだかジョーだか知んないけど」

「ジェフだよ」

「やってくうちに分かんじゃねえの？　本場の道場で学びたいっていうくらいだから、それなりに熱心ではあるわけだろ。だったら叩き込んでやるよ、このあたしが。武士道も大和魂もまとめて教え込んでくれようぞ。任せておけ」

　早苗は「磯山さん、全然分かってない」と捨て台詞を吐き、プンプンしながら道場を出ていった。それでも出口のところで一礼していく辺りは、さすが現代日本を代表する剣道家の妻だ。

そこは、褒めて遣《つか》わす。

その、ボブだかなんだかが初めて道場にきたのは、その週末の夕方だった。

付き添いの沢谷さんはTシャツにジーパンという恰好だったが、ボブは一応スーツを着ている。竹刀と防具袋もちゃんと持ってきている。

「初めまして。私は、ジェフ・スティーヴンズです」

違った。ジェフだった。

「こんにちは。師範代の、磯山です……沢谷さん、『師範代』って通じてる？」

「えーと……」

沢谷さんが、何やらゴニョゴニョとジェフに耳打ちする。

「……はい、はい……分かりマシた。イソヤマ、センセイ。よろしく、お願いいたしマス」

「よろしく」

握手を求められれば、応じないわけにもいかない。

ひどく大きく、ゴツゴツした手だった。それから、手の甲の毛が凄い。金髪がかってるからあんまり目立たないけど、もう、親指が触れたところなんか、それだけで「モシャッ」て感じだ。この分だと、胸毛も相当濃いとあたしは見た。

あと、あれってどうなんだ。「刺青《いれずみ》」っていったら意味が違うんだろうけど、要はヤクザがいうところの「彫り物」だ。英語だとなんだ。「タトゥー」か。そういうの、あるのか。あったら嫌だけど、でも、あるから入門拒否ってのも、今さらできんか。竹刀振ってて、ちらっと捲れた袖口から「Fuck You」とか見えたら、けっこうみんな、ギョッとすると思う。まあ、英語じゃなくて「武士道」とか「大和魂」とか毛筆体で入ってても引くけど。

沢谷さんが手で示す。

「ジェフ、桐谷先生が奥で待ってる。いこう」

「オウケイ、分かりマシた。いきマしょう」

ジェフはあたしに会釈をしながらすれ違い、沢谷さんについて母屋の方に歩いていった。

背は百八十五センチ、ひょっとしたらもうちょっとあるだろうか。痩せ型だが、筋肉はけっこうありそうだ。いわゆる「細マッチョ」というやつだ。握手の感じから、力は強いのだろうと察した。

確かに、剣道は格闘技だから力の強さは一つの長所になる。ただし、力に頼っているうちは上達しない。一方向に力を入れるということは、反対には急に動かせないということ。それはどんな格闘技だろうと、他のスポーツだろうと一緒だろう。

ひょっとしたら、楽器の演奏や車の運転でも同じなのかもしれない。

あたしは両方ともできないけど。

県予選を間近に控える中学生たちがくるまでには、まだ少し時間がある。それまでの間、あたしは鏡を相手に、半分ほど覚えた「オサメ」の形を反復練習することにした。あたしは、ここに至るまでのある段階で、形を一つひとつ覚えようという意識を、あえて捨てることにした。沢谷さんのいった通り、根っこの部分は剣道と同じ。そのことが分かってきたからだ。

たとえば「シカケ」の二十本目、正面からの首の抱え込み。これに対し「オサメ」は、相手の右脇に肘を入れ、隙間を作りながら横に回る、という方法で回避を図る。そうすれば実際、相手の組み付きは解くことができるかもしれない。しかし組み付きが解けたところで、それで戦いが終わるわけではない。その後も相手は様々な攻撃を仕掛けてくるだろう。肘打ちかもしれないし、前蹴りかもしれない。それを捌いても、さらに竹刀による下半身への打突がくるかもしれないし、立ち関節を仕掛けられるかもしれない。

つまり、すべての攻防は連動し、円のようにグルグルと回っているわけだ。その円の中心にあるのは中段の構えであり、この中段を使いこなすことができれば、三百六十度、どこから攻撃を仕掛けられても対処することが可能である——最近のあたしは、「シカケとオサメ」をそんなふうにイメージするようになった。

不思議なもので、そのように一つイメージが定まると、形の一つひとつがスイスイと頭に入ってくるようになった。沢谷さんの描いた図も、筋肉や着衣を伴った人間の姿に見えてくる。

そうなると、「シカケ」の攻めに対し、「オサメ」は最良と思われる防御でそれを捌く、という単純な組み合わせの問題ではないことも、理解できてくる。

大切なのはこれを覚えることではない。すべてを体に取り込み、染み付かせ、使いこなすこと。いってしまえば、それも剣道と同じだ。約束稽古の通りに、試合の相手がメンを打ってくることはない。竹刀の竹一本、先革《さきがわ》一個分、太刀筋や間合をずらし、あるいはコンマ何秒かのタイミングをずらして相手は打ち込んでくる。だが、本当に攻防が体に染み付いていれば、どんな角度で打ち込まれようと対処できるはずである。「シカケとオサメ」でも、そのようにすればいいだけなのだと気づいた。

形の本数に惑わされるな。

戦いの本質は、何一つ変わらないのだから。

玄明先生への挨拶が済んだのだろう。沢谷さんが、ジェフを伴って更衣室と防具置場の方にいくのが見えた。早苗が整理してくれたお陰で、防具置場はずいぶん使いやすくなった。印象としては、防具が三分の二くらいになった感じだ。外国人入門者のひと揃いを置いてやるくらい、どうということはない。すぐには出てこなかったので、ああ、支度してるんだな、沢谷さんが少し稽古をつけてやるんだな、とあたしは思っていた。

だが、そうではなかった。

二人が道場に戻ってきたとき、ジェフは確かに道着に着替え、胴と垂まで着けていたが、沢谷さんはTシャツとジーパンのままだった。

あたしと視線を合わせ、沢谷さんがニコリとする。

「磯山先生。少し、稽古をつけてやってくれませんか」

そういう申し出があれば、むろん、相手をして進ぜよう。

「……分かりました。じゃあ、少しストレッチをやったら、素振りからやりますか」

あたしが上座にいき、膝をつくと、ジェフはその正面、道場の板の間ギリギリの端っこに、同じように膝をついた。一応、礼儀は弁えているようだ。

「ヨロシク、お願いしマス」

「はい、よろしくお願いします。まだ、面は着けなくていいです」

五分ほど自分なりにストレッチをやらせたら、最初は基本中の基本、前進後退メンだ。

「はい、始めます……メンッ」

「メンッ」

ほほう。太刀筋は悪くない。摺り足も綺麗にできている。姿勢もいい。少し左足の引き付けが不十分だが、注意するのはもう少ししてからでいいだろう。

「続けて左右メン……メンッ」

「メンッ」

手首の返しもいい。ちゃんと刃筋《はすじ》を意識できている。

「じゃあ、少し変わった素振りをします。まずは大きく前に一歩、右から出して、左膝が床につくくらいまで腰を落として、竹刀も、床に当たる直前まで振り下ろす……メンッ……打ったら元の姿勢に戻る。次は、同じように左足を出して、右膝が床につくくらいまで腰を落として……メンッ……床は打たない。これの繰り返し。分かりましたか？」

ジェフは「分かりマシた」と大きく頷いてみせた。ひょっとしたら、アメリカでもこれくらいのことはやるのかもしれない。

「はい……メンッ」

「メンッ」

分かったというだけあって、ちゃんとできている。これはもう、ほとんど手間はかからないと思ってよさそうだ。

さらに早素振りまでやって、いったん最初の場所に戻す。

「では、面着け」

「ハイ」

面くらい問題なく着けられるだろうとは思っていたが、その所作から熟練度を窺い知ることはできる。同じように手拭いを巻き、同じように面紐を結ぶにしても、小学生と大人とでは、その美しさがまるで違う。面という、自分の頭を守ってくれる防具に対する敬意みたいなものが、その所作に表われるのだ。

ジェフは——うん、いいじゃないか。面紐の扱いも無駄がなくて、見ていて気持ちがいい。顔が隠れてしまえば、アメリカ人かどうか分からないくらいだ。ちょっと腕の毛はモシャモシャしてるけど。

ちなみにジェフの垂にはまだ名前がない。入れるとしたら、どうするんだ。「ジェフ」か、「スティーブンス」か。普通、日本人なら名字を入れるが、「スティーブンス」って、縦書きにしたら長過ぎないか。いっそ「捨文須」みたいな漢字に——大きなお世話か。

面を着け終ったら、切り返しだ。切り返しは、剣道のすべての要素が詰まった基本稽古。これをやれば、その腕前も大体の見当は付く。むろん、あたしが元立《もとだ》ちでジェフが習技者《しゅうぎしゃ》。あたしが、ジェフの技を受ける。

「じゃあ、最初なので。一往復でやります」

「ハイ。ヨロシク、お願いしマス」

互いに礼、蹲踞をし、間合を切って中段に構え、

「イエアッ……」

ジェフが打ち込んでくる。

「メェェーンッ」

うーん、重たい。二十センチの身長差もあるが、パワーがやっぱり、違うわ。一発一発が重たいし、痛い。

「メッ、メッ、メッ、メッ……」

でも、いいよ、なかなか。ちょっと竹刀の振りが「タケコプター」になりかけてるけど、今それは注意のしようがない。

「メンッ……イアッ、メェェーンッ」

よしよし。いいよ、いいですよ。

あたしはいったん構えを解き、手招きをした。

「ジェフ……メンッ、で左メン、メンッ、で右メン……あたし、元立ちは竹刀で避けるけど、竹刀を打つのではなくて、メンを打つ気持ちを忘れないで。もう一回」

ワンモアタームイム、くらいいってやった方がいいのか？　そもそも「タケコプター」

で通じちゃったりするのか？

「ハイ、ありがとうございマス」

ちゃんと分かったかどうか分からなかったので、あたしは途中から竹刀で避けるのをやめて、全部メンを打たれてみた。すると、意味が分かったのだろう。左右メンを打つ、その刃筋が見る見る整っていく。「タケコプター」ではなくなっていく。あたしは二、三回耳を打たれて、すげー痛かったけど。

「……はい、じゃあ交代して、あたしが二往復やります。受けてください」

「ハイ」

二往復、の意味がイマイチ通じていなかったようだが、まあいい。切り返しにはなっていたし、見本は充分示せていただろう。

さらに掛かり稽古を十五分くらいやって、最後に互角稽古。この頃には中学生も何人かきていた。着替えもせず、あたしと名無しの巨人の稽古を遠巻きに見ている。

「イェエェアッ」

「ハンッ」

こんな、二十センチも背が高いアメリカ人の体当たりなんかまともに喰らったら、それだけでスッ飛ばされてしまう。うちの親父は「女では助教になれない」といっていたが、こういうことなんだろうな、と今さらながらに思う。稽古をつける側の人間が、つけてもらってる側に簡単に吹っ飛ばされては威厳が保てない。ましてやガンガン打ち込まれるようなことは、絶対にあってはならない。

「ンメッ……」

「ドォォウッ」

でも、これくらいの相手ならまだ大丈夫。力でくるなら、足で捌くし、体でくるなら「オサメ」の応用でいなすこともできる。

「ウェイヤッ、メェェーッ」

「ハンッ、コテイヤッ」

ジェフ、上手いよ。けっこう、ちゃんと「剣道」してる。あたしに何本か打たれて、少し迷いが出てきてるのかもしれないけど、最初の何本かみたいに、闇雲《やみくも》に突っ込んではこなくなった。沢谷さんが「すごく頭のいい人」といっていたの、分かる気がする。この三十分ほどの稽古だけで、ジェフの剣道が変わってきているのが分かる。打てない間、打ってはいけない間というのが、ジェフの意識の中で変わってきているのが、明確に感じられる。

「……はい、じゃ、最後……切り返しやって、終わりにしよう」

「ハイッ」

これで三十四歳か。あたしのちょうど十歳上じゃん。

けっこう、可愛いもんだな。外国人って。

12　これは、意外と根の深い問題かも

ジェフ・スティーブンスが来日し、早速、桐谷道場を訪ねて磯山さんに稽古をつけてもらったことは、充也さんから聞いた。

「……で、どんな感じだった？」

「どんなって、まあ、普通だよ。普通に、スムーズにやってたよ。香織ちゃんも、上手いって褒めてた。まあ、ちょっと硬くはなってたと思うけどね。力んでる感じはあったかな」

その次のときは充也さんも稽古に出るというので、私も見にいってみた。私が道場に入ったときにはすでに成人の部が始まってて、最初はどの人か分からなかったけど、垂ネームが見えたら一発で分かった。片仮名で【ジェフ】って、異様に目立つ。名字じゃなくて名前なんだ、と思ったけど、【スティーブンス】じゃ字数が多過ぎて、ネームのスペースには収まらないのかも。

「イヤァァーッ、タッ」

気勢は、ちょっとターザンっぽいっていうか、なんか変な感じだけど、それ以外は、

まあまあ普通かな。

充也さんは――いたいた。やっぱりカッコいいな、充也さんって。ほら見てよ、なんたってスタイルがいいでしょう。腰の位置が高くて。それにさ、あの真っ直ぐな構え。滅多なことじゃ崩れない上体。美しいでしょう。一本取るのにもさ、動きが物凄いシンプルなんだよね。そこに至るまでいろいろやってるっていうのは、分かってるの、私も。いや、ほんとはそんなによく分かってないんだけど、っていうか見分けられないんだけど、でも剣道の話はよく聞いてるから、たぶん今のはこうだったんだろうな、くらいの想像はつくわけ。あとで充也さんに確認すると、そうじゃなくて、っていわれることもあるけど。

いま充也さんが相手をしてるのは高校生。葵《あおい》商業の山根《やまね》くん。彼もけっこう強くて、今年は個人でも団体でも神奈川県の代表になってる。

そういう、高校でもトップ級の選手の剣道って、充也さんにはどう見えるのかな。ゆっくりに見えるのかな。いや、それはないか。スピードだけなら、下手したら高校生の方が上だもん。でもきっと、何かが単調なんだろうな。最初は何本か打たせてあげて、でもその後は充也さん、一切打たせてあげなくなった。山根くんが竹刀を出しても出しても、全部手前で捌いちゃう。それもほんの小さな動きで。そうされてみて、山根くんも考えるんだと思う。何が足りないんだ、どこがいけないんだ、どう打ったらいいんだ、って。

そこからまた空気が変わる。充也さんも、手前で全部捌くようなことはしなくなる。それで、少しだけ展開が長く、複雑になる。たぶん充也さんは、何かを自らに禁じたんだと思う。山根くんから見れば、それは即ち「隙」になるわけで。そこを突いてこい、打ってこいと、充也さんは誘ってるんだと思う。待ってるんだと思う。分からせたいんだと思う。

「ンメァァァーッ」

あ、今の一本、綺麗だった。きっと会心の一撃だったんでしょう。充也さんが頷いてみせる。山根くん、ちょっと嬉しそう。

これで山根くんとは終わり。次は――あ、ジェフだ。

「お願いしマス」

まあ、十年やってるってだけあって、さすが、礼法はしっかりしてる。むしろしっかりし過ぎて、ガチガチって感じだけど。

「ウェェーヤッ」

「ハンッ」

ガーンと、ジェフからぶつかっていって。ガシッ、とね。充也さんが受け止めて。背は、ほんのちょっとジェフの方が高いみたい。体付きは、充也さんの方がいくらかガッチリ感があるかな。まあ、警視庁代表ですから。いわば剣道のプロ。鍛え方が違いますから。

ジェフがコテ、コテメン。それを充也さんが、パパンッ、と軽く捌く。次に充也さんが、ゆるり、ゆるりと剣先を揺らすと、ジェフがその動きの裏をかいてメンを打とうとする。でも充也さんは、それも「ダメダメェ」みたいに手前で捌く。

やっぱり、高校生相手の稽古とはノリが違う。高校生は、本当に真剣だからね。ここで学んで、部活で磨いて、インハイで出し切るのに青春のすべてを懸けてるから。稽古つける側だって、何か伝えたい、短い時間の中で、何か一つでも悟ってほしいって、祈るような気持ちで打ち合ってるんだと思う。

でも大人同士の稽古は、明らかにそれとは違う。全国大会に出たいとか、誰かに勝ちたいとかいう、切羽詰まったものはなくて、誰かと稽古をすることで、自分を見つめているような、そんな静謐《せいひつ》さが感じられる。特に七段、八段という先生方は、どなたも竹刀操法が静かで、無駄がなく、なめらかだ。

それと比べると、まだジェフは若いんだろうな。

「イィィヤッ、ウェアッ」

大人というより、おっきな高校生の剣道みたいに見える。知りたい、一本取りたい、勝ちたい。そんな気持ちが背中に滲《にじ》み出ている。でもそれに対して、充也さんは高校生と同じような稽古はつけない。もっと楽しもうぜ、ジェフ、みたいな。リラックスした返しをする。

かと思うと、いきなり、

「ハンッ、ドォアァァーッ……」

スパーン、とドウを抜いてみせたりね。これがまた、美しいのなんのって。ジェフも「オーマイガ」みたいに天を仰ぎ見る。

でも、ジェフ——この人、確かに上手いかもしれない。真面目そうだし。今はまだ、日本の道場の雰囲気に慣れてないのか、道場作法の微妙な違いに戸惑ってるのか、そこは分からないけど、なんか、すぐ強くなりそうな気はする。あと、ほんのちょっと足りない何かが加わったら、途端にバケるんじゃないか、ブレイクするんじゃないか、みたいな——まあ、剣道歴六年、正確にいったら五年半にも満たない私に、いわれたくはないかもしれないですけど。

ええと、磯山さんはどこかな。あ、いたいた。八段の大山《おおやま》さんに稽古つけてもらってる。構え、長いな。ジリ、ジリ、と足は動かしてるし、ピク、ピク、くらいは剣先も動かしてるけど、構えは双方とも全然崩さない。凄い心理戦だ。

まだ、まだ。まだ、まだまだ。えー、まだ打たないの？　まだ打たないのか——と思ってたら、磯山さんが動いた。でも、

「……ドォ」

軽く捌いて、大山さんがドウを入れた。

いやぁ、やっぱり八段って、凄いですね。

八月最初のビッグイベントは、中学生の関東大会県予選。桐谷道場からは七人の門下生が出場することになっていた。

東松学園中学男子部の飯田仁志くんは個人戦のみ。最近の東松男子は週一回、中高で合同稽古をしているけど、団体でブロック予選を勝ち抜けるほどには、まだ中学男子剣道部は育っていない。でもきっと、あと二、三年で形になってくるのではと、私は期待している。私は東松中学女子部ＯＧであると同時に、今は高校女子部の事務局員でもあるので、やはり東松と名のつく剣道部にはがんばってほしい気持ちが強い。ちなみに仁志くんは全中選抜県予選で見事優勝しており、全国制覇を期待されている。

磯山さんの後輩に当たる保土ヶ谷二中からは、大野悠太くんが個人と団体、林田誠《はやしだまこと》くんが団体、北野彩芽ちゃんが個人と団体に出場する。私はよく知らなかったけど、保土ヶ谷二中って地元では剣道の名門らしいです。ちなみに女子の試合は明日だけど、彩芽ちゃんはちゃんと男子の応援にきています。

保土ヶ谷一中からは、高橋圭介《たかはしけいすけ》くんと皆川浩一《みながわこういち》くんが個人に。団体は惜しくもブロック予選を勝ち抜けなかった。でもそれは、仕方ないかな。強いの、圭介くんと浩一くんだけだったもんな。

もう一人は戸塚東中の渡辺大河《わたなべたいが》くん。こちらも個人のみ。戸塚東中は新設校なので、これからに期待、って感じ。

でも凄いよね。男子個人戦四十八人の中で、五人が桐谷道場の門下生なんだから。しかも一人は、すでに全国大会の出場を決めている。私、桐谷道場がこんなに剣道の名門道場だなんて、ほんと失礼な話なんだけど、つい最近まで知らなかったよ。いかに自分が、剣道に疎《うと》いまま中学高校大学と過ごしてきたかを思い知らされた。

「……早苗、喉渇いた」

当たり前だけど、こういった大会での私たちはただの観客。トーナメント表と試合場見取り図を見比べて、この辺の席を取ろうね、と二人で相談し、開場と同時に早歩きでそこまでいって、まんまと狙っていた最前列を確保した。

「私は麦茶、用意してきたけど」

「よこせ」

「いいけど……全部飲まないでよ」

ほんと磯山さんって、いくつになっても手間がかかる。開会式は退屈だとか、試合が始まったら始まったで、あの試合場の審判はヘボだとか。そういうこと口に出していわ

ないで、って私がいうと、一応、いけね、みたいな顔はするんだけど、十分もしないうちにそんなの忘れちゃって、また、

「あいつ……また一人だけバカみたいに挙げてら」

とか口に出してしまう。

「んもぉ、ガムテープ買ってきて口に貼るよ」

「無駄だね。そんなもん、内側からベロベロ舐めてりゃすぐ剝がせるし」

「バカ」

「出ベソ」

ほんと子供。大人になんて、全然なってやしない。

桐谷道場門下生はそれぞれ、一回戦、二回戦と順調に勝ち進んでいった。

しかし、いずれは誰かが負ける。

残念ながら、最初にそうなってしまったのは戸塚東の渡辺大河くんだった。

「メンあり……勝負あり」

港南二中の選手にメン二本を奪われ、悔しい三回戦敗退。

「あぁー、もう……あんなに打ち急ぐなっていったのに。届いてないんだもん、メンが。あれじゃあ駄目だよ……あのへっぴり腰じゃ」

確かに腕だけで打ちにいっちゃって、足腰がついていってない感じはあった。でも「へっぴり腰」なんて、本人にいわないでよね。負けただけで充分傷ついてるんだから。

一方、一回戦はシードで二回戦、三回戦と勝ち進んでいた高橋圭介くんは、悠太くんと同じ保土ヶ谷二中の宮永くんという選手と、準々決勝で当たった。

「あ……あいつ」

「なに、圭介くん？」

「いや、その相手。あたし、あいつ嫌いだ」

「またそんな、子供みたいなこといって」

「だってよ……まあ、お前も観てりゃ分かる」

確かに、試合が始まったら、磯山さんのいう意味が分かった。

なんというか、仕草が、一々ふてぶてしいのだ。反則とか勝ち負けは別にして、剣道家としてはどうかと思う。

「あほら、すぐ竹刀で床叩くだろ」

「うん、あれ、嫌だね」

「残心もカッコつけててさ。嫌いなんだよな、あたし、ああいうタイプ。でもああいうのって、女子より男子の方が多いよな」

「そうなんだ」

その宮永くんに、

「うわっ……バカッ」

圭介くんはドウで一本奪われ、そのまま時間切れ。準々決勝敗退となってしまった。

「審判、なんだよそれ……鍔迫り合い、ぜってーわざとじゃん。時間の空費もいいとこだぜ、なあ？」

「うん……あんまり、気分のいい試合じゃなかったね」

さらに悲しい戦いは続く。

今度は皆川浩一くんと、飯田仁志くん。ここでは保土ヶ谷一中と東松中学の対戦ってことになってるけど、私たちにとってみれば桐谷道場生同士の同門対決だ。二人とも勝たせてあげたい。どちらにも負けてほしくない。

でも、この二人の実力差は、如何ともし難いものがあった。

「ンメェエエエヤッ」

「メンありッ」

開始早々、仁志くんが跳び込みメンで一本取り、

「二本目ェ」

浩一くんもすごいがんばってたけど、終了間際になって、

「ンメヤァァァーッ」

「メンありッ……勝負あり」

再び跳び込みメンで仁志くんが準々決勝を制した。

私はこれ、とてもいい試合だと思ったけど、磯山さん的にはどうだったんだろう。

「……浩一くんも、がんばってた……よね？」

口を尖らせながら、磯山さんは頷いた。

「浩一は、よく戦った。いつもなら二本目、もっと早く諦めてたと思う。でも、よく粘った。仁志の厳しい攻めを、よくあれだけ凌《しの》いだ。この負けは恥ではない。次に繋がる負けだった」

こういうの聞くと、磯山さんも大人になったな、って思えるんだけどな。

そして、圭介くんに勝った宮永くんは、なんと、同じ保土ヶ谷二中の大野悠太くんと準決勝を戦うことになった。でも、こんなのってありなのかな。

「ねえ、同じ学校の子同士って、決勝まで当たらないように試合組むもんなんじゃないの？」

磯山さんは、ちょっと怒ったみたいにトーナメント表を私に向けてきた。

「もう一人いたんだよ、保土ヶ谷二中の、持田《もちだ》って選手が、あっちの試合場に。三人もいたから、散らしきれなかっただけだろ……それより、あの野郎」

悠太くん対、宮永くん。

「悠太さ、お前の式の翌日の試合でも、あいつに負けてんだよ」

「あいつって……宮永くんに？」

「ああ。なんで負けたんだって、あの日は散々怒鳴りつけちまったけど……まさか、同じ轍《てつ》を踏むなんてこたぁ、あるめえな」

だが、そうなってしまった。

　この試合の悠太くん、いつもとは別人じゃないかってくらい、動けてなかった。同じ部だからって遠慮とか、そんなのないとは思うけど、でもとにかく、全然、悠太くんらしくなかった。足も動いてないし、打ちも弱い——なんて、私にいう資格はないのかもしれないけど、でも私ですらいいたくなるくらい、弱々しかった。

「キィィエェェエアーッ」

「コテあり」

　磯山さんが「カッコつけ」っていってたの、今みたいな動きのことでしょう。審判に対する、一種のアピールなんだろうけど、引きゴテの残心で、やけに首を振りながら下がってったり。確かに、あれはちょっと気持ち悪いかも。私も好きじゃない。

　その一本で悠太くんにエンジンが——かかることはなく、この試合も時間切れ一本負けになってしまった。

磯山さん、さぞお怒りになるだろうと思いきや、

「……い、磯山さん？」

腕を組んだまま、じっと試合場の方を凝視している。よく見えない細かい字を読もうとするように、目を細めて難しい顔をしている。

「早苗……」

「うん、なに」

「お前……悠太に、声かけてやってくれ」

目は、まだ試合場に向けられたままだ。

「え、私が……なんて？」

「慰めてやってくれ」

珍しい。磯山さんがこんなことをいうなんて、初めてじゃないだろうか。

「うん、私でよければ、そうするけど……でも私、あんまり気の利いたこと、いえないよ。なんていったらいいの、こういうとき」

「知らん。あたしだって分かんないから、お前に振ってんだよ。あたし、この怒りが冷めないうちに、あいつに会ったら……最悪、ぶん殴っちまうかもしんない」

駄目、ダメダメダメ、そういうのは絶対駄目。

分かった、そうする。何がなんでも、私が悠太くんを、責任持って、全力で慰めてみ

せる。任せて。

幸い、その宮永くんは仁志くんが倒してくれた。それも、一分もかけずにメン二本という、溜め息の漏れるような横綱剣道だった。それで仁志くんが優勝、宮永くんが準優勝。三位の悠太くんと緑《みどり》中学の小窪《こくぼ》くんと、合わせて四人が関東大会本戦に出場することに決まった。

試合場を出ると、偶然そこを仁志くんが通りかかったので、磯山さんが呼び止めて、二人で「おめでとう」っていった。

でも仁志くん、全然嬉しそうじゃなかった。なんか、物凄い怖い顔してた。

「……奴だけは、赦せないんで。圧倒的に勝ってやろうって、声を出す間もなくぶった斬ってやろうって、最初から決めてました。圭介と悠太が立て続けにやられて、俺、黙ってらんないんで。俺まで負けるなんて、絶対に、絶対に許されないんで……俺、優勝とかそんなんじゃなくて、桐谷道場を守るために戦いました……失礼します」

桐谷道場を守るってどういうことだろう、とは思ったけど、仁志くんも東松の仲間を待たせてるみたいだったから、それは訊けなかった。

磯山さんが腕時計を覗く。

「……あ、もうこんな時間だ」

「ほんとだ。早く帰んないとね」

今日は小中学生の稽古をお休みにしたけど、成人の部の稽古は普通にある。みんな大人だから、別に磯山さんがいなくても大丈夫ではあるんだけど、でも一応、師範代なので。道場を管理する責任者ではあるので、やはり最初からいた方がいい。

帰りの電車の中で、磯山さんは念を押すようにいった。

「……悠太のこと、頼むぞ」

「うん、分かった」

そう答えてはみたものの、本当は私も、どうしていいか分からなかった。

だから次の日、私は中学の部が始まるちょっと前、六時頃から、なんとなく勝手口の辺りをブラブラしていた。私だって別に、磯山さんが本当に悠太くんをぶん殴るとは思ってないけど、でも二人が顔を合わせる前に私が会っておきたい、とは思っていた。

なのに、なかなか悠太くんがこない。桐谷道場はお休みの連絡とか、必ずしなければいけないわけではないんだけど、でもたいてい、同じ学校の子が、誰々は今日休みです、とか、別のお母さんに伝言頼んだりして、くるかこないかは事前に知らせてくるようになっている。でも今のところ、誰も、今日悠太くんが休むとはいってきていない。

やがて中学生の稽古が始まり、道場が騒がしくなっても、まだ悠太くんはこない。いったんは道場を覗いてみたけれど、やっぱりきていない。変だな、こんなこと、滅多にないんだけどな、と思いつつ表の道まで出てみたら——なんと、道場の門の脇に、膝を抱えてうずくまってる制服姿の子がいる。

「……あれ、悠太くん？」

そう声をかけると、ビクッ、として顔を上げる。やっぱり悠太くんだ。一瞬、立ち上がるような仕草もしたけど、私だって分かったからか、それもやめて、悠太くんはまた地面にお尻をついた。

「早苗先生……俺、今日、稽古、休みます……」

そういっただけで、悠太くんの顔はクシャクシャになり、

「どうしたの、悠太くん……」

ボロボロと涙がこぼれ出した。どうも、それまでも泣いていたような、そんな顔だった。

うちのマンション前にある公園までいって、二人でベンチに腰掛けた。すぐ近くの自販機でコーンスープとコーヒー、スポーツドリンクを買ってきたら、意外にも悠太くんはコーヒーを選んだ。

「すみません……いただきます」

それで少し気分も落ち着いたのか、俯《うつむ》き加減ではあるけれど、悠太くんは話し始めた。

「……俺、磯山先生のこと、すごい好きで」

ちょっと、ドキッとしたけど、そういう意味ではないようだった。

「桐谷先生も、すごい尊敬してますけど、無口じゃないっすか。でも磯山先生は、いろいろ、喋ってくれるじゃないっすか。武士道とか、そういうこと……」

「うん、そうね」

ある特定の部分だけ、非常に理屈っぽい人だからね。

「俺、磯山先生がしてくれた武士道の話、すごい好きで……武士道には、礼とか、誠とか、名誉とか、忠義とか……ほんとはもっといっぱい、あるんだけど、でも短く、三つにまとめるから、よく覚えとけ、って……世のためを思い、他人を敬い、精進を怠らない。人はこの三つを守っていれば、どこででも、どんな時代でも、生きていけるって」

磯山さんらしい、といえばらしいけど、どこからの引用だろう。すぐには思い当たらない。

「……俺、それ聞いて、すげー感動して。もう一回磯山先生に訊き直して、覚えて、家に帰って、自分で書いて、机の前に貼ったんすけど……それ、部の連中が遊びにきたとき、宮永が……あの、昨日、俺が負けた奴ですけど……あいつが見て、なんだこれって訊くから、これが武士道の心構えだって、いったら……すげー馬鹿にされて。武士道ってのは、死ぬことだろって、だから日本は戦争で特攻やったんだろ、って……時代遅れの武器しかないから、だからゼロ戦で、生きたまま敵の軍隊に突っ込んで……そういうのが武士道だろ、って。武士道とは、死ぬ事と見付けたりって、お前、知らないのかって……俺、知らなくて……情けなくて……」

　そんな言い方って――でも、いる。そういう解釈をする人、まだまだ、いっぱいいる。

「……それから、クラスでも、部活でも、武士、早く死ねよ、武士って、からかわれるようになって……ちょっとなんかしくじると、特攻しろよ、教室の窓から、飛び降りろって……あと、特攻すんだから、お前に武器はいらねーとかいわれて……竹刀、隠されたり。目の前で、踏まれたり……唾かけられたり」

「ちょっと」

　私は思わず、悠太くんの肩を摑んでしまった。

「それじゃ、ただの虐《いじ》めじゃない」

　悠太くんは、肯定も否定もしなかった。ただ新しい滴《しずく》が、その日に焼けた頰を伝い落ちていく。

「……俺、よく分かんないから、反論できないし。誠と彩芽は、かばってくれたりするんすけど、でも、口じゃ宮永に敵わないから、結局、言われっ放しで」

　これは、意外と根の深い問題かもしれない。

「悠太くん。今の話、磯山先生にしても、いいよね」

「はい……あ、でも、そのせいで、俺が、なんか……部で、虐められてるみたいな、そういうことは……」

「うん、分かってる。そんな言い方はしない。ただね、磯山先生だって、悠太くんのこと心配してるんだよ。最近なんで調子悪いんだろうって、すごく気にかけてる。だからある程度、今の話、私にさせて。じゃないと磯山先生、また気合が足りないんだって思っちゃうから。そうじゃないんだってこと、私から磯山先生に伝えさせて。悠太くんが困るようなことにはしないから」

悠太くんは頷いて、まだしょんぼりはしてたけど、でもベンチからしっかり立ち上がって、カバンを肩に掛け直した。

「早苗先生……磯山先生に、昨日、負けちゃって、すみませんでしたって……伝えてください」

私、もう堪らなくなっちゃって、思わず、悠太くんを抱き締めてしまった。まだ私より、ちょっと背が低い悠太くんの頭を、ぎゅっと抱え込んだ。

「そんなこと、いわなくていい。負けたからって、誰かに謝ったりしなくていい……分かってる。私がちゃんと分かってるし、話せば、磯山先生だって絶対分かってくれるから……それに、これは内緒だけど……磯山先生、今みたいな話、全然知らないのに、宮永くんの剣道、なんか嫌いだって、いってたよ。そういうの、剣道にもちゃんと表われるんだよ。だから……信じなさい。磯山先生が、君に教えた剣道を、信じよう。ね」

話はそこまでで、悠太くんとは、道場の前まできて別れた。

「……早苗先生、ありがとうございました。失礼します」

「うん、気をつけて帰ってね」

私はそのまま、道場の門をくぐった。今ならまだ、磯山さんは中にいると思ったからだ。

でも、玄関の辺りまできて、気づいてしまった。

また磯山さんと充也さんが、稽古をしている――。

これって、もうけっこう続いてるけど、最近はどんな感じなんだろう。そんな興味もあり、私はあえて声はかけずに勝手口から入り、道場内を覗いた。

それは――本当に、声を出さずにいられたのが不思議なくらい、異様な光景だった。

13 好敵手

成人の部が終わってから、また少し沢谷さんに稽古をつけてもらうことになった。

沢谷さんは今日も、通常の剣道防具に加え、両肘にエルボーパッド、両膝にニーパッドを着用している。あたしに怪我をさせないためではない。肘打ち、膝蹴りを出したとき、あたしの防具に当たって自分が怪我をしないようにだ。

「シュッ」

「ハンッ」

このところ、あたしの技を覚えるスピードはぐんぐん上がってきている。決して自惚れなどではない。日に二つ、三つと覚え、沢谷さんとの稽古で試し、一つひとつ、身についているかどうかは確認している。すべて、できていると思う。形にある通りの「オサメ」方は着実に身についてきている。約束稽古までは問題ない。

肝心なのは、役稽古になったときにどうか、ということだ。

「本当にいいの、香織ちゃん」

「はい。お願いします」

「『シカケ』の三十二本目、三十三本目、三十四本目、三本とも加えてやっていいんだね」

その三本は、一気にやらなければ意味がない。

「はい、大丈夫です。お願いします」

「シカケ」の三十二本目は背後からのメン、三十三本目は背後からの袈裟《けさ》斬《ぎ》り、三十四本目は背後からのドウ打ち。これらはすべて、素早く振り返って竹刀で捌くしかない。一本一本、別々に稽古をしても仕方がない。

「じゃあ……いくよ」

「シカケとオサメ」の稽古では、剣道のような気勢はあげない。両者、静かに剣先を向け合う。メンやドウといった技を出すときも、必ずしも口に出す必要はない。

スッ、と沢谷さんが間合を詰めてくる。あたしは出コテを狙って竹刀を裏に入れたが、

「シッ」

「シカケ」の十二本目、右からの足払いがくる。足払いというか、ほとんどローキックだ。むろんあたしは「オサメ」の十二本目、右脹脛《ふくらはぎ》の外側で受け、そのまま体当たり。

「フンッ」

「ハッ」

剣道でいうところの鍔迫り合いの形になるが、この体勢からの「シカケ」はやたらと種類が多い。頭部や体部への肘打ち、拳による打突、頭突き、喉元へ竹刀を押し付けてくるかもしれないし、組んできての足払い、立ち関節だってある。

だが、

「ハッ」

なんと、沢谷さんが出したのは正調の引きメン。しかしこれを、首を振って避けたりなどしてはならない。きちんと竹刀で捌き、さらなる攻撃に備えなければならない。

バチッ、と竹刀がぶつかり合い、間合が切れ、双方中段に戻す。遠間《とおま》からの攻撃は、基本的には剣道と同じになる。当たり前だ。間合が遠いのだから、竹刀を用いての攻撃

の方が理に適っている。

いや、「シカケ」の七本目、下半身への打突というのもありだ。

「シャッ」

逆ドウの要領で、沢谷さんがあたしの左腿を薙《な》ぎにくる。「オサメ」では、これを上から、打ち落とすように捌く――よし、大丈夫だ。できている。

あたし自身、自分の技の習得度合いに驚いている部分があるが、それにもまして凄いのは、やはり沢谷さんだ。あたしが「十五本目まで覚えました」といえば、そこまでの形稽古をし、約束稽古で攻防の確認をし、それを盛り込んでの役稽古をつけてくれる。一本目や二本目くらいならさして難しくもないだろう。正調の剣道技に一つか二つ技が加わるだけなのだから。

しかし、二十本目となったらどうだろう。

正調の剣道技に二十の技が加わるわけだが、それはすべてを習得している沢谷さんにしてみれば、五十本ある「シカケ」のうち、三十本を禁じ手にするのと同じことだ。二十本目は使っていいけれど、二十一本目は駄目。十三本目はいいけれど、三十五本目は駄目。これを役稽古の動きの中で、沢谷さんは極めて冷静に判断し、正確に使い分けている。実際、あたしが覚えていない攻防を沢谷さんが仕掛けてきたことは、これまでただの一度もなかった。これは驚異的な記憶力、判断力、冷静さではないだろうか。

玄明先生の言葉が脳裏に浮かぶ。

人が何かを守ろうとするとき、必ず必要となるのは、力だ。圧倒的な力。それでいて暴走しない、抑制的な、禁欲的な、どこまでも制御され、研ぎ澄まされた、力だ——。

それがまさに、「シカケとオサメ」の真髄なのだろう。

沢谷さんが竹刀を大きく傾け、「三所隠し」のような形をとる。あたしはすかさず逆ドウを狙ったが、沢谷さんはあたかも予期していたように半歩下がり、間合をはずした。

あたしの竹刀が空を斬る。

マズい、これじゃ背中ががら空きだ——。

あたしは慌てて竹刀を返し、振り返りながら沢谷さんに向けた。背後からのメン、袈裟斬り、ドウ、なんにでも対応できるよう竹刀をかざしたつもりだった。

しかし、

「……メン、と」

沢谷さんはあたしの竹刀を一度打ち落としてから、ゆっくりとメンを入れてみせた。

そりゃそうだ。背後からくる打突が単発であるという保証はない。コテメンだって、メンドウだって、応じてからのツキだって、なんだってありのはずだ。

さすがにあたしも、息が切れた。

「……ま、参り……ました」

沢谷さんが構えを解く。

「いや、いい動きだったよ。このペースでいけば、案外『オサメ』は早く形になるかもしれない。もし香織ちゃんが混乱しないのであれば、そろそろ『シカケ』を自分でやることも、イメージし始めといていいかもね」

いや、まだ「シカケ」は早いっしょ。

絶対、こんがらがりますって。


沢谷さんと稽古をしたら、次の稽古までは一人で復習。実際に他の技と交ぜて使ってみて、動きの中で「円」を感じてみて、自分なりに反省した点を克服しておかなければならない。さらに予習もし、可能な限り使える本数を増やしておく。道場の下手には大きな鏡があるので、それを見ながらやるのが一番分かりやすい。

今は三十九本目から四十一本目。「シカケ」は倒れた相手にメン、ドウ、コテを打ってくる。「オサメ」はこれを竹刀で捌き、素早く立ち上がらなければならない。さらにこのあとには、足で踏みつける、膝を落とす、馬乗りになる、といった野蛮極まりない「シカケ」が控えている。もうここまでくると、剣道の原形など跡形もなくなっている。また沢谷さんのノートにある説明も、この辺までくると、かなりざっくりした表現が目立ってくる。「とにかく立つ！」とか、「あとは気合だ！」みたいな、およそ格闘術の指南書とはいえない表記が散見する。

「ま、この辺はケース・バイ・ケース、あとは臨機応変に、ってことなんでしょう……よっと」

勢いをつけて起き上がると、ちょうど玄関の方から「ごめんください」と声がした。

「……はーい」

女の声だったが、早苗ではなかった。それに、早苗だったら勝手口から勝手に入ってくるはず。だとすると、保険の営業か。ここの主はすでに七十過ぎで、心臓を患っているがそれでもいいのか。他も、たいていのものはお断りだ。新聞は間に合ってるし、コインパーキングに貸す気もないし、自動販売機も置く気は——。

いや、全部違った。

「……黒岩」

ロックバンドか何かのロゴが入った、黒いプリントTシャツに、ニッカボッカ——じゃなくて、なんていうんだっけな、こういうズボン。前に早苗にいったら、違うよ、ナントカだよっていわれた、アレなんだけどな。

玄関のタタキに立つ黒岩伶那が、上目遣いのまま、コクンと頷くように頭を下げる。はらりと、長い黒髪が肩から落ちる。

「久し振り」

そうか？

「……そうでも、ないだろ。早苗の式以来だから、まだふた月とちょっとだぜ」

「確かに……ねえ、上がっていい？」

口調は親しげだが、目は必ずしもそうではない。いかにも、肚《はら》に一物《いちもつ》ありそうな目付きだ。

「こいつぁ失礼した。どうぞ」

黒岩は「お邪魔します」と靴を脱ぎ、膝を折ってそれを揃えた。そういう仕草は意外と女らしいのだな、と初めて気づいた。そういえば持っているバッグも、あたしにはズダ袋にしか見えないが、世間ではお洒落とされているものなのかもしれない。

戸口のところで、黒岩が一礼する。

「ほんとだ……早苗のいう通り、立派な道場だね」

「そりゃどうも」

「早苗が気に入るのも、よく分かるわ」

「寄ってきたのか、早苗んとこ」

「んーん、まだ。これから」

あたしは、畳敷きの通路の中ほどまで進んだ。

「……本来なら、師範の桐谷玄明に引き合わせたいところだが、残念ながら、今日は朝から検査で病院にいっていて留守だ」

ふうん、と黒岩が頷く。

「あんたと沢谷選手のお師匠だっていうから、会っておきたかったけど……ま、それは次の機会でいいわ」

またくる気か。そもそも、今日は何しにきた。

「そこら辺に、適当に座ってろ。麦茶くらい出してやる」

「いいよ、そんなの。それより磯山……」

じっと、黒岩がこっちを睨んでくる。

「……なんだよ。麦茶よりビールの方がいいってか」

「なぜ予選に出なかった」

どうも、あたしと掛け合い漫才をやるつもりはないらしい。

黒岩のいう予選とは、当然、全日本女子剣道選手権への出場を懸けた、神奈川県予選のことを指しているのだろう。県予選は七月の初め。一ヶ月も前に、とうに終わっている。

用件はそれか――。

「なぜって、まあ……いろいろ、あってな」

「今のあんたに、全日本を差し置いてもしなければならないことなんて、あんの？」

ある。だが、そうとはいえない。

「んん、まあ……こっちにも、複雑な事情があるんだよ」

「道場のこと？　師範代をやってるから？　そんなの、なんの理由にもならない。そんなんだったら、私の方がよっぽど練習時間少ないよ。これでも一応、自動車メーカーの社員だからね。一般の社員ほどじゃないにしろ、ちゃんと仕事もしてんだよ」

「それは、まあ……ご苦労なこってす」

何か、上手い嘘の一つも思いつくなら言い訳してもよかったのだが、咄嗟《とっさ》にはそんなものも浮かんでこなかった。

あたしが黙っていると、黒岩は一つ、深い溜め息をついた。

「……私はあんたの、その、真っ直ぐな剣道が嫌いだった」

おやおや。いきなり個人批判か。

「そりゃまた、申し訳ない」

「茶化さないで聞きなよ……伝統から一歩も出ようとしない、なんの工夫も個性もない、目新しさの欠片《かけら》もない、それでいて馬鹿みたいに強い……あんたの剣道が、大ッ嫌いだった」

ずいぶんな言われ様だが、茶化してはいけないらしいから、黙って聞くしかない。

「……分かってんだよ、私だって。曲がってるのは自分の方だって。でもしょうがないじゃない。私は、もっと自由にやりたいんだから。伝統だの武士道だのに縛られて、明文化すらされてないルールに雁字搦《がんじがら》めにされて、身動きがとれなくなった剣道じゃ嫌なんだよ。それをぶち壊して……何も、今あるものをなくせっていってるんじゃない。でも、もうちょっと広がりがあってもいいんじゃないか、そういう剣道があってもいいんじゃないかって、そういう夢、見ちゃいけない？」

およそ全日本選手権を制した剣道家の言葉とは思えないが、それも口にするのは憚《はばか》られた。

「お前の剣道を否定する気は……あたしも、ない」

「当たり前でしょ。あんたに私の剣道を否定する資格はないの。今は私の方が上なんだから。私は、全日本王者にまで上り詰めたんだから」

分かってる。

「ああ、直接いう機会がなかったんで、今さらなんだが……全日本選手権、優勝おめでとう」

「ふざけないでッ」

ビンタの一つも喰らわせそうな勢いだったが、それはなかった。

「別に、ふざけてなんてないさ」

「だったらなんで予選に出なかった。出て負けたんなら分かる。コンディションの良し悪しは誰にだってある。自分でも気づかないうちに、気持ちにブラックホールが空くことだってあると思う。でも私は、そんなことをいいたいんじゃない。なぜ戦いの場に出てこないんだって、それを訊いてるんだよ」

それも分かっている。だが、答えられないものは答えられない。

「……すまん。あたしも、上手く説明できない」

「なに。メンタルの問題?」

頷いてしまえばよかったのだろうか。そうすれば、この女は納得してくれるのだろうか。追及の手を弛《ゆる》めてくれるのだろうか。

「……ねえ、磯山。あんたまさか、このまま表舞台から消えたりしないよね? 必ずまた、全日本の舞台に戻ってくるよね?」

すとん、と肚の底に、落ちるものがあった。

そうか。今の黒岩は、六年前のあたしと同じなのか——。

早苗は高三の春に右膝の靭帯を損傷し、剣道ができなくなった。あたしはそれによって、たった一人の盟友を失うことになると思い込んだ。おそらくそうだ。黒岩は今、あのときのあたしと同じ気持ちになっているのだ。

だったら、あたしにいい考えがある。

「黒岩……少し、稽古をしないか」

は? と黒岩が首を傾げる。

「私、なんにも持ってきてないけど」

「貸してやる。洗濯してある道着も、洗って陰干ししてある防具も何組か揃ってる。早苗が、置場を隅々まで整理してくれたんだ……お前に合うサイズのも、きっとあるだろう」

まだ黒岩は、納得した顔をしない。

「……私はお前と、こげんところで勝負をつけたくはなか」

出たな、福岡弁。

「おいおい、こげんところとかいうなよ。失敬な奴だな……それに、勝負をつけようだなんて、あたしも思ってない。ただ、お前と稽古がしたいだけだ」

「同じことだろ」

「同じかどうかは、やってみなければ分からんさ」

ほら、早く着替えろよ。そのニッカボッカをさっさと脱ぎやがれ。


ただ静かに、中段に構える。

「イエアッ、ハァァァーッ」

黒岩は従来通り、左諸手《もろて》上段に構えている。

「イヤッ……ハッ……メェェェーヤッ」

かなりの遠間から片手メンを打ち込んでくる。むろん、あたしは剣先を上げてそれを捌く。竹刀を弾かれた黒岩は、体を押し付けるようにして間合を潰し、竹刀を持ち直す。

「ハァァーアッ」

鍔迫り合い。互いに攻め手はなく、いったん退《ひ》き、間合を切る。

「ハッ……ハッ、テイヤッ」

今度は諸手でコテ。これもあたしは捌き、また中段に戻す。

見える。分かる。感じる。どこから攻められても、受けられる。何一つ崩れずに、捌くことができる。遠間でも、近間《ちかま》でも、一足一刀の間でも。

そして、常に「円」の中心にあるのは、あたしの剣先だ。中段に構えたあたしの竹刀。その周囲、三百六十度を、あらゆる攻めがグルグルと回転している。

黒岩の諸手メン。間髪を容れず、片手引きメン。あの、六年前のインターハイ決勝で見せた技だ。さらに諸手でコテメン、メンメン、再び片手メン。

「どうした磯山ッ」

いや、どうもしない。

「打ってこい、磯山ァーッ」

その機会がくれば、そのときは打つ。

「磯山ァァァーッ」

袈裟斬りのように、黒岩の竹刀が左首筋に下りてくる。これも捌くと、黒岩はその反動を利用し、竹刀を逆さまに構えた。まるで『座頭市』だ。

「イエァッ」

その持ち手のまま右胴を薙ぎにくる。これも、捌く。くるりと翻《ひるがえ》った黒岩の竹刀は、続けざまにメン、コテ、メン、ドウ、コテ、コテ――ツバメの如く自由自在に宙を舞い、まさに「円」を描いてあたしを攻め崩さんとする。昨日今日思いついた打ち方でないことは、受けてみて分かった。打突は充分に強く、速く、しかし姿勢はいささかも崩さない。ある意味、理に適った構えであり、攻めであると思う。「これがなぜ認められない」という、怨念《おんねん》にも似た熱まで感じさせる。

しかし、それでも「円」の中心にあるのは、あたしの竹刀だ。

「……ンメンッ」

このメンが一本かどうかは、黒岩、お前が判断すればいい。今どちらの方が強いとか、そういうこともさて措こう。ただ、あたしが弱くなっていないか、怠けていないか、気力が衰えていないか、そういった疑念は、これで晴れたのではないかと思う。

黒岩よ。あたしたちはきっと、似た者同士なのだ。

いや。だった、というべきかもしれない。

かつてのあたしは、先が見えず、一つひとつの勝負に躍起になり、それでいて自分がどこかに向かっている実感だけは漠然とあり、何かに追い立てられるように、前に進もう進もうとばかりしていた。

でも今のあたしは、少し違う。

なあ、黒岩。今のあたしは、お前の目にどう映る。先に進むことを止めてしまったように見えるか。落ち着いて、丸くなったように見えるか。そう見えるのならば、そうなのかもしれないし、実際は、そうではないともいえる。

だがおそらく、真実は一つだ。

あたしは、何一つ変わっていない。

少しだけ、この「武士道」という道を、真っ直ぐ進んだだけだ。

14　タイミング悪過ぎ

その日は、レナがお昼頃に遊びにくるというので、私はそのように準備をするつもりだった。ランチのメニューは、レナの好きなパスタにする予定。ナスと挽き肉のトマトソースでもいいし、カルボナーラみたいなクリーム系でもいい。空豆があるから、それを使って塩味でさっぱり、なんてのもいいかなと考えていた。

でもその前に、昨夜、悠太くんから聞いた話を磯山さんにしておかなきゃと思った。

十時半頃に家を出た。朝は磯山さんも掃除とかで忙しいし、それが一段落したら一人で稽古するみたいだし。でも十時過ぎには休憩するみたいだから、今くらいがちょうどいいだろう、と。

マンションを出て、昨夜悠太くんと話した公園脇を通って、道に出る。ここは桐谷道場からすれば西側。お向かいにも同じくらいの高さのマンションがあって、周りは緑地が多いので、夏でもけっこう涼しい。ただ桐谷道場の門がある通り、南側の道は遮るものが何もないし、道自体もけっこう広いので、直射日光が凄まじい。

「……うう……焦げる……」

手で庇《ひさし》を作って、ほとんど片目で門の方を見ていたら、

「……あれ？」

よく知った感じの人が向こうから歩いてくるのが見えた。背が高くて、モデルさんみたいにスタイルがいい。でもうちのお姉ちゃんとは全然方向性が違ってて、もっとずっとワイルド系。黒地にハーレーダビッドソンのロゴが入ったTシャツに、カーキ色のサルエルパンツ。磯山さんは、何度教えても「ニッカボッカ」といって聞かないけど。

あれ、レナじゃん。

でも私が声をかける前に、彼女は桐谷道場の敷居をぴょんと跨いで入っていってしまった。

レナが桐谷道場に？　何しにいったんだろう。少なくとも稽古ではないはず。荷物はトートバッグ一個だったし。

自分でも嫌だなと思いつつ、私はまた、勝手口から様子見に入ってしまった。しかし、この家もたいがい不用心だよな。日中は出入り口の施錠をしないし、夏に限らず、窓もよく開け放ってるし。確かに桐谷先生は家のあちこちに木刀を用意してあるから、泥棒が入ってきても撃退できるのかもしれないけど、用心ってそういうことじゃないんじゃないかな、って気はする。特に今の時代は。

それはいいとして。

レナ、普通に玄関から入ってきて、道場の畳敷きのところで、磯山さんとなんか喋ってる。ずっと立ち話。内容は分からなかったけど、でも途中で「ふざけないでッ」って、レナが怒鳴った。そう、磯山さんって、けっこう真面目な話してるのに、笑えないジョークをはさみこんでくるところ、ある。あれ、ムカつくんだ。

でまた、何がどういう結論に至ったのかは分からないけど、二人で稽古をするようだった。ほんと、あの人たちって稽古好きだよなぁ。他にコミュニケーションの方法ないのかしら。

ただその稽古も、充也さんとのそれとは違った意味で異様だった。

レナが攻め、磯山さんは守るだけ。さすがに私にもピンときた。磯山さんは、充也さんとやっていることをレナに試しているんだ、って。でもレナは、そんなことされたら当然イラつく。どんどん攻め手が荒々しくなっていく。片手引きメンも出したし、『座頭市』スタイルへのチェンジもしてみせた。それでも、磯山さんは全部防いでしまう。中段に構えたまま、姿勢も一切崩さず、最小限の動きでレナの攻撃を無力化してしまう。

そして最後に、

「……ンメンッ」

軽く、っていいっていいのかな。ポンと、レナの脳天を叩いた。

でも、私が見てたのはそこまで。時計を見たら十一時を過ぎてる。

私、レナのお昼ご飯の用意しなきゃいけないんだった。

また悠太くんのことは話しそびれてしまったけど、仕方ない。

私はマンションに帰って、大急ぎで「空豆とベーコンのクリームパスタ」を作った。要は、カルボナーラに空豆が入ったみたいなもんです。あとは大根とオニオンをたっぷり入れたジャーサラダと、カボチャの冷製スープ。デザートは、洋梨のタルトを買ってきてあるからよし、と。

エントランスのインターホンが鳴ったのは十二時二分前。時間厳守がモットーのレナらしいタイミングだ。

「はーい」

《早苗ぇ、わたし》

「はい、いま開けまーす」

私は玄関のドアを開けて、内廊下で待っていた。

エレベーターを降りたレナが、手を振りながらやってくる。

「やっほー、早苗ェ」

「久し振りぃ」

ほんとはそんなでもないんだけど、でも結婚式のときはそんなに喋れなかったし、その前っていうと、レナが全日本で優勝した年の冬、二人で西麻布で食事をしたときだから、約一年半前ってことになる。その後、レナは就職で名古屋にいっちゃったしね。だから、気分的にはけっこう久し振りだ。

「入って入って」

「お邪魔しまーす」

レナは磯山さんと違って、ちゃんと女子としての付き合いができる、私の貴重な友達。サークル活動もさして熱心にやらなかった私は、大学時代の友達って案外少ない。それに、剣道をやっていたときの友達って、なんか「熱量」みたいなものが違う気がする。特にレナはチームメイトだったし、膝を痛めたときも、ずっと私のことフォローしてくれた。親友って、こういう人のことをいうんだと思う。磯山さんは、ちょっと違うんだよな。っていうか全然違う。

「へえ、羨ましいな……なんか、幸せオーラが部屋中に充満してる」

「うん。だって幸せだもーん」

レナが私の鼻をつまみ、このこの、といいながら小さく揺する。その指先に私は、微かな小手の匂いを嗅ぎ取る。でも、その話はあとにしよう。

「レナ、お腹空いてる？」

「うん、そこそこ空いてる」

「じゃ、ご飯にしちゃおうか。今パスタ茹でるから、これ飲んでちょっと待ってて」

充也さんがプロポーズしてくれた夜に飲んだ、スパークリングワイン。今もたまに、充也さんが買ってきてくれるんだ。

レナが窓際までいき、レースのカーテンを開ける。

「眺めもいいね……ここがなに、桐谷先生の持ち物なの？」

「そう。ここともう一棟、少し坂を下ったところにあるマンションも。そっちの方が間取りはよかったんだけど、坂の上り下りがね。完全に真裏だから、道場までが遠くなっちゃうし」

「そもそもさ、桐谷先生と沢谷選手って、どういう関係なの？」

なんか変な呼び方だけど、仕方ないか。

「充也さんはね、亡くなった桐谷先生のお母さんの、姪の孫、なんだよね」

眉根を寄せ、レナが難しそうに首を傾げる。

「つまり……ちょっと遠い親戚？」

「そう、ね。ひと言でいえない程度には、遠いかな」

なんて話をしているうちに、できました。

「わあ、美味しそう」

「へへ。初めてトライしたけど、上手くできた気がする」

「早苗、料理上手なんじゃない？」

「まあまあ。それは、食べてからということで」

実際に食べても、レナは「美味しい」っていってくれた。

「このサラダもスッゴい美味しい」

「レナ嫌いだから、セロリはなしにした」

「ナイス」

食事をしてる間は、互いの近況報告。レナは自動車メーカーの総務部の所属。普段は社内報を作る手伝いをしているらしいが、地元の大学や警察に出稽古にいくことが多く、実際に仕事をする時間はあまりないのだという。

「ま、そういう契約だしね。社内報に私の担当コーナーがあって、そこだけは責任持ってやります、って感じかな」

「へえ。黒岩伶那の、お勧めドライブスポットをご紹介、みたいな」

「はは……ちょっと違うけど、それもいいかもね」

私も少しだけスパークリングワインを飲んで、ちょっといい気分。

「レナ、これ全部飲めちゃう？」

「全然、余裕で飲めちゃう」

「じゃ飲んじゃって。余ってもなんだし……」

でも、その最後の一杯を注ぎ終ると、レナはふいに眉をひそめた。

「ねえ、早苗……最近の磯山って、どうなの」

その話、やっぱりしますか。するよね、そりゃ。

「どう……って？」

「だってあいつ、今年の全日本、予選も出てないんだよ」

それは私も、七月の中頃になって気づいた。

「うん、出てなかったみたいね」

「なんで？」

「いや、理由は、よく知らないけど」

「調子悪いの？」

「調子、は、別に……悪くないんじゃない、かな」

「道場の師範代って、そんなに大変なの」

「どう、だろうね……まあ、自分のための稽古をするのと、子供たちに稽古つけるのとでは、全然違うとは思うけど」

「私、ここくる前に、寄ってきたんだ。磯山んとこ」

それ、正直にいうんだ。私はどうしよう。覗き見してました、は、やっぱりいいづらい。

「あ、そう……なんだ」

「なんか、暇そうだったけど」

「ん、うん……ちょうど、そういう時間だったんじゃない？」

「私と、稽古しようっていってきた。だから、ちょっとだけやってきた。ほんの、十分かそこらだけど」

ああ、なんか、惚《とぼ》け続けるの、つらい――。

駄目だ。私、レナに嘘つきたくない。

「……ごめん。実は私、レナが道場に入ってくの、見ちゃったの。だから、その……悪いとは思ったんだけど、裏から入って……二人が稽古してるのも、見ちゃったんだ」

すると、ふいにレナの目が輝き始めた。

「そう、見てたんだ。そりゃ話が早くていいわ。どうだった？　ねえ、磯山のあれ、早苗はどう見た？」

「どう、って……」

充也さんとやってる稽古のことまでは、話せないし。

「まあ、攻めなかった……よね。自分からは」

「うん。それで？」

「それ、で……んー、捌きはするんだけど、それぱっかりなんだけど、でも、受けるので精いっぱい、というのとは、違うように見えた、かな……」

「うんうん、それから？」

「え……分かんないよ、そんな。私、レナたちみたいに剣道一本やりじゃないもん。高校で引退しちゃった身だもん」

「それでいいから、どう見たか、早苗の目にはどう映ったのか、私は知りたいか」

なに急に、福岡弁出して。

「うーん……レナは、すごくレナらしかったと思う。あの逆手《さかて》打ちも、カッコよかったしさ……でも磯山さんは、なんだろうね。あの人も、攻めの剣道を信条にしてたはずなんだけどね」

「でも、負けたのは私だよ」

最後のメンか。あれ、入ってたんだ。

レナが続ける。

「私は、磯山が県予選にすら出てこない理由が分からなかった。そういう、表舞台からは消えようとしてるんじゃないか、くらいに心配してた。私にとって磯山は、何度でも戦って、何度でも勝ちたい相手だから。磯山と戦うことで、今の自分の力を計りたいってところ、あるから。だから、磯山が弱くなったり、表舞台から消えようとしたり、そういうことされると困るんだよ。すごいヘコむの。やる気なくすの。あいつがいるから、ナニクソって、がんばれるところ、実際あるんだよ」

なんか、嬉しいのと、懐かしいのと、寂しいのと、いろいろごちゃ交ぜになって、急に涙が出そうになった。

私、高一のときに、磯山さんにいわれたことがある。お前が弱いのは嫌なんだ、って。同じ気持ちを、レナが磯山さんに持ってるなんて、なんか不思議だけど、でも嬉しい。ただ、もうその輪の中に私はいないんだな、私の名前は出てこないんだな、って——それは仕方ないことなんだけど、そう思うと、ちょっと寂しい。

私は、頷いてみせた。

「レナが、磯山さんのこと……どういう理由であれ、心配してくれるの、すごい嬉しい……」

ただ、レナが本当にいいたいことは、そういうことではないようだった。

「早苗……もう一度訊くよ。早苗は、さっき私に対して磯山がやった剣道、あれ、どういうふうに見た？　どう感じた？」

だから——。

「そんな、私、難しいこと分かんないよ。だって……」

「私はさ」

ちょっと、私に意見求めといて、遮らないでよ。そういう自分勝手なところ、レナと磯山さんって、微妙に共通してるよね。

「今日の磯山、今までと全然違うと思った。攻めてこない……確かに、手数《てかず》は途中までゼロだったよね。っていうか、最後のメン以外、奴は一本も打ってこなかった。でも、だからって私が、好きに攻め続けてたわけじゃないんだよ……いろいろやった。ほんと、いろんなこと試した。あんなに考えて、考えに考えて稽古したの、久し振りだったかもしれない。こっちに誘ってみて、こっちに振ってみて、竹刀押さえて、払って、思いきって担いでみたり……そう、逆手打ちも、片手引きメンも出したしね。でも、全部捌かれた。それも、事前にその技だって分かってたみたいに、メンもコテも、コテメンもツキも、抜きドウも跳び込みドウも、引きメンも何もかも……なんなのあれ。磯山、いつからあんなふうになったの」

レナはもう、怒ってはいなかった。悲しんでもいなかった。むしろ、喜んでいる。

レナは今、磯山さんの変化に、明らかに興奮している。

「磯山の剣先はね、ずっと私の中心に向いてるんだ。上段からだと、剣先を中心に向ける相手はむしろ攻めやすいんだけど……って、早苗ならそれくらい知ってるだろうけど、でも、全然駄目なんだ。片手メンも、片手コテも、振り出したときにはもう捌かれてる。なんていうか……磯山の周りには、樹の枝がワシャワシャあって、それに引っかかっちゃって、私の竹刀が届かない、みたいな」

あ、それ——。

「そう、樹のイメージはあったかな。磯山は動かないんだ。真っ直ぐ、一本だけ生えてる樹みたいに、傾くことも、折れることもなく、ビクともせずに、そこに立ってる。私はそれに、懸命に打ち込み続けるんだけど、枝が邪魔をして、幹まで届かない……そして、途方に暮れて、樹を見上げたら……パンッ、ともらってしまったと。そんな感じだったんだよね」

最初にお会いしたとき、私は桐谷先生のことを「樹のような人」だと思った。ひんやりとしていて、物静かで、動かない。大木ではないけれど、根はものすごく太く、広く、地中に張っている、樹。

ひょっとして磯山さんは、そこに近づこうとしているのか。

あの稽古は、そのためのものなのか。

夕方、レナを保土ヶ谷駅まで送っていった。

また遊びにくるって、レナはいってくれた。

「沢谷選手とも、お近づきになりたいしねぇ」

「ちょっとォ、誘惑とかしないでよ」

「ばーか。剣道の話聞くだけたい」

そんな冗談をいって、レナとは別れた。

その帰り道で、携帯に一通、メールがきた。充也さんからだった。

【明日、ジェフをうちに呼びたいんだけど、いいかな。できれば、夕飯も作ってもらえると嬉しいんだけど。】

えぇー、やだ。でも、駄目とはいえない。

15　大炎会

あたしによる桐谷道場の実効支配は、着々と進んでいる。

このところは玄明先生も調子がよいらしく、小中学生の稽古をよくご覧になる。防具を着け、二、三人は稽古をつけたりもする。成人の部も始めは見ておられるが、でも腹が減るのか、そちらは途中で母屋に引き揚げていくことが多い。

稽古終わりに挨拶にいっても、

「……うむ。ご苦労だった」

助言を受けることはほとんどない。今のような指導でよい、ということなのだろう。まあ、子供たちの指導に関しては、玄明先生がこれまでしてきたままを踏襲しているので、問題はないはずだった。

変えたことがあるとすれば、朝の掃除だろうか。最初は箒とモップを使っていたが、最近はあえて雑巾を使うようにしている。昔ながらの、両手を床についてノシノシと押していく、あのスタイルだ。その方が多少なりとも筋肉に負荷がかかるだろうという、それだけの理由だ。

こうやって隅々まで掃除し、同時に点検して回っていると、道場に対する愛着というのもまた、以前とは違った意味で強まってくる。ここが自分の居場所なのだと思えば、窓枠の塵を払う作業もまた楽しい。これにはあたし自身、大いに驚いている。あたしは自分の部屋すら滅多に掃除などしなかったからだ。愛着の有無を問われれば、自分の部屋にはないということになる。寝床があって、衣類を納める場所があって、竹刀か木刀があれば、それだけ——。

む、勝手口に人の気配。何奴。

「おはようございまーす」

なんだ、早苗か。こんな朝っぱらからなんだろうと思ったが、早苗は奥の台所から茶の間に進み、だが玄明先生にほんのひと言挨拶しただけで、すぐ道場に入ってきた。

「磯山さん、ちょっとちょっと」

「なんだ、騒々しい」

いいからいいから、と道着の袖を引っ張り、あたしを道場の板の間に座らせる。早苗もすぐ目の前に正座する。こうしている分には、膝はなんの問題もないように見えるが。

「磯山さん、今日の夜って、暇?」

「お前なぁ、そんな不躾《ぶしつけ》な訊き方があるか」

「今夜、うちでご飯食べない?」

「うん、食べる」

「オッケー、分かった」

それだけで立とうとする早苗の、

「……待てい」

縞々のスカートの裾を摑む。

「やだ、伸びる」

口を尖らせた早苗が、今一度同じ場所に膝をつく。

「いいから座れ」

「……何よ」

「お前な、朝っぱらからドタバタと喧《やかま》しく入ってきて、夕飯食べる、はいオッケーって、そんな話はないだろう。なぜあたしを呼ぼうと企んだ。何かの出しに使うつもりなら、その魂胆《こんたん》くらいは聞いておきたい。その上で、夕飯はありがたくいただく」

早苗はフウと息をつき、肩から力を抜いた。

「……磯山さんって、たまに変なところに鋭いよね」

「あほたれ。あたしはいつだって鋭いわ」

「ジェフがくるの」

はて。

「……ジェフがくるから、なんだ」

「充也さんが、夕飯を作ってくれって」

「それはまあ、そもそもジェフは沢谷さんの友達だからな。それくらいしてやっても罰は当たらんだろう」

「それは、そうなんだけど……私、外国の人って、あんまり得意じゃないから」

「ほう。英語には自信がないか」

「そういう理由なら磯山さんは呼びません」

確かに。あたしの使える英語なんて、せいぜい「ファッキュー、サノババビッチ」くらいだ。

「ではなぜあたしを呼ぶ」

「味方が欲しいの」

むむ、分からん。沢谷さん、ジェフ、早苗。これにあたしが加わり、あたしは早苗の味方になる。ということは、沢谷さんとジェフは敵なのか。早苗と沢谷さんが敵味方に分かれての二対二。こりゃ一体どういう図式だ。

「……あたし、麻雀とかできないんだけど」

「なにわけ分かんないこといってるの」

「ババ抜き?」

「もういいから。磯山さんは、ただご飯食べにきてくれればそれでいいから」

そういって、早苗は怒ったように道場から出ていった。

さっぱり、わけが分からん。

麻雀でもババ抜きでもないとすると、七並べか?

夕方からは普通に稽古がある。

「お前ら、暑いからってダラダラすんなよ。あたしが子供の頃は道場にエアコンなんてなかったんだからな。こんな涼しい環境で稽古ができるんだ、ありがたく思え」

「ハイッ」

自分でいいながら、そんな理不尽な話があるか、とも思う。あたしが子供の頃とは、もはや平均気温が違うのだ。今のこの時代にエアコンなしで稽古なんかしたら、冗談でなく死人が出る可能性がある。そうなったら、後継者の有無以前に、道場を閉鎖せざるを得ない事態になりかねない。それは困る。

「はい、じゃあみんな深呼吸……次、相掛《あいが》かり稽古やるぞ。相手に合わせない、守ることも考えない。とにかく空いてるところに、バシバシ打ってけ。瞬間瞬間の判断が勝負だからな……誠、面紐、解けてるぞ」

そういえば、早苗は悠太と話をしたのだろうか。見た感じ、今日の悠太は普通に稽古ができているように思うが。

中学生の稽古を終え、

「ありがとうございましたァ」

帰っていくときも、悠太の表情は比較的明るかった。

「磯山先生、ありがとうございました」

「おう、気をつけて帰れよ」

ぽん、と肩を叩いてやると、ニマッ、と笑みを浮かべる。これは、あえて早苗に慰めさせるまでもなかったか。放っとけば元気になったのか。よく分からん。

さて、次は成人の部だ。

今日はなんだか集まりが悪い。八段は大山さんだけ、七段は倉本《くらもと》さんだけ。六段以下が三人。あとは大学生が一人とジェフ。あたしを入れて八人か。

「お願いしますッ」

ちなみにあたしは五段持ってます。昇段審査は真面目に受けてるんで。最年少に近いんじゃないかな。六段からは、そう簡単にはいかないと思うけど。

今あたしが相手をしているのは、大学二年生の吉田《よしだ》真一《しんいち》。ズバ抜けて強いわけじゃないけど、ずっと休まず、剣道は続けている。

「ヤァアーッタァアッ」

「ハンッ」

早苗が考えてた剣道って、たぶん、こういうことなんだろうな。別に誰に勝つとか、どんな大会で何位になるとかじゃなくて、剣道そのものを楽しむ。剣道をする場所があり、一緒に稽古をする人たちがいて、自分なりのペースで続けて、その成長を喜ぶ。ようやく最近かな。あたしが、そういう剣道を認められるようになったのは。

だからといって、甘くする気は毛頭ない。

「ンメェーヤッ、タァァーッ……真一よォ、お前一瞬、気持ちが抜けるんだよ。それさ、見えちゃうんだよ」

「……ああ、はぁい」

こらこら、笑ってんじゃないぞ。

「メン打ちました、駄目だった、フッ……って、気持ち途切れてんだよ。せめてさ、油断すんなら間合切ってからにしろよ」

「はい、すんません」

「でもこれ、中学の頃からいわれてたよな、玄明先生に」

「……はい。俺もそう思いました」

まあ、それもよし、と。

真一とは礼をしてお終《しま》い。

お、次はジェフか。

「お願いしますマス」

「お願いします……ハイッ」

ジェフは四段だっていってたな。ここでの稽古にも慣れてきたんだろう。最初みたいな、変な硬さはない。アメリカ人だし、実際に力は強いけど、力任せというのはそんなにない。ちゃんと、打てるところを探して打ち、打てなければ待つ、間合を切る、あるいは相手を崩す、そういう剣道をしようとしている。

「ウェアッ、イィィヤァァーッ」

気勢はね、ちょっと変わってんだ。そこに一番アメリカンを感じるかな。「ワオ」とか「イェーイ」の延長線上みたいな。使ってきた言葉そのものの違いもあるだろうし、生活習慣の影響もあるだろうけど、とにかく発声方法が根本的に違う気がする。歌だってそうだもんな。どんなに日本人が気取って唄ったところで、黒人みたいにはなかなか聴こえない。それと一緒のような気がする。

「メェエエンッ」

あと、メン、コテ、ドウを、わりとちゃんと発音するね。日本人みたいに、何いってんだか分かんなくなってはいない。ただそれが、ジェフ個人の癖なのか、アメリカ人の傾向なのかは分からない。あたし、そんなに外国人の剣道家、多くは知らないんで。

「ハンッ、セヤッ」

「ハァァァッ、ヤッ」

あとは、そうなぁ。緩急のつけ方はけっこう違うかな。

日本人は、ダダッと踏み込んで、パパッと打って、ヒューッと気を静めていくようなところがある。次の一手を読ませないために、瞬時に「無」のモードに入るというか。もちろん、頭の中ではいろいろ考えてるんだけど、それを表に出さない、その「無」からいきなり攻撃に転じる、みたいな。

対して、これはアメリカ人に限らず、外国人の傾向として、常に攻撃姿勢ってのはあると思う。世界選手権なんかを見てるとそう感じる。みんな「ファイター気質全開」っていうか。だから、日本人選手もそういう相手と戦うと、より攻撃的な戦いをせざるを得なくなる。同じ選手なのに、全日本選手権と世界選手権では戦い方が変わって見える。まあ、世界選手権は別なのかな。国対国のプライドがぶつかり合って、お互いいつも通りの戦いができなくなってる面もあるのかもしれない。どうなんだろ。

「イヤァァーッ、コテェッ」

うん、ジェフ、いいよ。今あたしは、それとなくコテを空けて待っていた。打ち込み稽古みたいに、あからさまに小手を差し出していたわけではない。ほんの少し隙を作っておいただけだ。でもそれをちゃんと見つけて、ジェフは打ってきた。

じゃあ、メンはどうだ。こっちはコテにいく気を見せて、剣先を中心に戻して、またコテに――、

「メェェン」

いいじゃない。反応いいじゃない。でもね、そう簡単に入れさせて、調子づかせても

なんだから、ここは捌いておきますよ。

ドウは、打つかなぁ。身長差二十センチあるからな、逆だったら試すんだろうけどな。ほい、ほいほい、ここだよ、ここ。

「コテェェッ」

やっぱドウは打たないんだ。ま、難しいわな。

ジェフが面白いのは、いつまでもこっちの意図通りには動かないところだ。あるいは、どこかであたしの作為を見抜いたのかもしれない。あたしがわざと空けている場所は、段々打たなくなってくる。代わりに、あたしを崩そうとする。崩した上で、そこに打とうとする。頭がいいってのは、こういうところなんだろうな。呑み込みが早いわ。

「メェェン」

今のなんて危なかったよ。「オサメ」を始める前のあたしだったら、メンに掠《かす》るくらいはしてたかもしれない。

「ハンッ、イエアッ」

これはちょっと、真面目に叩いておいた方がいいかもね。

「イェエアッ」

ジェフがコテメンで詰めてくる。あたしは左に、腰を回すようにしながら体当たりをかわす。さらにその場で、トンッと踏んで、ジェフが振り返りながら上げた手元に、

「カテイヤァァーッ……」

軽くコテ、これは反応できないだろう——と思いきや、ジェフはサッと竹刀を引き寄せ、鍔元で受けてみせた。上手い。しかも、

「メェエエンッ」

そこから引きメン——。

あたしは、すぐには追いかけることができなかった。

っていうか、おい。あたし今の、完全にもらってなかったか？

すべての稽古を終え、玄明先生にも挨拶を済ませ、風呂で軽く汗を流して出てくると、着替えたジェフと沢谷さんが道場で立ち話をしていた。

「……あ、香織ちゃん、お疲れさま」

「ども。お疲れさまっす」

ジェフも軽く頭を下げる。

「磯山センセイ、今日は、早苗サンのところに、一緒にいきマスか」

こいつ、胸の筋肉なんか、なかなかいい形してるな。Tシャツ一枚だとよく分かる。

「うん、そのつもり」

沢谷さんが頷く。

「どうせだったら香織ちゃんも一緒にって、早苗から聞いた……もう、すぐにいける?」

「はい、戸締りしたら、いけます」

「じゃあ、俺たちは先に出てようか」

二人は道場生同様、勝手口から出ていき、あたしは方々の戸締りをし、もう一回玄明先生に挨拶をして、玄関から出た。

早苗たちのマンションまでは、五分もかからないかな。門を出たら右、高台を迂回するように歩いていく。その間、あたしは二人の後ろにいて、彼らが話すのを聞いていた。英語と日本語が半々くらい。沢谷さん、けっこう英語上手い。あたしが聞き取れたのは、残念ながらジェフの「アイノウ」と、沢谷さんの「フライデイ?」だけだった。

マンションに着き、エレベーターに乗ると、いきなりジェフがあたしに顔を近づけてきた。

「磯山センセイは、ビジンですね」

お前、どこでそんな単語習った。

「……沢谷さん。ジェフ、『美人』って言葉の意味、分かってないみたいだよ」

「え、そんなことないんじゃない? なあジェフ……」

で、また英語かよ。分かんねーっつの。

するとジェフは、大袈裟に「オー、イエス、イエス」とリアクションしてみせた。

「分かりマス、ダイジョブです。Pretty Girl、ハイ、分かりマス、ハイ」

だからってよ、それにどう反応しろってんだよ、このあたしに。

「いやいや、ジェフ。日本では、そういうの『お世辞』っていうんだよ。いい意味もあるし、悪い意味になるときもある。どうせそういうこというなら、早苗にいってやりな。それなら早苗も喜ぶし、沢谷さんだって嬉しいんだ」

ジェフは分かったような分からないような、ちょっと困った顔をしていた。沢谷さんがこれについて、英語でどう説明したのかは分からないが、エレベーターのドアが開く頃には「オウ」と納得していた。

「磯山センセイ、ごめんナサイ」

「いや、謝らなくてもいいんだけどね。ま、一般論ってことで」

沢谷さん、なにクスクス笑ってんの。あんた、どんな説明したんだよ、まったく。

部屋の前まできたら、沢谷さんが「ぴんぽろりん」。すでにドア前で待機していたのだろう、早苗がすぐに鍵を開けて顔を覗かせる。

「……はい、いらっしゃいませ。どうぞ……」

早苗、今日はちょっと様子が違うな。この前みたいに、尻尾振ってご主人さまをお出迎え、って感じじゃない。

「ただいま」

「お邪魔しマス」

「うーす。腹減ったぜよ」

あたしは早速、ダイニングテーブルの上をチェックした。

今日はまた、ずいぶんと腕によりをかけたみたいだな。すでに、テーブル一杯に皿が並べられている。鶏の唐揚げに、前にも食ったことのある瓶漬けのサラダ。何枚か空の皿もあるが、そこにはこれから何か盛るんだろう。

「どうぞ、お座りになってください……」

早苗、相当緊張してんな。なんでだ。そんなに外国人が苦手なのか。あるいはお上品な奥様を気取っているのか。

食事自体は、ごく普通に始まった。三人のグラスにビールを注いで、早苗だけはアルコール一パーセントのカクテルにして、

「カンパーイ」

ジェフも、ちゃんと「カンパイ」っていってた。ほんと、物を覚えるのが早いな、この人。

ん、早苗、唐揚げ旨いぞ。肉汁がじゅわじゅわだ。

沢谷さんは、自分の家なんだから当たり前だけど、えらくリラックスモード。今なら

あたしでも勝てんじゃないかってくらい、でれーんとしてる。

「そういえば俺、ジェフがなんで剣道始めたのかって、聞いたことなかったな。なんで？」

ジェフは「オウ」といってグラスを置いた。

「『スター・ウォーズ』ですネ。子供のトキ、ライトセーバーで戦った、遊んでマシた。あれと似てマス。フェンシングは、似てない。駄目です。剣道は、とても似てマス。ジョージ・ルーカスは、日本文化の、とても影響、受けマス。アキラ・クロサワの、映画の影響、受けマス……あ、逆？　反対？　『スター・ウォーズ』が、剣道に似てる？　ですか？」

そうだねと、沢谷さんとあたしで笑った。早苗は、追加の料理をするのに席を立ってたから、聞こえなかったかな。

あとから出てきたのは、大根おろしと焼きネギを添えたぶりの照り焼き。おお、これも旨そうだぜ。早苗にご飯をくれといったら、あとでシメのラーメンを出すといわれたので、それでいいことにした。お、こんなところに胡麻豆腐を発見。

「早苗も座れば」

「うん、そうする」

四人揃ってからは、いろんな話をした。沢谷さんが好きな、ナントカっていうアメリカのミュージシャンのことを、ジェフはよく知らなくて、なんだよそれ、みたいになったり。逆に、ジェフは意外と日本の芸能通で、東京ナンチャラってバンドのコンサートにいきたいといったが、沢谷さんに「もう何年か前に解散したよ」といわれ、えらくへコんだり。

韓国の話になったのは、なんでだったろう。二〇〇六年の世界選手権で、初めて日本が男子団体で優勝を逃し、韓国が初優勝を果たしたとかいう、あの辺りからだったろうか。

そのうち話題は、韓国がアメリカに設置している慰安婦像についてになった。それにはあたしも、ひと言いいたくなった。

「でもさあ、今やあの問題自体、なんの根拠もないデマだったことは明らかなわけでしょう。あんなもん、アメリカさんもさっさと撤去しちまってくんないっすかね」

ちょっと言い回しが雑だったかな。沢谷さんがジェフに、英語で説明を加えている。ジェフも、ふんふんって聞いてる。

「オゥ……コンフォート・ウーマン……アイノウ、イアンフ……分かりマス。あのスタチューは、噂がありマス。韓国だけのお金ではなくて、中国のお金もたくさん、使われていマス。韓国は、慰安婦、中国は、靖國、南京……What？」

いいかけて、また沢谷さんに日本語訳を頼む。

「ン……南京虐殺、を、日本のプレッシャーに使う。チャイニーズ・マネーは、アメリカの、とてもたくさんの、ンン……組織に、入ってマス。問題は、とても複雑。慰安婦のスタチューも、リムーヴ、難しいネ」

するとそれまで黙っていた早苗が、カチャリと箸を置いた。

「あの、ちょっと、いいですか……韓国の、アメリカにおける反日ロビー活動に、多額の中国資金が使われてるのは、日本でもいわれています。でも、アメリカ自体はどうなんですか」

早苗、なんか、顔怖《こえ》ぇぞ。

でもあたし、何度か見たことあるよ。お前のそういう顔。

「……マグロウヒル、でしたっけ。ニューヨークの大手出版社が出している、アメリカの高校生向けの歴史の教科書には、日本軍は二十万人にものぼるアジア人女性を徴用し、いわゆる強制連行をし、慰安婦にしたと書いてあるんですよね？……日本軍人はそれ以前に、南京で大規模な強姦事件を起こしているから、そういうことを繰り返さないために、軍主導で慰安所を造り、中国と朝鮮の女性を強制連行したって、そういうデタラメが載ってるんですよね？　それはアメリカ人がやってることなんじゃないんですか？　アメリカ人がアメリカ人に、反日教育をしてるんじゃないんですか？　それも中国人のせいなんですか？」

そう。早苗は、見た目こそおっとりしてるけど、でも熱いところも凄い持ってて、ときどきそういう部分が前面に出てきて、爆発することがある。でもそういう部分がなかったら、たかだか剣道歴三、四年で、当時でさえ十年以上やってたあたしに、二度も続けて勝ったりできるはずないんだって。

そこら辺、沢谷さんはどう思ってんだろう。

「ちょっと、早苗……そんなに、いっぺんに訳せないって」

沢谷さんはまあまあ、みたいになだめようとするけど、早苗はまだ言い足りないらしい。

「その教科書には、南京では日本軍によって四十万人の中国人が殺された、とも書いてあるんですよね？　アメリカは極東軍事裁判で、南京虐殺は二十万人ってしたんじゃなかったでしたっけ？　それが、なんで六十何年か経ったら倍になるんですか。裁判で出される数字って、そんなにいい加減なものなんですか？」

とはいえ、あたしもこの空気はマズいな、と思っていた。

何も、飯食って酒飲んでるときに、極東軍事裁判でもねえだろ、と。まあ、酒が入ったからこうなった、といえなくもないんだけど。

ところが隣を見ると、意外なことに、ジェフは不敵な笑みを浮かべていた。

「イエス……連合国は、東京裁判で、日本の戦争犯罪を、裁きマシた。南京虐殺も裁きマシた……ミツヤ。『クライム・アゲインスト・ピース』……オウケイ、平和に対スル罪で、たくさんの、日本の指導者を裁きマシた。理由は、日本が負けたから、です。勝ったアメリカの作戦は、東京空襲も、原子爆弾も、日本との戦争を早く終わらせるため、でした。それは、戦争犯罪ではナイ。それが、アメリカの、基本的な考えカタです」

こいつ、なに火に油注ぐようなこといってんだよ。

16　逃げちゃ駄目だ

私、こういうところ、ある。

普段は穏やかでいよう、つまらないことで一々怒ったりしないようにしよう、そう心がけてる。それで別段、日々我慢を重ねてるとは思わないけど、でも、何か蓄積していくものはあるんだと思う。ときどき、自分で自分がコントロールできなくなる。

ジェフは充也さんの大切な友達だし、ちゃんと喋るのはほとんど初めてだから、こんな議論をぶつけるべきじゃないって、頭では分かってる。ただ一方に、今いわなくてどうするのって、けしかける自分もいる。大学一年のあの日、学食から泣いて逃げ出して、そのことをあなたはどれほど後悔した？　思い出したら悔しくて、眠れなくなった夜が何度あった？　いま逃げたら駄目でしょう。

そう、いま逃げちゃ、駄目だ――。

「……ジェフ、それは、本当ですか？……原爆を落としたのは、本当に戦争を早く終わらせるためですか？　度重なる空襲で、日本の敗戦はもはや避けられない状況だった。それくらい、アメリカなら当時でも分かったんじゃないですか？　それでもアメリカは、どうしても原爆を落としたかった。落としたい理由が、他にあったから……アメリカは原爆を実戦で使用することによって、その威力を世界に知らしめ、特にロシア、当時のソ連に対して、軍事的に優位に立ちたかった。違いますか？」

ジェフは真っ直ぐ、私の目を見ている。

日本人はこんなに長時間、相手の目を見続けたりしない。会話は相手を屈服させるためのものではない、お互いを尊重するものだと思っているから。自分の考えを一方的に押し付けるのは、失礼なことだという考えがあるから。

でも外国人は違うという。話しているときに相手から目を逸らすのは逆に失礼なこと、場合によっては自ら非を認めたとも解釈される。

だから今、私は目を逸らさない。目で負けるわけにはいかない。

「……そのためにアメリカは、二十万人を超える日本の民間人を虐殺したんじゃないですか？　その後のソ連との対立構造を見越して、見せしめにするために日本人を殺したんじゃないですか？　戦時国際法に違反することを百も承知の上で」

するとジェフは、小さく何度か頷いた。

「……もし、それが真実だったとしマス。アメリカにも、原爆を使用したのは間違いだった、の、主張する人、いマス。違う意見をいうのは、いいことです。私たちは、たくさんの議論をする、いいことです。でも、もしその主張をアメリカが認めたら、早苗サンはどうしたいですか？　アメリカに、お金を払ってほしいですか？」

違う違う。

「お金のことをいってるんじゃありません。おそらく多くの日本人は、そんなことを望みはしないでしょう。ただ、日本はたった一度の敗戦で、自分たちの祖国の過去をすべて否定しようとしてきた。悪いのは戦争を起こした日本、戦前の日本は恐ろしい軍事国家、戦前の日本人はアジア諸国で残虐の限りを尽くした悪魔……そういう、根拠のない刷り込みを、私は改めたいだけです」

さっきより、少し深めにジェフが頷く。

「……しかし、それを許してきたのは、誰でスカ。悪いのは日本、日本の軍隊、そういう宣伝の、スタートは、アメリカかもしれない。しかし、それを受け入れてきたのは、誰でスカ……日本人です。主張があるなら、それをするのがいい。アメリカが嘘をついているなら、日本は、それは嘘だというのがいい。しかし、それをしてこなかったのは、日本人です。あなたたちです」

まったく、その通りだ――。

もうやめよう。そういってくれたのは、充也さんだった。

「今日は、それくらいでいいだろう。早苗」

頷くしかなかった。途中途中で納得できない部分はあったけど、最終的には、ジェフのいってることの方が正しかった。正しいというか、日本の現状の、痛い部分を突いていた。

「ジェフも」

ジェフは頷き、私に手を差し出してくれた。

「……早苗サン。あなたはとても、ストレイトな女性ネ。私はあなたを、尊敬しマス。議論しましょう、また」

握手はしたけど、でももう、私はジェフの目を見て喋れなくなっていた。

「ごめんなさい……せっかく、訪ねてきてくださったのに、楽しい時間にできなくて」

「それは違いマス。楽しいが、ただ一つの、いいことではない。あなたを尊敬しマス、私はいいました。本当です。議論はいいことです……ミツヤの奥サンは、とても素敵ですネ」

なんていうか――ありがとう、ジェフ。

ジェフは、充也さんが送っていった。すぐそこまでなのか、駅までなのかは分からない。

残った磯山さんは、私に同情してくれたのだろうか。珍しく、洗い物を手伝ってくれている。

「拭いたら、テーブルに並べるか」

「うん……お願い」

余った唐揚げを、ちょいちょいつまみながら。もう一杯、自分で作ったハイボールを飲みながら。

「しかし、いきなり、あそこまで吹っかけるとは思わなかったな」

「んもぉ……そんなにいわないでよ。私だって反省してるんだから」

手伝ってくれるのは嬉しいんだけど、その――唐揚げをつまんだ手で、洗ったお皿を持つのはやめてほしい。

「いやいや、反省する必要なんてないって。あたしと違って、お前はよく勉強してたからな。だからああいうことも、スラスラ出てくる。偉いと思うよ」

「そういうことじゃなくて……自分の旦那さんの友達に、ああいうことをいうべきじゃなかった、ってこと。少なくとも、今日初めてだったんだから。いうにしたって、もうちょっと気心が知れてからの方がよかったってこと」

磯山さんが、ふざけてるの？　ってくらい大きく首を傾げる。

「いやぁ、別にいいんじゃないの？　ジェフ、ああいう論争には慣れてそうだったし。全然、早苗に対する不快感はなかったと思うぜ」

「そんなことないよ……絶対怒ってる」

「ないない。怒ってるってのは、ないよ。たぶんあいつ、そういう奴じゃない。剣道してて思うもん。真っ直ぐだぜ、あいつ。真面目だしな。むしろ、お前と議論できて喜んでるくらいに、あたしには見えたけどな」

「そうかな……」

あ、急に思い出した。っていうか、今まで忘れててごめん、悠太くん。

「そういえば磯山さん、私、悠太くんと話したよ」

ハイボールをグッと呷《あお》った磯山さんが、「ん」と目だけをこっちに向ける。

「……あ、そうだったんだ。てっきりあたしは、お前が声かけ忘れてるんだと思ってたよ」

「忘れてないよ。ちゃんとあの次の夜に道場の外で待ってて、そしたら門を出たところにいたから、声かけて話したよ。でもそのあと、レナがきたりジェフがきたりで、話すタイミングがなかっただけ」

「で、どうだった」

そこ、難しいよね。

「うん……あの、宮永くんってさ、同じ保土ヶ谷二中の剣道部なわけじゃない。団体戦には一緒に出てたし……で、悠太くんは、磯山さんのことをとても尊敬してて」

「ええー？ そうかぁ？」

またそういう、お馬鹿な顔しないの。

「そうなの。悠太くん自身がそういってるの。磯山さんが稽古終わりに話したこととかもよく覚えてて、それを家に帰って自分で書いて、机の前に貼ったりしてるんだって」

「なんの話さ」

「武士道の話だって。それをね、部の仲間が遊びにきたときに、見られちゃったんだって。宮永くんにも。普通、中学生が紙に書いて机の前に貼ったりしないじゃない、武士道云々なんて」

いや、と磯山さんが口をはさむ。

「あたしは……」

「訂正。磯山さん以外は中学生のときに、そういうことは普通しないんですよ……悠太くん的には、ちょっと自慢っていうか、優越感、あったと思うんだよね。ところがそれを……宮永くんに、ガツンとやられたと」

「ほう、どうガツンだ」

「武士道と云うは、死ぬ事と見付けたり」

「はっはあ、『葉隠』できたか」

「感心してる場合じゃないよ」

うんうん、と頷きながら、またハイボールを呷る。

「ウィ……分かってるよ。中学生のいいそうなことくらい、たいがい察しはつく。『死ぬ事と見付けたり』ってくらいだから、特攻やって死ねってんだろ。あれだ、万引きかなんか強要すんのに、特攻精神でやってこいとか、死ぬ気でやれとか、そういう話だろ」

「いや……」

どっちかっていうと、磯山さんの発想の方がタチ悪いんですけど。

「万引きまではさせられてないと思うけど、でも、悠太くん的には悔しいわけ。尊敬してる磯山さんの言葉を逆手にとられて……それってたぶん、さっきのジェフの話と繋がると思うんだけど。そういう、日本を貶《おとし》めるような歴史認識を、日本人自らがしてしまってるっていう……あ」

私、馬鹿だ。いま思い出した。

「……磯山さん。仁志くんが、あの試合のあとでいってたよね。奴だけは赦さない、圧倒的に勝ってやろうって、最初から考えてたって。今日は桐谷道場を守るために戦いました、って。それってさ、宮永くんのこと、悠太くんから聞いてたってことなんじゃないかな」

なるほど、と磯山さんが腕を組む。

「悠太自身が仁志にいったのか、あるいは、誠か彩芽が仁志に相談したのか……あの学年、なにげに仲良いからな。仁志は、頭のデキも奴らとは違うし」

「ちょっと、そういう言い方は二中の子に失礼でしょ」

でも、そうかもしれない。誠と彩芽はかばおうとしてくれたって、悠太くんもいってた。

「しっかし、泣かせるねぇ。桐谷道場を守るために戦いました、ときたもんだ」

「茶化さないで。事態は磯山さんが考えてるより深刻なんだから」

「茶化してなんていないさ。むしろあたしは、今、無性にひと肌脱ぎたい気分になっている」

うわ、なんか嫌な予感。

「……磯山さん。あの、私が悠太くんに、話を聞きにいったのは」

「うん」

「磯山さんが、不甲斐ない負け方をした悠太くんを、無闇《むやみ》に責めたりしないように、という……」

「おう、その通りだな」

「だから、ね……宮永くんに負けた理由が、つまり、剣道云々の問題ではなくて」

「それは、あたしも分かった」

どう分かったのよ。

「ん……そういう、歪められた武士道の解釈とか、歴史認識とか、それが発展した形での、なんていうか……」

悠太くん、ごめん、再び。

「その……虐め、ではないんだけど、関係がよくないのは、確かだと思うのね。だから、そういう部分を解消すれば……」

「だから、勝てばいいんだろ」

ほら出た、勝負原理主義。

「そういう問題では、ないんじゃないかな」

「いーや、そういう問題だ。だから仁志に仇とらせたって意味ないんだ。悠太が自分で勝たなきゃ駄目なんだ。何より、口先だけの知ったか野郎には、体で分からせてやるのが一番なんだ……というわけで、こうなった以上、あたしがひと肌脱ぐしかない」

分からない。その論理の飛躍が、まるで理解できない。

「いや、磯山さんは、何も脱がなくて、いいんじゃないかな」

「いーや、脱ぐ。あたしは断固として脱ぐ。そしてお前は、そのスカートを脱いで短パンを穿け」

もう無理。私、ギブアップ。


充也さんには、ジェフを駅まで送って帰ってきたとき、すぐに謝った。充也さんは、大丈夫だよって、優しくいってくれた。

「ジェフは、ああいう議論大好きだから。ただ、自論に沿う結論に導くために、彼はときとして悪人を演じることがある。怒った振りをすることもある。早苗ちゃんが気にする必要はないけど、今後は注意した方がいいかもね……いつのまにか、奴の術中にはまってる、なんてことにもなりかねないから」

そういったときの充也さん、なんか楽しそうだった。ジェフとは、留学時代にいろんな議論をしたんだろうな。それを懐かしんでるみたいだった。

それはいいとして、その週の日曜日。

最近日曜はお休みにしてるのに、磯山さんはあえて道場を開けた。そして呼ばれた道場生は、悠太くん、ただ一人。それと、短パンを持参させられた私。

三人揃ったところで、磯山さんが私の方を向く。

「……早苗先生、道着に着替えてください」

「なんで」

「稽古をするからです」

まったく、何年経ってもしつこいな。

「……すみません。私は健康上の理由で、今は剣道ができません」

「何も、本気で打ち合おうというのではありません。足捌きについて悠太に教えてやりたいので、手本を見せてやってほしいのです。なので、着替えてください」

何その、聞いたこともないような丁寧語。

「それだけなら、別に、着替えなくたって……」

「悠太のためです。お願いします」

それはズルいよ、磯山さん。

よく分かってない悠太くんまで、頭下げてるし。

「……早苗先生、お願いします」

ちょっと、本気？　冗談じゃないわよ。

「……どうしても、ですか」

磯山さんが無表情で頷く。

「どうしてもです」

「だとしても、足捌きだけですからね。剣道はできませんからね」

「ゴチャゴチャいってないで、とりあえず着替えてください」

急に高圧的になって。感じ悪い。

「……分かりました。足捌きだけなら。参考になるかは分かりませんけど……道着と袴だけでいいんですか。防具も着けるんですか」

「防具も着けてください。ただし、下は袴ではなくて、短パンでお願いします」

ハァ？

ちょっと、こんなのってあり？

「……なんか、若干……エロいっすね」

悠太くん。そういうことというんなら私、今すぐやめるよ。

で、磯山さんは普通に道着と袴、防具まで着けてるし。

「いいか悠太。撮影するのは、打たれたときに、早苗先生がどういう足捌きをするか、だ。だから、ちゃんと全身を撮れ。足だけ撮っても意味ないからな……あー、だったら、あたしが何を打ったかも映ってないと駄目か……よし、最初はあたしも入るように遠目で撮れ。で、次に早苗の全身、その次に足をメインに撮る、と。同じことを繰り返してやればいいんだからな……早苗先生も、メンならメン、コテならコテで、何回か続けてやりますから、そうしたら、同じように捌いてください。あれですよ、高校時代にやってたみたいに、上半身をぶらさないで、すーっと動く、あれですよ」

「……分かりました」

やだな。なんか、下半身がスースーして気持ち悪い。っていうか、微妙に変態っぽいよ、この恰好。しかも、それをビデオで撮影するって、ますます変態じみてない？

「悠太、そっちからだと逆光じゃないか？　モニター見てみ……だろう。こっちから撮ってみ……大丈夫か？　よし、じゃあ、始めるぞッ……イエェエアッ、ンメァァァーッ」

うわ、なに、いきなり本気？

「はっ」

おっ、と危ない。やっぱり、全然体がついていかない。竹刀も思ったようには操れない。

「ハイもうイッチョ、ンメェェアッ」

いよっ、と。まあ、さっきよりは大丈夫だけど。

「もう一本いくぞッ、ンメェエェアッタァァァーッ」

っていうか、こんなんでいいのかな。私、ちゃんとあの頃みたいに動けてるのかな。

「念のため、もうイッチョやっとくか……」

何が「念のため」よ。急に、打ち込み稽古じゃなくなってるじゃない。なんか間合測りだして、私の竹刀の物打《ものうち》押したりして。まさか、本気で打つ気じゃないでしょうね。

「イアッ……」

あっ、メンじゃない——。

「タッ……」

いや、やっぱメンだ——。

「ンメェエアァァァーッ」

あっぶないなァ、もォ。磯山さん、いま本気で入れるつもりだったでしょ。ちょっと、早々と目的忘れ過ぎなんじゃない？　私の足捌きを撮影するためなんでしょ、これは。

ひと通り撮影して、ようやく着替えることを許された。

で、道場に戻ったら映像のチェック。ビデオカメラの小さなモニター画面を、三人で並んで覗き込む。

「……早苗先生。脚、綺麗っすね」

右から磯山さん、左から私、

「イテイテッ」

バシバシッと突っ込む。

「そういう目で見るんじゃないよ、エロガキが」

「そうだよ。私だって恥ずかしかったんだからね」

「……すみません」

映像自体は、上手く撮れてた。ちゃんと私の足捌きも、膝の動きも見て分かるように映ってた。それと、こんなこと磯山さんにはいえないけど、やってみたら膝は案外平気だった。全然痛いことなかったし、後半は調子も上がってきて、わりと動けてた。まあ、私にとって恥ずかしい映像であることに変わりはないけど。

でも、こんなんで役に立つのかな。

17　猛特訓

正直、びっくりした。早苗の下半身は、あたしの想像以上に複雑な動きをしてた。早苗の足捌きの特徴は、方向転換をするとき顕著に表われる。特に、相手の攻撃を捌くとき、あるいはいなすときに。それ自体は以前から分かっていた。

ごくごく単純にいえば、それは「回れ右」の動作と大きくは違わない。それだけなら、普通の剣道家もよくやる。打ち込み稽古とかで、メェーン、と打ち抜けていって、間合が切れてから回れ右をして、相手に竹刀を向けて残心をとる。正確にいうと回れ「右」と決まっているわけではなく、相手のいる方向によっては左に回ることもある。

これ自体は、別に不思議な動きでもなんでもない。

でも早苗の方向転換は、それとは微妙に違う。いや、まるで違う。

まず、下半身から先に向きを変える。その時点ではまだ、上半身は動かさない。相手の打突がきてから、あとから上半身をくるんと回す。くるん、というか、うにょん、と向きが変わる。

これが的を射た表現かどうかは分からないが、あたしが連想したのは、パントマイムの「壁」だ。壁を触っているように掌《てのひら》をかざし、その掌は動かさないで体だけを動かす。するとそこに、あたかも目に見えない壁があるように見えるという、あれだ。別に、早苗の足捌きで「幻の壁」が出現するわけではないのだが、何かこう、動くはずのものが動かないことによって作り出される錯覚、という意味では似ていると思う。

しかも、短パンでやらせるとよく分かるのだが、早苗の脚の動きは、非常に「おしとやか」だ。中でも特筆すべきは、決して股を開かない、という点だろう。攻撃に転じたらどうかは分からないが、少なくとも相手の攻撃を捌いている間は、ずっと内股のままだ。これが、えらく動きを「おしとやか」に見せる。確かにこれは「日本舞踊」の動きだ。戦う人間のそれではない。ただしこれが、右膝を痛めた最大の原因でもあるのだろうと、あたしは察した。

ひと通り見終わると、悠太が呟いた。

「……俺、こんなの無理っすよ。できないっす」

うん、無理だな。

あたしは、早苗の足捌きが「打倒、宮永」の秘策の一つになればと思って見せたのだが、これはえらい目論見違いだった。全然参考にならない。こんなことを練習するくらいなら、もっと別のことをやろう。

ごめん、悠太。早苗の足捌きについては、忘れてくれ。


とはいえ、あたし自身は大いに勉強になった。

「シカケとオサメ」の説明にも「腰を切る」という表現が何ヶ所か出てくる。たとえば「オサメ」の三十本目、三十一本目は、相手が肩を狙って打ってきたときに、回りながら相手の懐に入り、後ろ向きに抜けるのだが、そのときの説明に「腰を切りながら」とある。これを最初に読んだときはピンとこなかったが、今なら分かる。

腰を切る。なるほど。打突を捌きつつ、下半身で先に方向転換をし、つまり退路を確保し、そこから素早く下がって間合を切る、ということだ。早苗の動きと大いに共通するものがある。いや、早苗の動き、そのものといってもいい。実際、玄明先生も似た動きをしてみせたことがあった。しかし、それでは踏ん張りが利かないので、攻撃には不向きという話だったと記憶している。

いや、だから、それはいいんだ。問題は悠太だ。悠太の「打倒、宮永」に関して、別の策を授けなければならなくなった。

ここはやはり、中心を攻めると。そこを徹底的にやらせるほかないだろう。

悠太には、早苗研究のあとで話した。

「お前の置かれている状況については、早苗先生から概《おおむ》ね聞いている」

「……はい」

「仁志や誠、彩芽たちも、それについては知ってるのか」

「……はい。誠と彩芽は、同じ部なので、知ってます。彩芽は、クラスも一緒ですし……仁志には、たぶん誠が話したんだと思います。なんていったのかは、聞いてないっすけど」

あたしは深く頷いてみせた。

「この前の試合、仁志は、最初から宮永を秒殺するつもりだったらしい。桐谷道場を守るための戦いだったと、仁志はいったが……それはそれでいいと思う。でも本当は、お前自身が宮永を倒さない限り、何も始まらないよな」

うん、と悠太も頷く。

「あたしは、お前が弱くなったとは思っていない。ただ、宮永に対して苦手意識ができてしまっているだけだと考えている。それも剣道には関係ない、人間関係の部分でだ。

だがそれも、剣道で自信を持って勝つことができれば、必ず変わるとあたしは思う……どうする。普段の稽古とは別に、特訓やるか。中学の部が終わってから、成人の部の端っこで、あたしと一対一でやるか」

悠太が、ぐっと目に力を込め、あたしを見上げる。

「……はい。お願いします」

「キツいかもしんないぞ。ひょっとすると、体力的にというより、精神的な部分で」

「はい、大丈夫です。お願いしますッ」

というわけで、次の稽古からは中学の部が終わっても、悠太だけは居残り。

「お前、家にはなんていってきた」

「俺だけ特訓つけてもらうんで、ちょっと遅くなるって、いってきました」

「そうか……よし、やるか」

成人の部の何人かはあたしと稽古をしようと、それこそ田原もきていたから、二、三人は悠太の後ろに並ぼうとした。だが「今日はすまん」といって、あたしは悠太にだけ、集中的に稽古をつけた。

普段と違う稽古といえば、ツキに繋がる練習をさせたことだろうか。中学生だから、あくまでもツキではなく、それに繋がる練習、ということだが。

「もっと……もっと押せ」

「はいッ」

悠太を中段に構えさせ、その状態から剣先で、あたしの突き垂を押させる。そういう練習だ。

「もっと、もっとだ悠太」

「ハイッ」

いわば、剣先と突き垂による押し相撲。あたしは前傾姿勢で、ぐいぐい体重をかけて前に出る。悠太はそれを、竹刀一本で押し返そうとする。きちんと中心がとれていれば、悠太にだってあたしを押し返すことができるはず。

だが、少しでも中心がズレれば、

「……ングェ」

悠太の剣先は突き垂からはずれ、直接、あたしの喉元を抉《えぐ》ることになる。

「あっ」

悠太は慌てて竹刀を引っ込めた。しかし、

「……バ、馬鹿ヤロウッ」

あたしは薙ぎ払うように、悠太の横っ面を竹刀で叩いた。

「だからいったろッ。中心を攻めろ、突き垂から逸らすなって。はずれたらあたしが痛いんだよ、怪我するんだッ。あたしを殺す気かッ。真剣にやれ、馬鹿タレッ。ほらもう

ない。

本当は、そんなに痛くない。あたしは子供の頃から散々、玄明先生にツキを入れられてきたから、これくらいは屁とも思わない。まあ、悠太も根っからの桐谷道場育ちだから、他の中学生よりはツキに慣れているのだろうが、それでもやはり、あたしほどではない。

あたしはもう、竹刀をぶらんと右手で持ち、上半身だけで悠太に迫っていった。悠太もがっちりと中段に構え、あたしの突き垂を突いて、そのまま押してくる。いいぞ、その調子だ。ほら、ほら、もっと突いてこい。弛めるな、弛めるなよ。

しかしこの状態で、もしあたしが横に回ろうとしたら、どうなる。

「ウグェ……」

そうだな。当然また、突き垂からはずれるな。

「あッ、すみませ……」

「馬鹿がッ。相手がずっと正面からだけ攻めてくれるとでも思ってんのかッ。相手は右にだって左にだって回るんだ。一回下がって、また前に出てくることだってあるんだ。何をされても中心から剣先を逸らすな。何があっても突き垂から剣先をはずすな。いいかッ、分かったかッ」

「は、はいッ」

一回ッ」

「ハイッ」
おそらく、こういう稽古は悠太も初めてだったのではないか。失敗をすれば自分が痛い思いをする、のではない。自分が失敗すれば、他の誰かを傷つけてしまう。そういう稽古だ。

いいか、悠太。そもそも剣は暴力だ。他人を傷つけ、死に至らしめる、そういう力だ。しかし、その暴力を封じようとしたら、それを上回る力が必要なんだ。その暴力を凌駕する力を以て、相手を傷つけることなく、暴力のみを封ずる。それこそが武道だと、あたしは信じている。

だから、生半可な力では駄目なんだ。上辺だけの正義感じゃ駄目なんだ。真ん中から、ブレずに真っ直ぐ、前に押し出す。そういう技と、気持ちが必要なんだ。

だから、悠太。真っ直ぐ突いてこい。

あたしを傷つけたくなかったら、真っ直ぐ、前に出てこい。

悠太との稽古が終わる頃には、

「ありがとうございました」

「オウ……キヲ、ツケテ、カエレヨ……」

ちょっと喉がイカレていたが、大した問題ではない。

ここからあとは、あたしが習う稽古だ。

「サワ、タニ、サン……オネガイ、シマス……」

「香織ちゃん、ほんとに大丈夫？」

もう答えるのも面倒だったので、そこはただ頷いて済ませた。

「オサメ」に関しては、もう五十本すべて、頭にも体にも入っている。「シカケ」の五十本も概ね理解している。それはそうだ。一本目から五十本目まで、どういう攻撃なのか分かっていて「オサメ」ているのだ。だからあとは、その攻撃を実際にはどう「シカケ」るのか、細かいところを学んでいけばいい。

肘打ちだの前蹴りだの、他の打撃系格闘技にあるような技は、見様見真似ではあるけれど、まあ、やればできる。強いていうならば、今まではそれを避ける稽古ばかりしてきたが、今度は、相手に避けられないように攻撃するという、一段上の発想に切り替えなければならない。そこが大きな違いではある。

背後から斬りつけるのも、倒れた相手への打突も、極めて暴力的だというだけで、やる気になれば誰にだってできる。さして難しいことではない。相手に組み付くにはレスリングや柔道、組んだ状態からの膝蹴りにはキックボクシング、関節技には柔術。「シカケ」には、そういった他の格闘技的な要素が多分に含まれているが、もとよりあたしは、剣道は道場と試合場でだけ通用すればいいものとは考えていない。路上だったらどうなのか。電車の中だったらどうか。そういう想像は常にしてきた。それもあり、「シカケ」の技も比較的すんなり、受け入れることができた。

あとは、それを使いこなすだけだ。

「シャッ」

「ハンッ」

沢谷さんとあたしとでは、体格差も体力差もある。技の熟練度にも大きな差があるから、そう簡単には勝てない。あたしがどんなに「シカケ」でも、沢谷さんはすべての技を完璧に捌きつつ、隙を突いてメンやコテ、ツキを入れてくる。一回だけだが、ドウをもらったこともあった。

あたしが「オサメ」のときはもっとひどい。沢谷さんは、まさに「技の百貨店」よろしく、あらゆる角度からあらゆる技を繰り出してくる。「シカケ」の四十五本目から四十七本目には投げ技がある。これを「オサメ」で捌けなければ、「シカケ」の四十八本目、四十九本目で馬乗りになられる。これから脱出できなければ、「シカケ」の五十本目で絞め落とされる。

むろん、意識を失う前に沢谷さんの体のどこかを叩いて「参った」の意思表示はするが、その前の段階で投げ技を喰らっているから、それだけでこっちは相当なダメージを被《こうむ》っている。板の間で投げられるのは、あたしでもさすがにキツい。

「……マイリ、マシタ」

「はい、じゃ面をとろう」

勝てない。まったく勝てない。

それでも沢谷さんは、満足げに頷いてくれる。

「二十本目辺りから、覚えるペースが格段に上がったね。一本一本じゃなくて、全体のイメージで捉《とら》えられるようになったからかな」

「ソッスネ……ハイ」

ただ、沢谷さんに勝つことが目標なのかというと、それは違う。「シカケ」と「オサメ」が両方自分に入ってきて、特にそう思う。

勝つことより、守り抜くことの方が、よほど重要なのだと。


早苗からの誘いがない日は致《いた》し方ない。家に帰って夕飯を食べる。

今夜のメニューはサバの塩焼き大根おろし添え、大根サラダ、ワカメと大根の味噌汁、沢庵。おいおい、大根多過ぎないか。

あと缶ビール。

「……イタダ、キ、ます」

ちょっと、喉の調子は戻ってきた。

「香織、そんな喉してるのに、ビールなんか飲んでいいの?」

心配無用だ、母上。

「……香織、聞いてる?」

聞こえている。だが今あたしは、あんたが作った料理を食べている。口に物を入れたまま喋るんじゃないって、子供の頃あたしに教えたのはあんただろう。

「……ダイジョうぶ。すぐ治る」

廊下の向こうで、ドアを開《あ》け閉《た》てする音がした。まもなくダイニングのドアが開く。父だった。磯山憲介《けんすけ》。神奈川県警の警部補で、現在は宮前《みやまえ》警察署で引き続き剣道助教をしている。

飯を頬張った直後だったので、目と会釈で帰宅の挨拶とさせてもらう。

父はあたしの正面に座り、流し台で洗い物をしている母に「麦茶」と命じた。あたしは黙って食事を続けた。何か訊きたそうな気配は感じたが、あえてこちらから話すほどのことはない。

沢庵をぽりぽり。飯をもっふり。まだ訊いてこない。

味噌汁を具ごとずるずる。サバをひと口、箸でほぐしてぱくり。まだ訊いてこない。

ビールをぐびぐび。まだ訊いてこねえか。

「……ゲンメイ先生、ここんとこ……チョウシ、いいンダ」

あー、負けた。気で負けて、つい自分から口を利いてしまった。

父は眉一つ動かさない。

「お前の方が、よほど調子は悪そうだな」

いいながら、あたしの両腕を見比べる。

「……そんなに痣ができるほど、何をしている」

夏なので、隠しようがないのは困りものだ。

「ベツに……コドモのアイテだよ」

「左の二の腕にミミズ腫れができるほど、下手糞な逆ドウを子供たちに教えているのか」

うるさいな。

「コレは……タマタマ、ダレカのが当たっただけ」

すると、その直後。首筋の、ちょうど骨が出っ張った辺りに、

「イッ、イィィーデッ」

激痛が走った。振り返ると、母親がピンと人差し指を立て、目を限界まで丸くして固まっていた。

首筋にある痣を、母親が、指で押したらしい。

「ナッ、ナニすんだァオイッ」

「いや、あの……黒いから、汚れてるのかと、思って」

「イマ、アザの話、シテタろうがッ」

「でも、これは違うの……かなって」

「それもコレモ全ブアザだ、サワンナッ」

「ごめんなさい……でも、そんなに痛がるなんて思わなかったから」

黒く見えるほどの痣を指で押されて、痛くないわけないだろうが。なに考えてんだ。次やったら本気で張り倒すぞ。

まったく、敵はどこにいるか分からんな。おちおち飯も静かに食えやしない。


翌朝は普通に道場に出たが、どうも首と肩の調子がよくなかったので、玄明先生に断わって、十時頃に近所の整骨院にいった。そこでも、なんでこんなに痣だらけなんだと訊かれたが、板の間で子供たちとプロレスごっこをしたといって誤魔化しておいた。

道場には昼頃に戻り、あとは昼飯を食っていつも通り過ごそうと思っていたが、午後一時半過ぎに玄関のブザーが鳴った。

「……はーい」

こんな時間になんだ。また保険の営業か、新聞の勧誘か、コインパーキングか、自動販売機か、あるいは黒岩伶那か。

いや、どれとも違った。

あたしが引き戸を開けると、そこに立っていたのは、濃いグレーのスーツを着て、綺麗にひげを剃り、右手に旅行カバン、左手に紙袋をぶら下げた、

「よう、磯山」

あの、福岡南高校の剣道顧問をしている、吉野正治先生だった。

「あ、ああ……どうも、ご無沙汰、しております」

びっくりすんな。なんで吉野先生が、いきなり訪ねてくるんだよ。

「今日、桐谷玄明先生は、ご在宅か」

「あ、今はちょっと、郵便局まで、いってますけど……すぐ、戻ってくるとは思います」

「そうか。なら、待たせてもらってかまわんか」

まあ、別に、いいっすけど。

18　袖振り合うも……

お母さんの電話って、ほんと長い。

『ほら、まさか同じ大学の学生だなんて知らないから』

「……誰が？」

しかも、私とは話が通じてると思い込んでいるらしく、ところどころで説明を省く癖がある。

『だから、二階のヨシザキさんのお嬢さんよ。エリカちゃん』

「知らないよ、二階に住んでる人なんて。しかも、私がそっち出たの、もう五年前だよ。覚えてないよ」

うちの両親は福岡県福岡市博多区にあるマンションに住んでいる。部屋は十二階。逆に、よく二階の住人の名前まで知ってるなと、私なんかは思う。

「そのエリカちゃんが、お父さんの教え子だったわけ？」

うちのお父さんは福岡で大学の講師をしている。

『んー ん、学部は違うから、直接の教え子ではないみたいだけど』

正確には、客員准教授だったかな。前に聞いたけど忘れちゃった。あれ、もう准教授になったんだっけ。

「……とにかく、エリカちゃんはどちらの大学？ って、お母さんが奥さんに訊いちゃって」

『そうそう』

「やだ、ご主人がお勤めの大学じゃないですかと」

『そうなのよ』

「あら、存じ上げなくてごめんなさい、と」

『もう、いい恥掻いちゃったわよ。お父さんがちゃんといっといてくれないから』

「お父さんは知ってたんだ」

『うん、電車とか一緒になることがあって、何度か話したこともあるって』

そして、この話題と次の話題に、これといった関連はない。

『そりゃそうと、あなたいつ充也さん連れてくるの』

うちのお母さんは、年甲斐もなくイケメン好き。お姉ちゃんが岡先輩と付き合ってた頃は――って、今も付き合ってるみたいだけど、私たちが東松学園高校に通ってた頃は、お姉ちゃんに「巧くんはいつくるの」「いつでも呼んでいらっしゃい」って、やたらとうるさかった。

その対象が、今は充也さんにシフトした、ということだ。

「充也さんだって忙しいんだよ。休みだっていろいろ用事あるし」

磯山さんと変な稽古ばっかりしてるし。

『分かった、じゃあ私がいくわ。あなたのところだって、私一人くらい泊まれるんでしょ？』

「うん、一人なら大丈夫。二人だとせまいかもしんないけど」

『別に東京の出版社にいく用事もないけど、でもまあ、たまには顔出してもいいし、会いたい人もいるし。とにかくいくわ』

お母さんはけっこうベテランの絵本作家。でも今の時代、たいていの原稿はメールで送れば済んじゃうらしく、どうしても東京の出版社にいかなければいけない用事というのは、ほぼないらしい。

「保土ヶ谷と東京じゃ、そこそこ距離あるけどね」

『でも、あなたのところのマンションは見ておきたいし、お料理だってさ、あんまり教えてあげられなかったじゃない。あなた、浪人時代からずっとそっちなんだから』

「……私、料理はわりと得意な方だよ」

『でもほら、お袋の味とか、充也さんにも食べさせてあげたいし』

また、わけ分かんないことを。

「誰のお袋よ。充也さんだって大学からずっとこっちだし、出身は長野だし。お母さん、長野なんて全然接点ないじゃない。だいたい、お袋の味がどうとか、そういうこと充也さんはいわないし。私の作った料理が一番美味しいっていってくれてます」

『そういえば緑子はそっちいった？』

疲れる。この脈絡のない話題の転換。

「……うん、きたよ」

『あの子、いったらいったでどうだったか報告してねっていったのに、電話の一本もよこしゃしない。こっちからかけても出ないし』

それはしょうがないよ。

「お姉ちゃんだって忙しいんだよ。売れっ子モデルなんだから。観た？　この前テレビ出てたの」

『ああ、なんとかガールズ・コレクション』

「そうそう。凄いカッコよかったよね」

『でも電話一本くらいできるでしょう』

そこに話を戻しちゃいますか。

この電話、どうやって終わらせたらいいんだろ。


ようやくお母さんからの電話を切ったら、またすぐかかってきた。

今度は磯山さんだ。

「はい、もしもしぃ」

『おい、今すぐこっちにこい』

「こっちって、道場？」

『ああ。ヨシノ先生が、玄明先生を訪ねてきてんだよ』

ヨシノ、ってあの、福岡南の、吉野先生？

「……なんでまた、吉野先生が桐谷先生を」

『知らないよ。でも、玄明先生は郵便局いってて留守だしよ……お前の高校の教師なんだから、お前がきて相手しろよ。あたしじゃ何話していいか分かんないよ』

剣道の話でもしてりゃいいじゃない。

「うん、分かった……今ちょっと、お鍋に火ぃ入れてるから」

『んなもんすぐ消してこっちこい。腐りゃしねえって』

すぐ腐るのよ、夏なんだから。

「……分かった。急いでいく」

と口ではいっておいて、でもしっかりお鍋には火を入れてから出かけた。

マンションを出て、高台を迂回して道場の門が見えるところまでくると、郵便局から帰ってきたのだろう、門を入ろうとしている桐谷先生が見えた。

「先生」

ひと声かけて小走り。私に気づいた桐谷先生は軽く手を挙げ、眩しそうな目でこっちを見ながら待っていてくれた。

「……早苗さん、こんにちは」

「こんにちは。あの、いま私も伺おうと思っていたんです」

「何か、お願い事をしておりましたでしょうか」

「いえ、そうではなくて、福岡南高校の剣道顧問をしている、吉野先生が、桐谷先生を訪ねてきていると、磯山さんから連絡があって」

桐谷先生の片眉がわずかに傾く。

「……福岡南高校というと、早苗さんの母校ですな」

「はい。吉野先生は、私もお世話になった女子剣道部の顧問です」

「ほう。そのような方が……まあ、入りましょう」

どうやら、桐谷先生と吉野先生は面識があるわけでも、事前に連絡があっての訪問でもないようだ。

桐谷先生は心臓こそ患ったものの、足腰はさすがしっかりされており、後ろから見ていても歩き方に不安定さなどは微塵も感じられない。砂利を必要以上に踏み荒らさず、シャク、シャク、と小気味よい音をさせながら足を運んでいく。武道家が放つ殺気、みたいなものもない。ただ静かに、そこを歩く。桐谷道場を背景とする、桐谷先生の後ろ姿。なんだか一枚の絵を見ているみたいだ。

勝手口から二人で入る。道場は静まり返っており、茶の間の方から話し声なども聞こえてこない。

「香織め……客人に茶の一つも出さず、黙りこくっているのではあるまいな」

「まさか」

磯山さんでも、さすがにそれはなかった。よかった。

茶の間に入ると、床の間の前に吉野先生、磯山さんはその斜め向かい、桐谷先生がいつもいる場所を空けて座っていた。一応、麦茶は出してくれている。もうちょっといい、お客様用のグラスを使ってくれたら、なおよかったんだけど。

さっと桐谷先生がその場に膝をつく。

「……お客さまがおいでとは知らず、失礼いたしました。桐谷でございます」

吉野先生もさっと下がり、両手をついて頭を下げる。

「突然お邪魔いたしまして、こちらこそご無礼いたしました。福岡南高校の、吉野と申します」

吉野先生、ひげ剃ってる。髪型も、いつになくピシッとしてる。あとスーツ。くる途中で買ってきたんじゃないかってくらい、綺麗に折り目がついてる。これは一体、どういう目的の訪問なのだろう。

「どうぞ、お楽になさってください……早苗さん」

「はい、今、お茶をお入れしますね……吉野先生、ご無沙汰しております。先日は式のご出席も、ありがとうございました」

「……いや。うん」

なんだろう。吉野先生、ものスッゴい緊張してる。あんな先生、見たことない。

いったん台所にいき、薬缶を火にかけ、湯飲みと急須を用意して茶の間に戻ると、吉野先生が何やら話し始めていた。

「……三十二年前です」

私たちが生まれる八年前、か。なんの話だろう。

桐谷先生が、小刻みに頷く。

「確かにその当時、私は福岡市中央区のケイシンカン道場で、師範代をしておりました。しかし、ほんの数ヶ月だけです。そのようなことを、なぜあなたが……」

カッ、と桐谷先生が目を見開く。

「……まさか、あなた、あのときの」

吉野先生は答えず、じっと桐谷先生の目を見ている。

桐谷先生が続ける。

「ナカバヤシ先生を訪ねてこられた、高校の先生と、一緒にいらした……生徒さん」

吉野先生がゆっくりと頷く。

「はい。覚えていて、くださいましたか」

「ええ、あのときのことは、よく覚えております」

すると吉野先生は、さっきの挨拶のときよりもっと大きく後ろに下がり、土下座のように、額が畳につくまで頭を下げた。

「……その節は、大変な失礼をいたしました。若気の至りとはいえ、初対面の先生にあのような狼藉を働くとは、いま以て自分で自分が赦せません。いつかお会いして、直接、あの日の非礼を平《ひら》にお詫びしたいと、この三十二年、思い続けておりました」

桐谷先生は座卓を迂回し、吉野先生に近寄ろうとする。

「いや、吉野先生……どうぞ、そのようなことはなさらないでください」

「いえ、それだけではありません。こちらの、桐谷道場について初めて耳にしたのは、甲本が……いや早苗さんが、福岡南に転校してきた年ですから、もう七年も前です。そのときに、恥を忍んで早苗さんにお訊きすればよかったのです。その桐谷道場に、桐谷玄明というお名前の先生はいらっしゃるかと……ご挨拶に伺うのがここまで遅くなったことも、重ねてお詫び申し上げます。大変、申し訳ございませんでした」

「いや、吉野先生……」

こんな困った顔をする桐谷先生を見るのも初めてだけど、こんなに標準語を喋る吉野先生を見るのも初めてだ。

ようやく、吉野先生が顔を上げる。

「さらにいうならば、私は当時……お察しのこととは存じますが、あの頃の私は、本当に、性根が腐っておりました。剣道はしょせん暴力、私はそれを用いて多くの人を傷つけた、そう思おうとしておりました……本当はそうではない、剣道を暴力にしてしまったのは、私自身が弱かったからに他ならないのに、それをあろうことか、私は剣道そのもののせいにしようとした……しかし、それは間違いだと、剣道の、本来の意味するところは違うのだと、そう、心技体を以てお教えくださったのは、桐谷先生です」

なに、三十二年前に、何が——あ、ひょっとして、十三人の暴走族と埋め立て地で喧嘩をしたっていう、あのこと？

「あの日、桐谷先生に稽古をつけていただいて……いや、私の仕出かしたことは、とても稽古などと呼んでいい行為ではありませんでしたが」

「……いえ」

「しかし、あの稽古のお陰で、私は目が覚めました。もう一度剣道をやり直したい、桐谷先生が身を以てお教えくださった、真の武道という意味での、剣道を勉強し直したい、そう思い、再び剣の道を志すようになりました。いま私が、福岡の高校で教師をし、剣道部の顧問をしていられるのも、すべて、桐谷先生のお陰です。あの日の稽古がなければ、私の性根は、今もまだ腐ったままだったかもしれません……本当に、ありがとうございました。どうお詫びし、どうお礼を申し上げるべきか、悩みに悩んで参りましたが……」

「吉野先生」

また少し、桐谷先生が吉野先生に近づく。

「私の方こそ、あなたにはお礼を申し上げたいと思っておりました。あの日のあなたは、本気だった。本気で私に、打ち掛かってきた。私もそれを、本気で捌いた。そうしてみて、私自身、初めて気づいたのです。私が学んできた剣道の、本当の意味を……人の出会いや、縁というのは、不思議なものです。またあなたに、このような形でお会いできるとは、思ってもおりませんでした。本当に、遠いところをお運びいただき、ありがとうございました」

台所の方で、急に「カタカタカタッ」って音がして、お湯を沸かしてたんだって思い出した。

「あ、いけない」

慌てて火を消しにいって、こんな熱湯じゃお茶も美味しくないよ、と思いつつ、仕方ないから別の湯吞みを用意して、それに入れて少し冷まして、ようやく淹れ終わって茶の間に持っていったら、また全然違う話になってるみたいだった。

今度は桐谷先生が頭を下げている。

「……とはいえ、私はこのところ、少々体調を崩しておりまして」

「そう、でしたか……いやこちらこそ、そのようなこととは存じ上げず、重ねて失礼いたしました」

「いいえ、ですから今日のところは、私ではなく……この磯山と、一つ手合わせをお願いできませんでしょうか」

ハッ、と磯山さんが桐谷先生を見る。

吉野先生は、いったん磯山さんを見て、それから桐谷先生に視線を戻した。

「一つ、お訊きします……磯山さんは今、この道場の師範代ということで、間違いございませんでしょうか」

なんでそんなこと、吉野先生が知ってるんだろう。レナから聞いたのか。小柴先生から、って線もあり得るか。

桐谷先生が深く頷く。

「左様です」

「つまり磯山さんは、桐谷先生のお弟子さん、と」

磯山さんが桐谷先生を見る。

もう一度、桐谷先生が頷く。

「そうお考えいただいて、差し支えございません」

吉野先生が、ゆっくりと頭を下げる。

「承知いたしました。ではお言葉に甘えて、防具と竹刀をお借りできますでしょうか」

吉野先生が、ゆらりと立ち上がる。私はそれを見て、久し振りに思い出していた。

吉野先生の、剣道を。

背後の景色まで歪めてしまうような、妖しい雰囲気。男の人にしては高い気勢。私の剣道が「日本舞踊系」だとしたら、吉野先生のは「能系」かもしれない。私、能には全然詳しくはないけど、でもなんとなく連想させるものはある。「薪能」とか、ああいうやつ。静かに構えている吉野先生の周りに、何かがゆらゆらと漂っている。そんな雰囲気に呑まれ、高校時代の私は、吉野先生の前に立つと何もできなくなってしまった。それは単に、私が未熟だっただけなのかもしれないけど。

あと、道着と防具。これがいっつも、ヨレヨレのボロボロ。面紐なんて、よくこすれる面金の上端のところが、毛羽立ってほわっほわになってた。そこだけ見るとけっこう笑えるんだけど、当時の私にそれを笑う余裕なんてなかった。

ただ今日は、当たり前だけど桐谷道場在庫の道着と防具をお貸ししているので、そんなヨレヨレのボロボロだなんてことはありません。私が厳選して、手洗いして陰干しして、傷んでる紐は全部交換して、少し色が褪《あ》せてる以外は新品同様になっているので、かえって吉野先生らしくないといえば、らしくない。

「よろしくお願いしますッ」

「……お願いします」

しかしなぁ、吉野先生と磯山さんがこんなふうに、桐谷道場で竹刀を向け合う日がくるなんて、ちょっと前は考えてもみなかったな。

「ホォアァァー……」

出た。妖しさ満点の気勢。

対する磯山さんは、

「……ハンッ」

最近よくやる、短い気勢。あの声を出すようになったのって、ここの師範代になってからじゃないかな。そもそも、桐谷先生があういう声の出し方をされる。そういうところも磯山さん、意識してるのかもしれない。

第一声を発し、互いに間合を詰めたあとは、なぜだか二人ともぴたりと動かなくなった。竹刀の先端、丸い先革《さきがわ》が重なるくらいの遠間で、じっと剣先を向け合っている。普通、稽古では年下から果敢に掛かっていくのが礼儀とされている。でも磯山さんは、動かない。打ちにいかない。どういうことだろう。

いや、まったく動いてない、わけではないようだ。

耳を澄ますと、ぽん、ぽん、と微《かす》かに聞こえる。

先革だ。どうも、どちらかが剣先を揺らして、相手の先革に当てているようだ。でもその動作が微細過ぎて、横から見ている私には分からない。

桐谷先生は私の隣で腕を組み、正座をしているが、稽古は見ていない。目を閉じている。なぜ見ないのだろう。分からない。

まだ、どちらも打ちにはいかない。

ぽん、ぽん、という音は続いている。リズムは一定していないが、でも鳴り続けている。

ぽん、ぽん——。

まだ動かない。

息を、吸うのも吐くのも躊躇《ためら》われるような、沈黙。

吸っても肺に空気は入ってこないような、真空の時間。

ぽん、ぽん——。

どこかで鳥が、短く鳴く。

ぽん、ぽん——。

隣を見ると、いつのまにか、桐谷先生は目を開けていた。

ぽん、ぽん——ポンッ。

「あっ……」

それは、コンマ一秒にも満たない攻防だった。

たった一度、大きな炸裂音がしただけで、すべては終わっていた。

二人は、ほとんど同時に、真っ直ぐ前に、間合を詰めた。

二人とも、竹刀は振りかぶらなかった。

二人とも、ツキ——私にはそう見えた。

しかし、吉野先生の剣先は磯山さんの左肩に乗り、逸れていった。吉野先生のツキは、はずれた。磯山さんがかわしたようには見えなかったが、でも結果的には当たらなかった。入らなかった。

では、磯山さんのツキは——。

吉野先生の、突き垂の少し上、面金のアゴの辺りに当たった。一本ではないけれど、惜しいところは突いていた。ただ磯山さんの竹刀は、二人の間に「つっかえ棒」のようにはさまり、その二人の突進力に耐えきれず、一瞬にしてグシャッと、弾けるように圧し折れてしまった。

無残。かろうじて先端と手元は弦《つる》で繋がっているけれど、竹の部分は、完全にバラバラ。磯山さんはそれを持って、開始線に戻った。吉野先生も、すでにもとの場所に戻っていた。

「ありがとうございました」

「……ありがとう、ございました」

なに。なんなの、今の。これで終わりなの？　これでいいの？

なんかもう、私には全然分からない世界だ。

19　武勇伝

久々に怖い思いをした。玄明先生と沢谷さんの他にも、こんな構えをする人がいるのかと驚愕した。

打てない、どころの話ではない。動けないのだ。動けば即、それが隙になる。前にも横にも、後ろにも動けない。竹刀も動かせない。狙われているのが分かるのだ。向けられた竹刀の先端、先革の中心、白い革がすぼまった合わせ目から、針のように細い気が発せられ、こっちの眉間に鋭く刺さってくる。しかも、あたしが少し他に意識を向けただけで、手元でほんの数ミリ、剣先の向きを修正してくる。あたしは断じて動いてはいない。ただ考えただけ。だが「コテは打てるか」と思っただけで、「お前、コテを打つ気だろう。分かってるぞ」と、先回りして剣先が攻め手を封じにくるのだ。

そしてその都度、ポンと先革を触ってくる。ほんの小さな動き、それでいて確かな強さで。

メンは打てるか――メンでくる気か。

ポン。

ツキはどうだろう――ツキでくるんだな。

ポン。

駄目だ。このままでは何もできない。あたしは根本的に考え方を変えざるを得なかった。

とはいえ、二段打ちで取れる相手ではない。メンに見せかけてコテ、などという手にも引っかかりはしないだろう。しかし変化は必要だ。一つ目の攻め手は、出す前に必ず潰される。一つの技を出せば、そこからの変化は限られる。その隙を、この相手は必ず突いてくる。

では、どうしたらいい――。

すると、ふいに閃《ひらめ》いた。

この手は、誰も使ったことがないのではないか。「シカケとオサメ」にすらない、早苗すらもやったことのない、逆転の発想だった。

よし、策が決まれば「善は急げ」だ。四の五の考えているうちに、下手に警戒されて潰されてもつまらん。

ゆく――。

あたしは真っ直ぐ前に出た。ツキだ。表から真正直にいった。この距離、このタイミングなら、相手は竹刀で捌くか、メンかツキで合わせてくるはず。そうあたしは踏んでいた。

案の定、相手はツキを合わせてきた。

でも、あたしがこう動いたら、どうなる――？

あたしは前に出ながら腰を切り、上半身はブラさないよう、動線を右に十センチほど逸らし、その状態からツキを繰り出した。

やった、かかった――。

相手の剣先はあたしの突き垂から逸れ、左肩に抜けていった。一方、あたしの剣先は相手の突き垂に一直線――かと思いきや、想定の範囲を大幅に超えて、この吉野という先生はツワモノだった。

どの段階であたしのツキを捌ききれないと判断したのか、それは分からない。最初からそうするつもりだったのかもしれない。しかし、まさか、瞬時にアゴを引いて突き垂を引き下げ、面金で剣先を受け止めるとは思わなかった。

二人の間にはさまったあたしの竹刀は、二人分の突進力に抗しきれず、ぐにゃりと歪むと同時に、バシャッと、火薬か何かで爆破されたように弾け飛んだ。

そのときに見た面金の中の表情が、また凄まじかった。

眉間に瘤《こぶ》ができるほど眉を怒らせ、牙を剝き出さんばかりに口角を上げ――そう、能面の「鬼神《きじん》」を思わせる、戦うことを心から喜んでいるような、そんな狂気を孕んだ表情だった。ひょっとすると、単に力を入れてアゴを引いていただけ、だったのかもしれないが。

とにかく、竹刀を破壊されてしまったら稽古は続けられない。むろん、別の竹刀に持ち替えれば可能だが、今のような濃密な稽古は、日にそう何度もできるものではない。開始線には、吉野先生の方が先に戻っていたが、礼はあたしからした。

「ありがとうございました」

「……ありがとう、ございました」

なるほど、なるほどなるほど。吉野正治とは、こういう剣道家であったか。あたしは甚《いた》く納得した。

吉野先生はさして汗も掻いていない、着替えたらすぐに帰るという。せめて夕飯くらい、と早苗は引き止めたが、他に寄らなければならないところもあるし、帰りの飛行機がわりと早い時間なので、と固辞された。

「じゃあ、駅まで」

そう早苗がいい、あたしも、なんとなくそれについていく流れになった。

「……では桐谷先生、今日はこれでお暇《いとま》いたします。お体、何卒お大事になさってください」

「ありがとうございます。機会がございましたら、またいつでも、お寄りくださいませ」

道場の玄関を出て、門を通り抜けると、吉野先生は急に両手を広げ、「あーあ」と伸びをしてみせた。

「いやァ、桐谷先生はさすが、えずか人やねェ。目ぇ見とるだけで、ゾクゾクするったい」

この人は、そういうことを根っから喜んでしまうタイプ、と。分かる分かる。

それはいいとしてだ。

「早苗。えずか、って何」

あたしもよくいわれるんだけど。

「ああ……怖い、って意味」

するといきなり、吉野先生が早苗の肩を思いきり叩いた。

「なァにゆーとっとかァ。えずいは褒め言葉たい」

いったァい、と肩をさする早苗を無視して、吉野先生はあたしに目を向けた。

「磯山の目ェは、桐谷先生にそっくりたい。まるで親子のごたる。桐谷先生が、お前を師範代に据えたんは、よー分かる。俺が桐谷先生と木刀で稽古したんは、三十二年前やから……俺も高校生やったけん、今とはちょっと、事情が違《ちご》おとるが、なんちゅうか……こう、空気ぃいうか、まあ、『気』だな。そういうところまで、そっくりたい……

それでも今日のところは、俺は負けんかったけんね」

確かに、打たされたのはあたしだ。それをすんでで防がれた。勝ったといえる要素は、あたしにはない。

「はい。よい稽古を、いただきました」

「おう。俺も楽しかったばい……」

いいながら早苗を押し退け、グッとあたしに顔を寄せてくる。

「磯山ァ……お前、なんばしようとしちょる？」

むろん、ありのままを答えることなど、できない。

どう切り抜けるか、どう誤魔化そうか——。

しばしあたしが言葉に詰まると、吉野先生はスッと顔を引っ込め、ニンマリとしてみせた。

「よかよか。いわんでよか。その答えは、今後の楽しみにとっとくことにするたい……いやァ、面白くなってきたばいねェ」

当たらずとも、遠くはない答えがこの人の中にはあるのではないかと、あたしは思った。

怖い怖い——。

吉野先生、あたしはあなたの方が、よっぽど「えずか」人だと思いますよ。

道場に戻ると、玄明先生が台所で洗い物をしていた。早苗が慌てて隣に並ぶ。

「すみません先生、私がやります」

「いやいや、もう終わりますから、大丈夫です。もう一杯淹れますから、早苗さんは香織と、そちらで待っていてください」

「……すみません。ありがとうございます」

あたしは素直に茶の間で待つことにしたが、早苗は、そうはできない性分らしく、別の湯呑みを用意したり、吉野先生が持ってきた菓子折りを開けてみたりと、結局玄明先生の周りでちょこまかと働いていた。

「わ、『博多通りもん』だ。私、これ大好きなんです」

確かに、そう書いてあったな。煎餅だと嬉しいんだが。

玄明先生も箱を覗き込む。

「ほう。お饅頭ですか」

「はい。ただ、中身は小豆の餡子ではなくて、ミルク風味の白餡で、ちょっと洋菓子っぽいですけど、緑茶にも合いますよ」

うげ、饅頭だってよ。あたしいーらない。

実は玄明先生って、酒は飲まないし、タバコも吸わない。でもお茶は好きで、それなりに拘《こだわ》りもあるようだ。茶菓子も、そういえばよく食べてるのを見かける。あたしは出されても、ほとんど煎餅しかつままないけど。

二人で仲良く、お茶とそのナントカっていう饅頭を運んでくる。

前から思ってたんだけど、なんか早苗といるときの玄明先生って、拍子抜けするんだよな。ただ人の好い年寄りみたいに見えて、幻滅とまではいわないけど、残念な感は否めない。

「はい、どうぞ……」

早苗がお茶と饅頭をそれぞれに——いや、あたしに出す寸前で、早苗は手を止めた。

「……磯山さんも、食べてみる？」

「いや、いらない」

「だよね。じゃ、磯山さんはこっちね」

ちゃんとな、あたし用に草加煎餅を用意しているわけだよ、早苗は。ここまでしておいて、だ。あたしが「桐谷家の嫁同然」っていうと、それは頑《かたく》なに否定するんだよな。よく分かんねーよ、こいつ。

「……うむ。いいお味ですな」

玄明先生ともあろうお方が、饅頭一個で、そんな嬉しそうな顔しないでくださいよ。

剣の達人が台無しですわ。

あたしはいきますよ、煎餅。パキーンと潔《いさぎよ》く。ガリッ、ボリッ、と豪快に。あー、美味しい。草加煎餅って最高。

早苗はお上品に、ひと口ずつ千切って口に入れる。

「でも、先生と吉野先生がお知り合いだなんて、びっくりしました」

玄明先生が、深く頷く。

「……私も、大変驚きました。三十二年前、ということでしたが、当時の私は、町道場で、雇われ道場長のようなことをしながら、各地を転々とするような生活をしておりました」

「各地って、全国、ということですか」

「いえ、やはり都市部が多かったので、津々浦々というわけではありません。茨城を振り出しに、東京、大阪、京都、福岡、そしてまた東京に戻って、ここに入ったのはそのあとですな」

「へえ……そういうお仕事って、けっこうあるものですか」

「私も、いま考えると、よくあのように仕事が繋がったなと、不思議に思うのですが、当時はあったのでしょうな、そういう需要が。跡取りがいないからとか、跡取りはいるけれど道場を継ぎたがらないとか……ま、たいていはそのような事情でした」

まさに、今の桐谷道場と逆のパターンだな。

早苗が「実は」と、さも深刻そうに切り出す。

「……私、さっきの吉野先生の話、ちょっと知ってるんですよ」

「ほう。どのような」

「三十二年前ですから、吉野先生が高校生の頃、ってことですよね……前に、まだ私が福岡にいた頃に、吉野先生から直接伺ったんです。わりと有名な話らしいので、お話ししちゃいますけど……なんか高三のときに、今でいう百道浜《ももちはま》の、当時は埋め立て予定地だったところで、十三人の暴走族を相手に、たった一人で、木刀一本で喧嘩をしたって」

あー、それって、あたしが早苗に教えた話じゃん。

「いや、それ十三人じゃなくて、三十人の間違いだろ」

ぶんぶん、と早苗が首を横に振る。

「磯山さんの話、どっかで大きくなってる。私は吉野先生から直接聞いたんだから間違いないよ。三十人は大袈裟、実際は十三人だったんだって」

「じゃ、それを全員病院送りにしたってのは？　しかも自分だけ無傷のまま」

「それは本当みたい」

玄明先生が、深く息をつく。

「なるほど、そういうことでしたか……いや、何かそのような事情があって、当時私が勤めていた、ケイシンカン道場を訪ねてこられたのであろうことは、察していましたが……なるほど。木刀を持っていたとはいえ、十三人の暴走族を一方的に蹴散らしたとは、なかなかの武勇伝ですな」

そういって、玄明先生はちらりとあたしの方を見た。

えっ、もしかして、バレてるの？　あたしがこの近所で、やっぱり木刀を持って、不良男子三人とストリートファイトやったこと。

そうか。よく考えてみれば、一応あれも警察沙汰にはなったわけだし、全剣連と高体連にも話は上がっちゃってたから、玄明先生の耳に入っていても、不思議はないのか。

「香織」

「……はい」

やっべ。久々に怒られるか。でももう、あんなの七年も前の話だしな。今さら、それってなくないか。

玄明先生が続ける。

「今日……吉野先生と稽古をしてみて、どうだった」

よかった。怒られるんじゃなかった。

でも、この質問は質問で答えづらい。

あたしは一応、正座に座り直した。

「はい……あの、どう、というのは、非常に、言葉にしづらいというか……」

「有《あ》り体《てい》に申せ。早苗さんの前だから、というのは、今は考えなくてよろしい」

早苗がチラチラと、玄明先生とあたしを見比べる。

ついに、早苗にも情報解禁、ということか。

「あ、はい……いや、まあ……このところの、沢谷さんとの稽古で、やってきたことが、身についてきたのかな、というのは、ちょっと、感じましたけど」

「けど、なんだ」

いけね。こういう曖昧な表現は、玄明先生の前では禁止だった。

「いえ……感じました。大いに」

「どのような面でだ」

追い込むなぁ、玄明先生。

「はい、たとえば……打つ前に、次々と攻め手が封じられていくのを感じました。非常に微細な挙動でしたので、以前だったら、そこまで感じられたかどうか……しかし今日は、それが感じられました」

「それと充也との稽古に、どういう因果がある」

いよいよ難しくなってきたな。

「因果……」

沢谷さんとの稽古を思い浮かべた。ただ肘打ちを受けるだけの形稽古から、徐々に技の種類が増え、そのたびに考えるべきことが、備えるべきことが、加速度的に増えていった。あたしは途中から、一つひとつの技を独立したものと考えるのではなく、円のように連動したものと捉えるようにした。その中心にあるのは、まさに中段の構え――でもこれと、今日感じたものとの因果となると、難しい。

安直な言い方をすれば、「オサメ」は徹底的に守る技術だから、守りに強くなった、ということはできるだろう。いわば、相手を「観る」目が養われた、と。でも今日のは、あたしが攻め手を潰される戦いだった。あたしは攻めようとしていたのだ。では、その逆なら成り立つのか。「シカケ」も、まだ広く浅くではあるが、概ねできるようになってきている。その攻めの感覚が――いや、これも違う気がする。そういうのとは、たぶんまた別のことなのだろう。

あたしなりに、だいぶ頭を使って考えた。だが、分からなかった。

結局この頭は、下げる以外には使い道がなさそうだった。

「……すみません。分かりません」

そんなあたしを見て、玄明先生は、笑った。早苗に向けるのとは違う、何かこう、見る者をゾクッとさせるような、それでいて楽しげな、少し意地悪そうな笑《え》みだ。

「……香織。それでよい。今は、分からなくてよい」

なんだよ。正解なしが正解かよ。

小学生の稽古が始まる前に、早苗と少し、二人で話した。

あろうことか、早苗からあたしに謝ってきた。

「磯山さん。あの、私ね、実は……磯山さんと充也さんが、成人の部が終わってからとか、日曜の午前中とか、二人で稽古してるの、見ちゃったこと、あるの……だから、そのことについては、前から知ってたの……ごめんね、黙ってて」

あたしは急に、この早苗という子が可哀相になった。

常識からいって謝るべきなのは、おそらくあたしの方だ。結婚してまだ三ヶ月にもならないのに、平日の夜も休日の昼も、愛しい旦那さまをあたしに取られて——むろん変な意味ではないが、早苗にとって貴重な沢谷さんとの時間を、あたしが奪っていたことは否定しようのない事実だ。

それをこの子は黙って我慢した挙句、逆に知っていながら知らん振りをしていたことを、あたしに詫びるのだ。

あたしも少しは、ぼんやりとだけど、早苗に悪いなと、思ったことはあった。でも、沢谷さんに「早苗にも、いわないでほしい」と最初にいわれていたから、あたしからいうわけにはいかない、というのが大前提としてあった。そもそも、こういう問題は夫婦間で解決すべきなのだろうから、あたしが変に気を回すのもどうか、という思いもあった。しかしそれは、単に悪者になりたくないと、面倒なことに首を突っ込みたくないと、あたし自身がこの問題から逃げていたと、そういう見方もできるわけだ。

こんなに潔く謝ってしまう早苗の前では、なおさらそんな思いの方が強くなる。

「いや、それは……むしろ、あたしが、ごめん。夜も、あれで、ずいぶん遅くなっちゃってたしな……沢谷さんだって、毎朝早いんだし、早苗と過ごす時間も、減らしちゃってたよな……ほんと、ごめん」

ただし、あたしが譲れるのはここまでだ。

「でも、早苗……今あたしは、沢谷さんに、ものスッゴい意味のある稽古をつけてもらってるんだ。それについてはまだ、詳しくはいえないけど、でもさ……」

うん、と早苗が頷く。

「分かってる。私がそれを聞いちゃいけないことも、二人のしてることが、たぶんとても重要なことであるのも、私なりに、理解してるつもり。今日だって」

早苗が道場の方を振り返る。

「……吉野先生との稽古、凄かった。確かに磯山さんは全日本選手権の準優勝者だけど、でも女子であることに変わりはないわけだし。それに、少なくとも私は、吉野先生の強さは身を以て知ってるわけで……その吉野先生に対して、ああいう戦い方をするって、ちょっともう、私の理解の範疇を越えてるなって、思った。だから……うん。磯山さんは、私には理解できないけど、自分がやろうとしてることを、真っ直ぐにやって。妥協しないで、真っ直ぐ進んでいって。私にできることがあれば、なんでも協力するから。なんか、よく分かんないけど……負けないで」

早苗――。

お前ってなんか、やっぱ、いい奴だな。

20　違う、違うの！

その日、充也さんはわりと早く帰ってきた。

「……ただいま」

「はぁい、お帰りなさぁい」

今夜のメインディッシュはチンジャオロースー。ピーマンを綺麗に細切りにするのって、けっこう難しい。

「ごめん、ご飯、もうちょっとかかる」

「うん、大丈夫」

新木場では稽古後にお風呂に入るらしく、充也さんは帰ってきても、そんなにすぐシャワーを浴びたりしない。部屋着に着替えて、テレビを観ながらビールを飲んだり、新聞や本を読んだりすることが多い。たまにCDをかけることもあるけど、私が火を使ってるとうるさいからかな。最近はあんまりしない。

「充也さん、あれ、買ってきたよ。なんだっけ……ああ、スミノフアイス」

お洒落な赤いラベルの小瓶に入ってる、レモン味のカクテル。甘いから、あれなら私でも飲める。でも一本だと多いから、残りは充也さんに飲んでもらっちゃうけど。

充也さんが、軽く手を振る。

「いや……今はいいや」

そっか、飲まないんだ。ということは、また今夜も磯山さんと稽古かな。

お肉を炒めながら、サラダを冷蔵庫から出して。水煮の筍とピーマンを投入して、すでに作ってあった中華スープにもう一度火を入れる。で、オイスターソースなど、何種類か調味料を入れつつ——おっと、ドレッシングを出すのを忘れてた。

なんてやってるうちに、チンジャオロースーはできあがり。お皿に盛りつけて、ご飯をよそって。中華スープも一緒に出す。

「お待ちどおさま」

「ん、美味しそう……」

出したお料理をひと通り見ながら、充也さんが文庫本を閉じる。たぶん、ホラー。充也さんって意外と、映画でも小説でも怖いのが好き。申し訳ないけど、それだけは私、あまりお付き合いできない。

充也さんが箸を持ち、両手を合わせる。

「……いただきます」

あれ。充也さん、ひょっとして、ちょっと元気ない？

そう思って見ると、視線もやや下向き加減な気がする。ご飯食べてるんだから当たり前か。いや、それでもなんか、いつもの感じと違う。でも私、こういうときになんて訊いていいのか、よく分からない。稽古どうだった？　って、そんなの毎日のことだしね。あえていうほどの変化がないのは、よく分かってる。たまに新木場じゃないところでも稽古するみたいだけど、そういうときは、訊かなくても充也さんから話してくれるし。

それでも、何か訊かなきゃ。

「……どうした？　なんかあった」

充也さんは「ん」と顔を上げ、小さくかぶりを振った。

「ん、いや……別に」

「そう？」

でも、やっぱりなんか変だな。

すると、案の定だった。

食事が終わった途端、充也さんは背筋を伸ばし、一つ咳払いをした。

「……早苗」

最近、ちょくちょく名前だけで呼ばれるようになった。その方が夫婦らしくていいけど、あんまり真面目な顔でいわれると、嫌な話かなって身構えちゃう。

「……はい」

私も、手を膝に置いて背筋を伸ばした。

「いや、そんなに、かしこまらなくていいんだけど……一つ、早苗に話しておきたいことがあって。桐谷道場の、ことで」

さては、昼間の一件で、何か事態が動いたかな。

「はい。お聞きします」

「うん……まあ、早苗は、分かっていて、放っておいてくれたのかもしれないけど……俺はこのところ、ちょくちょく香織ちゃんに、一対一で、稽古をつけてきた。これといって早苗に説明しなかったのは、それが、桐谷道場の後継者問題に、関わることだったから。それと、桐谷道場の成り立ちや、歴史……桐谷道場が代々受け継いできた、技の伝承にも、関わることだったから、なんだ」

技の伝承は、そうなのだろうと思うけど、成り立ちとか、歴史ってなんだろう。

充也さんが続ける。

「今、ここですべてを話すことはしない。いずれ、先生からお話しする機会があるかもしれないし、俺がするかもしれない。だから今、それはさて措くとして……俺は、先生が仰る通り、これからも警察官として生きていく。そう決心した。でも、桐谷道場を閉鎖することは、やはりできない。だから、桐谷道場は、香織ちゃんに継いでほしいと、今は思っている」

私は頷いて、ひと言はさませてもらった。

「現状でも、ほとんどそうなってるとは思うけど、でもそれに、何かけじめが必要だってこと？」

「……そう、思ってもらっていい」

「それが充也さんと、磯山さんがしてる稽古、ってこと？」

「うん。ただそれで、今やってることが終われば、香織ちゃんが後継者になれる、という話でもない。結局は、先生が香織ちゃんを認めなければ、現状は何も変わらず、道場の閉鎖問題は燻《くすぶ》り続けることになると思う」

充也さんが、グッと奥歯を嚙み締める。

「……とはいえ、先生も、もうご高齢だからね。俺も、この問題をあまり引き延ばしたくはない。今までは、俺と香織ちゃんでなんとかすればいいと思ってきたけど……正直、香織ちゃんの正念場は、ここからだと思う。女性がやるには、これはもう、本当に過酷な稽古だから。それでも、これを託せるのは、男女を問わず、香織ちゃんしかいないと、俺は思っているし、先生だって、彼女以外にはいないと考えているはずなんだ。だから……俺たちは、このまま進む。そのことを、早苗にも認めてほしいし、できれば、俺たちの支えになってほしいと思ってる。俺たちっていうか……香織ちゃんの」

分かる。ある程度は、分かるんだけど。

「うん……それは、大丈夫。私でできることなら、協力する」

充也さんは真っ直ぐ、大きく頷いた。

「早苗なら、そういってくれると思ってた。でも……俺たちがやってることを実際に見たら、同じようにいってもらえるかどうか……正直、俺には自信がない」

どくん、と心臓が跳ねる。

どこかで、花火が打ち上げられる音がした。

充也さんと二人で、道場にいった。桐谷先生に挨拶はしなくていいっていわれたから、母屋にはいかなかったけど、でもそれが、私にはとても気持ちが悪かった。

稽古が終わり、着替えを済ませた成人の部の人たちが、一人、また一人と、道場を出ていく。

「お疲れさまでした……お疲れさまでした」

私はみんなに挨拶をし、見送った。悠太くんもいた。だいぶ磯山さんにしごかれてるみたいで、帰りはもうヘロヘロになってたけど、でも顔つきはよかった。充実してます、って顔をしていた。

みんなが帰ってから、充也さんが更衣室に入る。道場には、私と磯山さんだけになった。

磯山さんが、額の汗をスポーツタオルで拭《ぬぐ》う。

「……沢谷さんから、聞いたのか」

いつになく、磯山さんの声が低い。

「うん、夕飯のあとで、聞いた。なんか、大変そう……だね」

ヒクリと、磯山さんの頬が跳ねる。

「……ま、お前に情報解禁ってことになれば、あたしも気が楽だよ。もう、元気な振りしなくてもいいしな」

磯山さんは畳敷きの小上がりまでいって、腰を下ろした。そこには、小さなナイロンバッグが一つ、置いてある。可愛くもなんともない、百均でも売ってそうな、四角いやつ。その中から磯山さんは、黒い、サポーターのようなものを出した。わりと大きくて、厚めのクッションが入ったタイプだ。

それを手に持って、袴の裾を片方、捲り上げる。

「えっ……」

何それ、って思った。

脚全体が、紫色になってる。あちこちに擦り傷があって、掻き傷みたいなのもいっぱいあって、瘡蓋《かさぶた》になってて――。

「ち、ちょっと磯山さん、何それ」

「何って、ご覧の通りだよ……満身創痍《そうい》」

反対の脚もまったく同じ状態だった。それだけじゃない。腕だって、よく見れば首筋にも、真っ黒な痣がある。磯山さん、普段は襟のある薄手のトレーニングウェアを着てるから、そこまで私、見てなかった。気づかなかった。

両膝、両肘に、クッション付きのサポーターを装着する。さらに、似たような造りの脛当《すねあ》ても着ける。サッカー選手がしてるのより、ずっと分厚い。

「いつから、そんな状態なの」

「いつからだろ……忘れた」

「どうして、そんなになるまで」

「どうしてもこうしても……ま、見てりゃ分かるさ」

そうこうしてるうちに、充也さんが道場に入ってきた。少しストレッチをして、面を着ける。充也さんも、磯山さんと同じようなサポーターをしているようだった。正座をしたときの、膝の盛り上がりで分かった。

「……じゃ、香織ちゃん。始めようか」

「うぃっす」

充也さんがこっちを向く。

「早苗は、そっちで見てて。視界に入ると……気持ち、折れちゃうかもしれないから」

充也さんが示したのは、母屋に繋がる出入り口の辺りだ。

「……はい。分かりました」

でも、気持ちが折れるって、どういうこと。誰の気持ちが折れるの。磯山さん？　充也さん？

二人は板の間の真ん中までいき、普通に礼をし、蹲踞をし、竹刀を向け合い、立ち上がった。でも、気勢は発しない。黙って、相手との距離を探っている。

すると、いきなりだ。

「……シッ」

充也さんが前に出ながら、右足で磯山さんのお腹を、

「アッ」

蹴ろうとしたけど、磯山さんはそれを腕で防いで、そのまま体当たりした。結果的に

は、鍔迫り合いと同じ状態になった。

磯山さんがこっちに面を向ける。

「……早苗、余計な声出すなッ」

だって——あっ。

磯山さんが言い終わるや否や、充也さんが磯山さんの右頬に左肘を打ち込む。それも
磯山さんは小手で防ぎ、

「ハンッ」

すぐさま充也さんを押して、距離をとろうとする。

充也さんは逃がすまいと、追いかけて、

「シェアッ」

メン。もう一発、立て続けにメン。でもその次は、

「シュッ」

なんと、回し蹴り——バチッ、と腿に当たって、磯山さんの膝がガクンと落ちる。そ
の、体勢を崩した磯山さんの顔面に、

「……やめて」

充也さんが膝蹴り。磯山さんは、かろうじて両手を上げて防いだけど、でも完全には
受け止めきれず、真後ろに転んでしまった。

仰向けに転んだ磯山さんに、さらに、

「イアッ」

踏みつけ、踏みつけ、踏みつけ。受け流したり、転がって逃げる磯山さんにドウ、メン——いや、もう、何を打ってるって感じじゃない。美しさなんて微塵もない。ただ竹刀を打ち下ろして、叩き付けてるだけ。単なる暴力。倒れた磯山さんを、滅多打ちにしようとしてるだけ。

こんな、こんなことって——。

まったく充也さんらしくない。こんなの、稽古でもなんでもない。不良のリンチと一緒だよ。磯山さんが反撃できないのをいいことに、ボコボコにやっつけようとしてるだけじゃない——。

それでも、充也さんの猛攻は続く。

ようやく立ち上がった磯山さんに体当たり。かと思ったら、竹刀の鍔を引っかけて、磯山さんの腕ごと引っこ抜くように——違う、これって、あれだ。磯山さんが高一のときに、三年生だった村浜さんに仕掛けた、関節技だ。

それを、充也さんが磯山さんに——どういうこと？

いったん竹刀を放して、磯山さんはその関節技から逃れた。でもすぐに頭を抱え込まれて、胴に膝蹴り、膝蹴り、膝蹴り——。

磯山さん、なんで反撃しないの。どうして同じようにやり返さないの――。

そのときになって、私は初めて気づいた。

いま私がいるのとは反対側、勝手口からすぐ道場に入れる戸口に、誰かいる。桐谷先生じゃない。先生が母屋から出てらしたら、私の後ろにくるはず。じゃあ、誰。水色のTシャツ、下はジーパン――あ、悠太くん？　なんで悠太くんが――。

そう思った瞬間、

「ハンッ」

道場では、磯山さんの体が、ふわりと浮き上がっていた。柔道なら、分かる。そういうの、見たことある。でもここ、剣道場だよ。床、全面板張りだよ――。

ドタン、ゴツン、バシンと、様々なものが床板に、同時に叩き付けられる音がした。

磯山さんの脚、腰、肘、肩、防具、竹刀――磯山さんのすべてが、板の間に弱々しく、横たえられていた。

でも、それが終わりではない。

「イエアァァァーッ」

充也さんがさらに竹刀を振りかぶる。がら空きの背中に、狂気の竹刀を打ち下ろそうとする。

しかし、それと同時に、

「アァァーッ……」

別の方から声がし、見ると、

「やめろォォォーッ」

木刀を持った悠太くんが、充也さんに打ち掛かろうとしていた。

違うの、悠太くん――。

私は、そんな声も出せなかった。

振り返った充也さんが、悠太くんの攻撃を竹刀で捌く。それも刃部ではなく、逆さまに持ち替えて、革をかぶせてある柄《つか》の方で受けている。

悠太くんの叫びは続く。

「や、やめろォッ、アァァァーッ」

悠太くんは、同学年でも決して大きい方ではない。おそらく充也さんとの身長差は、二十センチではきかないだろう。さらに体のできが違う。悠太くんは、よく運動をしてはいるけれど、所詮は少年の体だ。未成熟で、細い。対して充也さんは、厚みも太さもある上に、毎日鍛え上げた鋼《はがね》の如き強靭さがある。窮鼠《きゅうそ》猫を噛む、にもなっていない。充也さんは収めた竹刀と、右腕一本で悠太くんの打突をいなしてしまう。悠太くんの木刀は、充也さんの体にかすりもしない。

でも、その乱打を治めたのは、充也さんの竹刀ではなかった。

「悠太、悠太、やめろ……いい。いいんだ、悠太」

　磯山さんの、ひどく穏やかな声だった。

　道場の真ん中に、四人で集まった。

　充也さんと磯山さんは、面をとっている。

　悠太くんは、泣いていた。まだ息も整っていない。その背中を、いつになく優しい顔つきの磯山さんが、しきりにさすっている。

　涙を拭いながら、それでも悠太くんは、なんとか喋ろうとする。

「財布が、なくて……道場で、落としたかもって、思って……戻ってきたら……磯山先生が……先生が、やられる、って思ったら、俺、もう、わけ分かんなくなっちゃって……沢谷先生に、勝てるなんて、思ってなかったけど……でも、磯山先生を、守りたかった。今の、俺のお師匠は、磯山先生だから……」

　磯山さんが、悠太くんの髪の毛を、クシャッと摑む。

「ありがとう、悠太……お前がびっくりしたのは、無理ないと思う。でも、先生たちは喧嘩してたわけじゃないから……まあ、そうとしか見えなかったかもしれないけど、でも、大丈夫だから」

「でも、俺、俺……磯山先生が」

さらにぐりぐりと、悠太くんの頭を撫でる。

「……分かってる。だから、ありがとう。お前があたしを守ろうとしてくれた気持ち、嬉しいよ。その気持ちは、何より大切だと思う。悠太だけじゃない。仁志だって誠だって彩芽だって、他の学年の子たちだって、桐谷道場の門下生はみんな、同じ気持ちを持ってくれてると思う。桐谷道場を守るためなら、みんな必死で戦ってくれる。それはよく分かってんだ。だから、その上で、悠太には聞いてほしい……あたしたちがやってるこれも、桐谷道場を守るための戦いなんだよ。そしてな……」

磯山さんは、悠太くんの両肩に手をやり、正面から、その顔を覗き込んだ。

「これだけは、覚えておいてくれ……人が何かを守ろうとするとき、必要となるのは、やっぱり力なんだ。それも、相手とどっこいどっこいじゃ駄目なんだ。相手より圧倒的に強くて、でも暴走しない、冷静な力がないと、守りたいものも守れないんだ。今日はな、悠太。相手が沢谷さんだから、よかったんだぞ。でもそうじゃなかったら、別の、もっと悪い奴だったら……お前まで、やられてたんだぞ。被害者はあたし一人じゃなくて、お前も入れて、二人になっちゃってたんだ。でもそれじゃな、駄目なんだよ」

悠太くんの肩にあった手が、首筋に回る。そのまま、磯山さんは悠太くんの頭を抱え込んだ。抱き締めた。

「……そういう力を、誰かを守れる力を、あたしも今、勉強中なんだ。沢谷さんに習ってんだ。なんでかっていったら、それをいつか、悠太たちに伝えるためなんだよ。あたしはな、胸を張って、お前たちに伝えたいんだ。正しい力っていうのは、こういうことだって、お前たちに、教えてあげたいんだ。それがな、あたしなりの武士道なんだよ。桐谷道場が守ってきた、武士道なんだ……この道はな、途絶えさせちゃいけないんだ。繋いで繋いで、延ばしていかなきゃいけないんだ。だから、悠太……」

改めて、磯山さんが悠太くんの目を見る。

「もう少し、あたしに時間をくれ。今日見たことは、誰にもいわないでくれ。力っていうのはな、とても、誤解されやすいんだ。お前が勘違いしたように、他の人だって、これを見たら、桐谷道場は危険だって、そう思うと思うんだよ。でもそれは違うって、今のあたしじゃいえないんだ。示せないんだよ。だから……頼む。今しばらく、あたしに時間をくれ。約束するから。この桐谷道場は、あたしが守る。そしていつか、お前たちみんなに、伝えるから……これが武士道だって、胸を張って、悠太に伝えるから」

もう、なんか――胸に閊《つか》えてた諸々《もろもろ》が、いっぺんに、すーっと流れていく感じがした。

磯山さんが磯山さんでよかったって思うし、充也さんが充也さんでよかったって思うし、桐谷道場に、悠太くんみたいな子がいてくれて、本当によかったって思う。そんなみんなに出会えて、私もよかったって、心から思える。

でも、なんだろうな。この、ちょっぴり悔しいような気持ちは。

21　御馴染

いろいろあった夏も、あっというまに過ぎていった。

それは過ぎてしまったから「あっというまだった」と感じるだけで、実際には「ンメァァァーッ」とか「ごちそうさん」とか「武運長久を祈る」とか、あたしの発言は「あっ」以外にも当然あったわけだが、それは物事に集中しているときに往々にして起こり得る現象であり、すべて終わってから振り返ってみると「あっというまだったなぁ」と感じるという、まあ、一種の比喩表現だ。

では、あたしは一体何に集中していたのか。それはいうまでもなく、「シカケとオサメ」の稽古と、悠太の特訓だ。

悠太には当初、中心をブラさない構えを徹底的に叩き込もうとしていたが、途中から予想外の技術が悠太に備わり始めた。それは他ならぬ、あの「早苗殺法」だ。いや、「早苗」と冠するだけで急に「殺法」らしさがなくなってしまうので、ここは便宜上「水鳥殺法」としておこう。水鳥は水面をまさに水平移動していくが、その取り澄ました態度からは想像できないほど、水面下では忙《せわ》しなく足で水を掻いている。それが早苗の足捌きのメカニズムとよく似ている、というのが命名の由来だ。我ながら、なかなかいいセンスをしている。

「悠太。なんでお前、その足捌きができるようになった」

「いや、なんか、あのビデオを観てるうちに、なんとなく」

いわば、ビデオによる「見取り稽古」というわけだ。その成果が表われてきたと。

「よく観てるのか」

「まあ、そっすね。ちょくちょく」

「早苗の脚、綺麗だもんな」

「そっすね……けっこうエロいっす」

動機が不純でも、技術が身につくなら、それもまたよしと。

一方、あの一件以来、悠太は早苗とも仲良くなったようで、このところは稽古後に、二人で話し込んでいるのをよく見かける。

盗み聞きしてみると、話題は「武士道」に関してだったりする。

「……じゃあ、特攻するのが武士道ってのは、違うんですか」

「んー、それは、当時の軍部が、そういう意味で使ったのは事実だと思う。それの元になってるのは、『武士道と云うは、死ぬ事と見付けたり』っていう、山本常朝《やまもとじょうちょう》って人の語った『葉隠』の一節なんだけど、でも、その山本常朝だって『見付けたり』っていうくらいだからさ。それ自体も山本常朝個人の解釈なんだと、私は思うのね。もっと有名なのは新渡戸稲造《にとべいなぞう》の、まさに『武士道』って本だけど、それも明治時代に発表されたものだから、本当の意味で、武士とはかくあるべき、みたいな内容ではないんだよね。だから、なんていったらいいのかな……『武士道と云うは、死ぬ事と見付けたり』も、あなたは、なんのためなら命を懸けられますか、命を懸けてでも守りたいものはありますか、っていう、問いかけのような気もするし、それがときに祖国のためであったり、会社のためであったり、家族のためであったりしても、私はいいと思うんだよね。もちろん、道場のためっていうのも、ありだと思う」

ほほう、そこに繋げてきたかと、ちょいと感心したぞ。早苗。

悠太も、意外なほどその問答には喰い付いてたな。

「でも俺……ババババーッていわれちゃうと、そうなのかなって、思っちゃうんすよ。言い包《くる》められちゃうっていうか。そういう知識もないし……早苗先生みたいに、上手く反論できないっす」

「うん、いいんじゃない？　その場で反論しなくても。ちょっと待って、それって本当？　自分で調べてくるから、明日またその話しようなって、いったん棚上げにしてもいいんじゃないかな。私もさ、大学時代に、留学生に言い負かされたことあって、すごい悔しい思いした経験あるから、それからだよね。感情的にならないで、ちゃんと論理的に説明できるようになろうって思ったのは。だから、悠太くんだって大丈夫だよ。まだまだ若いんだもん」

「……いったん、唐揚げ？」

「棚上げ」

あるとき、あたしは悠太に訊いてみた。

「お前けっこう、早苗先生と、真面目な話してんのな」

「あ、はい。なんか、早苗先生の話、分かりやすいんで……優しいですし」

「あたしと違ってか」

「いや、そういう意味じゃなくて……あとなんか、早苗先生、いい匂いするし」

「あたしと違ってか」

「だから、そういう意味じゃないですって……俺、磯山先生のこと、ほんと、尊敬してますから」

多少動機が不純でも、学ぶ気になったなら、それもまたよしだ。

桐谷道場門下生「夏の陣」において、特筆すべきはやはり仁志の戦績であろう。「関東中学校剣道大会」の個人で優勝。「全国中学校剣道大会」の個人で準優勝。大したもんだよ。大したもんなんだけど、でもなぁ。全中準優勝止まりってのが、桐谷道場門下生の呪縛なのかなって、あたしなんかは思っちゃうんだよな。実は沢谷さんも、全中は準優勝だったらしいし。もちろん当時は桐谷道場門下生ではなかったんだけど、なんか、モヤッとするんだよな、個人的には。

だが、歴史は決してそのまま繰り返すばかりではなく、ちょっと捻じれて巡ってくる場合もあるようだ。

あたしが全中準優勝後に初めて早苗と戦った、横浜市民秋季剣道大会。これの参加者を確認したところ、なんと、仁志は出られないと言い出した。

「なんでだよ。なんか用事でもあんのか」

「……はい。あの……夏休み明けに、九月テストっていうのがあるんですけど、それの日程と、丸かぶりで……」

「そんなの、前もってチョチョイと勉強しとけば済むこったろう」

勉強に関してあたしに言う資格があるか否かは、今はさて措く。

「いや……俺、成績、けっこうヤバいんです」

「どんくらいヤバいんだ」

「最悪……東松の高校に、上がれないという可能性も……内部進学に、スポーツ推薦枠はないんで」

なんて話をしていたら、急に早苗が割り込んできた。

「ダメよ、仁志くん。九月テストの成績は内部推薦の重要な判断材料になるんだから、絶対に落としちゃ駄目」

さすが、東松学園高校女子部の事務局員。

しかし、あたし個人としては、仁志にはこの大会にぜひとも出てもらいたい。もしかしたら、一生を左右するような出会いがあるかもしれないではないか。

「……いやぁ、試合で半日空くくらい、大丈夫だろう」

「ダメダメダメダメ、絶対に駄目。ここでいい成績とれるかどうかで、高校いける子といけない子の差がはっきりついちゃうんだから。……仁志くん、いいんだよ、試合なんて一つや二つ出なくたって。磯山先生だって今年、全日本選手権の予選出てないんだから」

テメェ、それとこれとは関係ないだろうが。

代わりに、というわけではないが、悠太が立候補してきた。

「あのぉ、俺ぇ、桐谷道場所属で出たいんすけどぉ」

いいねェ。そういうのを待ってたんだよ、あたしは。

「ほう。二中からは出る奴がいないのか」

「いや、それが……二中からは宮永がエントリーしてるんで、だったら俺は、こっち所属で出たいなと……ちなみに磯山先生。俺まだ、宮永の前では、『早苗先生殺法』使ってないんすよ」

「違う。あれは『水鳥殺法』だ。そう呼べといっただろう」

「ああ、すんません、忘れてました……とにかく、使ってないんで、試合でいきなり使って、奴の度胆、抜いてやりたいんすよ」

「ほうほう。それは、面白いな」

悠太が、悪戯っぽく片目をつぶる。

「でしょう？　中心を攻めるのも、部活ではあえてしてないんですよ。誠とか、他の奴にはやりますけど、宮永には……わざと、前のまんまの戦い方で、ポカッとメン取らしてやったりして……敵を欺くにはまず味方から、ってことっすよね」

「なんか違う気がするが……まあいいだろう。よし、じゃあ参加するってのは、あたしから早苗先生にいっといてやる」

「あ、大丈夫っす。早苗先生には俺、自分でいいます」

そんなにか。そんなにお前、早苗と喋りたいのか。


九月の第三日曜日。会場は神奈川県立武道館。

この大会は「市民」とつくだけあって、レクリエーション的な意味合いが強い。ここで勝ったからといって、何か大きな大会への出場権が得られるわけではないし、実際道場としても「門下生は全員参加」みたいな声かけはしていない。なので、参加者も小中学生が十一人、成人が四人と、比較的小規模だ。仁志に関しては、あくまでもあたしが個人的に出てほしいと思っていただけだ。

「この会場って、なんか、いつきても懐かしいよね」

早苗。ほんとお前、毎年同じことといってるよな。

逆にあたしはこれ、今までいったことあったかな。

「……あたし、この会場、あんま好きじゃない」

「私に二度負けてるからね」

張り倒すぞ、キサマ。

「違うわ。せまいし、試合始まるとゴチャゴチャするからだよ。面着けしてるときに、子供に竹刀とか跨がれると、ほんと殴りつけてやろうかと思うわ」

まあねえ、と早苗が辺りを見回す。

「試合場も四つしかないしね。観覧席も少ないし……でも、いいじゃない。私たちの、出会いの場所なんだから」

「あの日にあたしが勝ててたら、なおよかったけどな」

「でも、そしたら磯山さん、私のことなんてすぐ忘れちゃったでしょう?」

「おそらく」

「じゃあ、そんな寂しいこといわないの」

「あイテッ」

おい、今あたしの足踏んだ、そこのお前、どこの道場のガキだ。泣かすぞ、コラ。

さすがにこのレベルの大会だと、門下生もスイスイ勝ち進むので、観ていて気分がいい。

あたしは、試合前の小学生に声をかけたら、いったん早苗のいる観覧席に戻る。また別の子の試合が近づいたら声をかけにいって、また席に戻る、というのを繰り返していた。ちなみに沢谷さんは、今日は家で留守番だそうだ。あまり休みもないようだから、たまにはそういう日があってもいいだろう。

「磯山さん磯山さん、萌《もえ》ちゃん勝ったよ、初勝利だよ」

「うん、あっちからも観えた。いいメンだった」

あたしはパンフレットのトーナメント表に、赤マジックで「勝ち進み」の線を入れていく。よしよし、このまま優勝まで上っていけ。

「ほらほら、昌平《しようへい》くんも勝ったよ。このままいったら、輝樹《てるき》くんと同門対決じゃない?」

望むところだ。小学校低学年も高学年も、中学も成人も、優勝は全部桐谷道場でかっさらってやれ。高校生と成人女子、高齢者の部は、誰も出てないからどうでもいいや。

さて。そろそろ中学生の試合が始まりますぞ。

「悠太くん、いいね。リラックスしてる感じ」

「ああ。あたしが本物の不動心を注入してやったからな」

くるりと、早苗が眉間をすぼめてこっちを向く。

「……そういえば磯山さん、前に私のこと、『お気楽不動心』とかいったよね。あれどういう意味?」

「忘れた。ほらほら、試合観てろよ」

パパーンと悠太が、コテメンのメンで一本取った。いいぞ。

隣の試合場では、彩芽がやってる。

パシッ、とコテで勝負を決めた。

「彩芽ちゃん、カッコいいーっ」

「お前うるさい。みっともないから、そういう声出すな」

もう一つ勝って、彩芽は中学女子の部で優勝。女子は人数少ないからな。試合進行が早いんだ。

そして、いよいよ本日のメインイベントが始まる。

「二回戦で、もう当たっちゃうんだね」

「向こうは保土ヶ谷二中で、悠太は桐谷道場だからな。同門扱いじゃないんだろ」

赤、大野悠太。白、宮永創《そう》。相変わらず、なんかカッコつけた野郎だな、宮永ってのは。面着けてるから分かんないけど、男のくせに前髪とか伸ばして、普段は、ちょっと乱れるたびに掻き上げてんじゃないのか、ああいう奴は。

「始めッ」

スッ、と前に出る悠太。ステップを踏むように、右に左にちょこまかと動く宮永。

「ウエアッ、ヘェエーイヤッ」

なんだ宮永、その気勢は。声、引っくり返ってるぞ。カッコわり。

「イエェエーアッ」

そう。男なら、悠太みたいに腹から声出せ。腹から。

宮永が、カツンカツンと悠太の竹刀を弄《いじ》る。ほらこいよ、きてみろよ、とでもいいたげだ。でも悠太は、じっと見ている。

中心をピタリと定め、そこから真っ直ぐ、

「ハッ……ンメェエエーアッ」

よぉーし、もらった。

「メンありッ」

そうだろう、そうだろう。分かんないだろう、宮永。今、なぜお前が一本取られたのか。いいか、お前はな、中心をはずしまくってんだよ。カッコつけて、あっちこっち跳んでる間に、悠太に動きを見切られたんだ。この空者《うつけもの》めが。

「二本目ッ」

宮永、さすがに少しおかしいと思ったか、足遣いを変えてきたな。でもまだ、俺が本気になったら勝てる、とか思ってんだろ、お前。グッと剣先を下げて、攻めを利かせて、速攻に出ると。

しかしだ、

「ンメッ、ヤッ」

その程度じゃ、今の悠太にはかすりもしないぜ。ほらな、悠太は難なくいなしちまった。まさに「水鳥殺法」ここにありだ。宮永の竹刀は完全なる空振り。体も、少し肩がかすったくらいで、悠太は体当たりすらさせなかった。

そして、振り返った宮永に、

「ドゥオォォォーヤァッ」

逆ドウ。バキーンと決まったねェ、悠太。

「ドウありッ」

赤旗もパパッと三本。実に気持ちがいい。

「や、やったやった、磯山さん、ゆ、悠太くん、悠太くんが……」

早苗、泣くな。まだ二回戦だ。

「……勝負あり」

まあ、悠太の本来の実力からすれば、これくらいは当然なんだ。加えて、今回は徹底的にあたしがしごいたからな。実際、よくついてきたと思うよ。体力的にも、精神的にもキツかったと思う。でも、充実してたよな。顔つき、見る見る変わってったもんな。あと問題があるとすれば、人間関係か。そこはさ、早苗によく教えてもらって、解決しろ。あたしは知らん。

あ、あっちでジェフが勝ってら。

実に、気分のいい一日だった。

小学校低学年の部、優勝、桐谷道場、水谷《みずたに》昌平。

小学校高学年の部、優勝、桐谷道場、島田《しまだ》和希《かずき》。

中学校女子の部、優勝、桐谷道場、北野彩芽。

中学校男子の部、優勝、桐谷道場、大野悠太。

でも悠太、そんなに嬉しそうじゃないな。

「どうした。ようやく雪辱を果たしたんだろう」

「いや、なんか……あんなのに俺、二度も三度も負けてたのかって、正直、拍子抜けっていうか、どんだけ視界が曇ってたんだろうって、自分でも不思議っていうか……」

悪い夢から覚めた、ってことかな。それもまたよしだ。

あとは高校男子の部、女子の部――はいいとして。

成人男子三十五歳以下の部、優勝、桐谷道場、ジェフ・スティーブンス。

結果、全十部門中、門下生が参加した五部門すべてで桐谷道場生が優勝。あたしは師範代として、この結果に大いに満足している。

早苗は、若干不満げだったが。

「……磯山さん。ジェフって、そんなに強いの」

「ああ、最近は、けっこういいよ。入ってきた頃は、まだ力任せな感があったけど、もう全然、そんなことないしな。パワーを竹刀操法《そうほう》に、有効活用できるようになったっていうか。わりと繊細な動きもできるようになってきたし。実際、そういう試合してたろ」

閉会式が終わったら、門下生とは現地解散。あたしと早苗は、玄明先生への報告もあるので、いったん道場に寄った。

日曜なので当たり前だが、道場に明かりはない。

「今晩は。早苗です」

「失礼します」

勝手口から入ると、茶の間の明かりが台所に漏れてきているのが見えた。七時ちょっと前なので、ひょっとすると玄明先生はお食事中かもしれない。

「早苗です。ただいま戻りまし……」

いや、違った。

玄明先生はいつもの場所、その正面には沢谷さんがいた。

一瞬、あたしも早苗も、言葉を失った。

沢谷さんは畳に両手をつき、先生の方を、上目遣いで睨んでいる。ちょうど、土下座から頭を上げたような恰好だ。

重たい沈黙。あたしたちは、茶の間に入ることもできない。

やがて沢谷さんが、少しだけ顔をこちらに向けた。それでも目は、玄明先生からはずさない。

「……香織ちゃん。たった今、俺から玄明先生に、香織ちゃんの『シカケとオサメ』を見ていただけるよう、お願いしたところだ」

そんなこと、あたし、全然、聞いてないっすけど。

玄明先生は腕を組んだまま黙っている。

沢谷さんが続けた。

「審査は、試合形式でお願いした……当然それは、無規則試合、ということになる。日時は君と、相手の都合を聞いて決めようと思うが、まずは先生に、そのご了承をいただきたい」

両腕を折り曲げ、沢谷さんが、額を畳に押し付ける。

「先生、お願いします……香織ちゃんの『シカケとオサメ』を、見てください。そして、それが先生の御眼鏡に適うものであれば、そのときは、香織ちゃんを桐谷道場の師範として、お認めください。お願いします」

そんな沢谷さんを無視するように、玄明先生がこっちを向く。

「……香織。そんなことは聞いていない、という顔をしているな」

仰る通りでございます。

「い、いえ……」

「では、それでかまわんのか」

いや、ちょっと、沢谷さん、もう少し詳しく、説明してくださいよ。これじゃ、なんにも——。

先生が、沢谷さんをアゴで示す。

「充也がいっている、無規則試合の相手というのは、ジェフ・スティーブンスということだ。彼は『悪魔の犬』の異名を持つ、米海兵隊の元隊員だそうだが、それでも大丈夫か……香織」

いや、完全に、初耳っす。

22　なに考えてるのよ……

マンションに帰っても、夕飯の支度どころじゃなかった。

「充也さん。これは、私なんかが口をはさむことじゃないのかもしれないけど……」

充也さんは洗面所にいき、手を洗い始めた。

「そんなことはないよ。俺だって早苗に、香織ちゃんの支えになってくれって頼んだじゃない。門外漢だなんて思ってないよ」

続けて顔も洗う。

「だったら、いわせてもらうけど……無規則試合ってなに。この前充也さんと磯山さんがやってたようなことを、ジェフにやらせようっていうの？」

両手で顔の水気を拭い、充也さんがタオルに手を伸ばす。

「……簡単にいうと、そういうことになるかな。ただ、香織ちゃんと俺がやってたのは、あくまでもヤク稽古だから」

「なに、『ヤク稽古』って」

「俺たちのやってた『シカケとオサメ』という稽古は、どんな技を仕掛けてもいい『シカケ』と、それを剣道技だけで捌かなければいけない『オサメ』とに、役割が分かれてるんだ。『ヤク稽古』は、剣道でいったら『互角稽古』になるんだろうけど、でも出していい技が違うから、そもそも『互角』とはいえない。だったら、役割を決めた稽古という意味で、『役稽古』と呼ぶのがいいだろうと。いつの時代の人が決めたのかは知らないけど、俺たちはそう呼んでる」

それは分かった。でも——。

「だったら、無規則試合っていうのは」

「それは……まさにノールール・マッチだよね。双方剣道技に限定されるわけではなく、どんな技を仕掛けてもいいと、そういう試合。ただし、そういった試合において、香織ちゃんがどういう戦い方を選択するのか……相手が殴ってきたら同じように殴り返すのか、むしろ先手必勝で、先に蹴りや投げまで出すのか。それは、俺にも分からない。それは、香織ちゃん自身が決めることだから」

充也さんが丁寧に、タオルを元のリングに掛ける。私も簡単に手だけ洗い、二人でダイニングに戻った。

「その試合の相手が、ジェフだっていうの」

「そういうこと」

「ジェフはなんていってるの」

「いや、彼にはまだ話してない。でも、やると思うよ。ジェフは好奇心旺盛だからね。

そういうの、大好きだから」

「そういう問題じゃないでしょッ」

嫌だ。充也さんに、こんなふうに声を荒らげるなんて、私したくない。でもこのままじゃ、磯山さんが絶対に大変なことになる。黙ってなんていられない。

「そんな試合、本当に必要なの？　なんで磯山さんがジェフと戦わなきゃならないの？　全然、必然性なんてないじゃない。勝ったって負けたって、なんの意味もないじゃない」

こんなに私が強くいっても、いや、強くいうから逆に、なのだろうか。充也さんは至って涼しい顔をしている。私が好きになった充也さんと——もちろん同じ人なんだけど、でも、違う顔をする。まるで他人みたいに感じる。

この人には、こういう顔もあるんだって、ちょっと、怖くなる。

「私、分かんないよ……充也さんが何を考えてるのか、全然分からない……」

充也さんが小さくかぶりを振る。涼しげな、他人の顔のまま。

「いや。むしろ君は、よく分かってるはずだよ。香織ちゃんとジェフが戦うことに、どういう意味があるのか」

「分かんないよ。だってジェフは、元海兵隊員なんでしょ？　海兵隊っていったら、真っ先に敵地に上陸して戦う、切り込み部隊じゃない。一番危ないじゃない。一番の荒くれ者じゃない」

「いや……荒くれ者かどうかは」

そんなところで、苦笑いなんてしないで。

「とにかく私は反対。充也さんとの稽古で、磯山さん、体ボロボロなんだよ。充也さん、磯山さんの脚、見た？　全体に紫になってるんだよ。傷だらけだったよ。裸になったらたぶん、背中だって腰回りだって痣だらけだよ」

うん、と充也さんは、事もなげに頷く。

「分かってる。だって、俺だって同じことやったんだから。相手は、玄明先生だったけどね」

「だったらそんなこと磯山さんにさせられないの、分かるはずでしょう。磯山さん、女の子なんだよ」

「それは関係ない」

「あるよ。磯山さんは女の子で、ジェフは男で、しかもアメリカ人で、元海兵隊員で、今日だって、そんな大きな大会じゃないけど、でも剣道で、成人の部で優勝してるんだよ。そんな相手と、なんで磯山さんが喧嘩みたいなことしなきゃならないの。そんなことに、一体どんな意味があるの……私は嫌ッ」

ここまで私がいっても、充也さんは静かに首を振る。

「それは違うよ、早苗。だってさっき、香織ちゃんはやるっていったじゃない」

確かに磯山さんは、最終的にはそのように返事をした。桐谷先生に、はっきり「やります」と宣言した。でもそれは――。

「磯山さんはそういう人なの。大体、桐谷先生と充也さんにいわれて、磯山さんが拒否できるわけないじゃない。そんなのズルいよ。可哀相だよ磯山さんが。拒否できないように外堀埋めて、さあ戦えって、そんなの……卑怯だよ」

充也さんが、また頷く。冷静に、冷徹に。

「……まさに、その通りだよ。香織ちゃんは日本人で、女で、ジェフは男でアメリカ人で、おまけに元海兵隊員だ。でもね、じゃあ外堀を埋められて、卑怯な手段で戦いを迫られて、結果戦わざるを得なくなったとき、俺たちはどうすべきなの。香織ちゃんはどうすべきなの。逃げるの？　いや、逃げられないんだよ。だったらどうする。戦うんじゃないの。どう戦うか、それを考えるしかないんじゃないの。そして今、彼女はそれを必死で考えようとしてるよ。君がずっと見てきたのは、そういう磯山香織なんじゃないの。なのに、なぜ今、君は彼女の決意を支えてあげようとは思えないの」

ちょっと待って。私たち、なんの話をしてるの。

翌日から、私は道場で顔を合わせるたび、磯山さんに訊いた。

「ねえ、本当にあんなこと、ジェフとやるつもり？」

磯山さんは事もなげに頷く。どことなく、充也さんと通ずるものを感じる。

「やるしかないだろ。相手がジェフだろうがジャックダニエルだろうが、ドンとこいだよ」

外国人を道場に受け入れるか否かのときも、磯山さんは同じようなことをいった。でも、あのときと今とじゃ意味が違い過ぎる。

「分かってるの？　ジェフは元海兵隊員なんだよ」

「分かってるさ。そしてあたしに、選択の余地はないんだ。相手が元グリーンベレーだろうが現役のＣＩＡだろうが、いざとなったらやるしかない……戦いってのは、元来そういうもんさ」

どう考えても、その発想は突飛過ぎると思う。

「そこがね、そもそも違うと思うの、私は。なんで一剣道場の後継者問題が、いざとなったら誰とでも戦うって、そういう話にすり替わっちゃうわけ。そんな理不尽な話ってないよ」

磯山さんは、惚《とぼ》けたように小首を傾げる。

「……戦いってのは、そもそも理不尽なもんだろ。その理不尽に打ち勝つ『理』を、あたしたちならどうするんだ、って話でさ」

そんな不毛なやり取りをしているうちに、一日、また一日と時間は過ぎていき、水曜日にはジェフからの返事があったようだった。

充也さんの予想通り、回答は「イエス」。合わせて「無規則試合」の日取りも、次の日曜に決まったということだった。

事ここに至っても、磯山さんに動じたふうはない。

「あれからジェフ、道場にきてる？」

「ああ、昨日もきたよ」

「普通に稽古してるの？」

「そりゃそうさ。剣道の稽古しにきてるんだから」

どういう考えしてるんだろ。

「みんな、おかしいよ……磯山さんとジェフは、日曜には喧嘩みたいなことしなきゃいけないんだよ」

「喧嘩じゃないって。あくまでも、試合……試し合いだ」

「だとしても危険過ぎる。ジェフは元海兵隊員なんだよ」

磯山さんは、ふふん、と鼻で笑った。

「海兵隊にだって、人事部はあるんじゃないか？　ひょっとしたら通信部とか、広報部とかさ、そういう部署にいたのかもしんないし。そうじゃなくたって、戦車の運転手だって、ヘリのパイロットだっているはずだろ。分かんないって、強いか弱いかなんて。ましてや、あたしたちがやるのは……本来、『桐谷流』という言い方はしないものらしいけど、あえていうとすれば、桐谷流の無規則試合だ。利はあたしの側にある。それにさ……」

そのとき持っていた竹刀を、磯山さんはとても大切そうに、私に見せた。ササクレがないかを指先で確かめ、中結《なかゆい》の位置、柄革《つかがわ》の捻《ね》じれを丁寧に直して、軽く、中段に構えてみせる。

「あたしは、沢谷さんに稽古をつけてもらうようになって、より一層、剣道が好きになった。もちろん、ほとんどの剣道に『シカケとオサメ』みたいな発想はない。でもそういう試行錯誤を経てなお、行き着いたのはごく普通の剣道だった、ってところがさ……なんか、愉快じゃないか。回り道して回り道して、結局もとのところに帰ってきたんだ。考えに考えて、試しに試して、それなのに得られた答えは、やる前と同じって……馬鹿馬鹿しいって思う人もいるだろう。黒岩なんか、そうかもしれない。もっと自由な剣道ってのが、奴のポリシーみたいだからな。でもあたしにいわせれば、それすらも内包してるのが、普通の剣道ってことでさ……あそうだ」

ねえ、どうしてそんなに、平然としていられるの。目、子供みたいにキラキラさせて、この状況を楽しめるの。

「あたしさ、前に、吉野先生との稽古について玄明先生に訊かれて、答えられなかったろ」

「うん……そんなことも、あったね」

「あれさ、今なら分かる気がするんだ。っていうか、分かったんだ」

「へえ。答えは、なんだったの」

磯山さんが、フルフルッ、と首を横に振る。

「今はいわない。それを今度の、ジェフとの試合で試すつもりだ。これさ、できたらすげーぞ。あたし、向かうところ敵なしかも」

そういうこと以前に、ジェフに殴られて蹴られて、投げ飛ばされて床に叩き付けられることは考えないんですか、って私は訊いてるんですけど。

稽古が始まってから、母屋の方にいってみた。

そのとき桐谷先生は、どなたかに手紙を書いていらした。

「……あ、すみません、またあとにします」

「いえ、かまいません。どうぞ、お入りください」

桐谷先生は筆を置き、硯に蓋をした。

「では……失礼いたします」

私はいつも、入ってすぐのところに座るようにしている。一番の下座だ。

桐谷先生はもちろん、私が何を話しにきたかくらい、お見通しだった。

「……充也から、日曜に決めたと、聞きました」

「そう、ですか」

「それについて、早苗さんが反対なさっていることも、存じております」

そういわれてしまうと、意見もしづらくなる。でも逆に、桐谷先生のご意見を伺えれば、私の不安も少しは和らぐのかもしれない。

「はい……あの、どうしても私には分からないんです。なぜ磯山さんが、ジェフと戦わなければならないのかが」

小さく、桐谷先生が頷く。

「当然です。香織がジェフと戦うこと自体に、意味はありません」

そんな。

「じゃあ、なんで……」

「それは、究極の問いでもあります……人はなぜ生きるのか、という問いも、突き詰めれば、最後には万人が頷けるような答えではなくなってしまいます。人がその一生に何を成し得ようと、死後そのことに思いを馳せることができるか否かは、誰にも分からない。政治家として偉業を成し遂げようと、罪人となって後世まで悪名を残そうと、死後、その様子を自分で知ることはできない。よしんばそれを知ることが叶うとして、では死後にそのことを振り返りたいから、死んでなお己が影響力を後世に及ぼしたいから、だから人は一所懸命に生きるのかと、そう問えば、それもおそらく、答えは『否』となるでしょう。ではなぜ、人は生きるのか……」

私に、訊いているのだろうか。

そんなこと、分かるはずがない。

ひと呼吸置き、桐谷先生が続ける。

「これに、間違いのない答えをしようとすれば……人の一生は、死ぬまでの暇潰しであると、いうことになりましょう。しかしそれでは、身も蓋もありません。なので私は、そういったご相談をいただいたときは必ず、なぜ生きるのかではなく、どう生きるのか、誰のために生きるのか……そうお考えになってはいかがかと、お答えするようにしております」

繋がった――問いと答えが、見事なまでに。しかも充也さんがいったこととも、ぴったりと符合する。

「……つまり、なぜ戦うのかではなく、どう戦うのかが、重要であると」

「そのように、私は考えております。そしてその答えは、すでに香織の心の内にあると、私は思っております」

自分の一生を、どう生きるのか。

磯山さんはジェフと、どう戦うのか。


そして、運命の日曜日。

充也さんと私は、十時に道場入りした。磯山さんはいつも通り八時にきて、その時点でもうひと通り掃除を済ませ、準備運動代わりの一人稽古も終えたといっていた。

「いやぁ、点検はちゃんとしとくもんだな。床のササクレ、二ヶ所も見つけちゃったよ。あれ、足の裏に刺さると痛いんだ」

本当は、磯山さんだって怖いんじゃないか。でもそう見せたくないから、必要以上に普段っぽくしてるんじゃないか。どうしても私は、そんなふうに考えてしまう。

「ジェフは、何時にくるの」

「試合開始が十二時。おそらく、昼飯を食ってくるか否かが、勝負の分かれ目になるな」

そんなはずないことは、磯山さんだって分かっていってるんだと思う。やっぱり、怖いんじゃないかな。そんなことないのかな。

ジェフは十一時半ぴったりに現われた。

「……お願いしマス」

ベージュのジャケット、下は黒のVネックTシャツ、パンツはわりとタイトな白。手荷物はない。普段通りといえば、普段通りのジェフだ。

　磯山さんが、やけに折り目正しくお辞儀をする。

「本日は、お忙しいところお呼び立てして申し訳ない。何卒、よろしくお願いいたします」

　充也さんが、ぽんとジェフの肩を叩く。

「ジェフ、よろしくな」

「はい。こちらこそ、ヨロシク、お願いしマス」

　それから、充也さんとジェフは更衣室に入った。出てきたとき、充也さんは道着に袴だったけど、ジェフは胴と垂も着けていた。脇には小手を入れた面を抱えている。反対の手には竹刀が二本。一本は予備だろう。充也さんは例の、パッド付きの肘当てと膝当て、脛当てを持っている。自分のを、ジェフに貸すようだ。

　ジェフは五分くらいストレッチをしてから、それらを装着した。それと、白の目印。充也さんがジェフの胴紐に括《くく》り付ける。

「……早苗。あたしのも、頼む」

　磯山さんが私に手渡したのは、赤の目印。大事なとき、磯山さんはいつも赤の側で戦ってきた。

「磯山さん、がんばってね……くれぐれも、怪我、しないように」

「分かってる……早苗。目印の辺り、バシッと叩いて、気合入れてくれ」

私はいわれるがまま、磯山さんの背中、肩甲骨の間辺りを、

「……ハイッ」

思いきり平手で叩いた。私、ちゃんと叩けた。いい音した。

「ありがとう。気合、入ったぜ」

「磯山さん……武運長久、お祈りします」

十二時二分前になると、桐谷先生が道場に入っていらした。

真っ白な道着と、袴。

何も仰らず、西側の小上がり中央に正座をする。磯山さんとジェフが頭を下げても、小さく頷くだけ。この試合に関する何か、訓示みたいなものはないようだ。

充也さんが桐谷先生の反対正面、剣道の試合でいえば、主審の立ち位置に進む。

「……では双方、前に」

面、小手、竹刀を置いて、磯山さんとジェフが中央に進み出る。合わせて、桐谷先生も立ち上がる。

「正面に、礼」

充也さんも一緒に、桐谷先生に礼をする。先生も礼を返す。

「お互いに、礼……双方、面着け」

二人が防具を置いたところに戻り、面を着ける。小手をはめる。着け終ったのは磯山さんの方がやや早かったけど、立ち上がったのは、ジェフの方が一瞬だけ早かった。

「双方、前に……」

お互いに礼をし、二人が開始線まで歩を進める。その距離、二・八メートル。通常の剣道の試合規定通りだ。

充也さんが二人を交互に見る。

「……事前に申し伝えてある通り、お互い、技は自由に出し合っていい。決まり手はメン、コテ、ドウ、ツキ、および戦意喪失の五つ。反則はなし。戦意喪失は口頭か、床および相手の体を叩いて示すこと。戦意喪失の場合はその時点で試合終了。その他の技はそれぞれ一本、時間無制限の三本勝負。ただし、一本取っても試合は中断しない。どちらかが二本目を取った時点で、試合は終了とする……ジェフ、OK？」

ジェフは頷いて返したが、念のため充也さんは英語でも同じことを繰り返した。ジェフは途中、何度も頷いていた。

充也さんが、赤の旗を右手に、白の旗を左手に分けて持つと、それを合図とするかのように、二人は蹲踞をした。

一秒、二秒――。

普通、試合前の蹲踞って、こんなに長かっただろうか。

大きく息を吸い込んだ、充也さんの両肩が上がる。

「始めェエーッ」

二人が同時に立ち上がる。

「イヤァァアーッ」

「ハンッ」

とうとう、始まってしまった。もう、私にできることは何もない。ただ、磯山さんの無事を祈りながら見守るだけだ。

ジェフが前に出る。磯山さんは右に回りながら、距離を保とうとする。そこからいきなり、

「ウェアァアッ」

ジェフの跳び込みメン——速い。でも磯山さんは、ごく小さな動きでそれを捌いてみせた。普通、あのスピード、あのパワーで打ち込まれたら、竹刀はバチーンと、物凄い音で鳴ると思う。なのに今、そういう音はしなかった。あえていうとしたら、シュルンッ、みたいな。磯山さんは、竹刀に竹刀を当てて弾いた、というより、すべらせた——そんな捌き方だった。

「イヤァァアーッ」

それでもジェフの猛攻は続く。遠間からのメン、コテ、逆ドウだって狙ってきたし、コテメン、コテメンメンといった、二段打ち、三段打ちも仕掛けてきた。

磯山さんは、とにかく冷静に捌き続けている。しかも、ほとんど無言で。間合が切れ、距離が開き過ぎると、自分から詰めてもいく。ど真ん中の中段に構え、スッ、スッと足で攻めていく。

しかし、打つのは決まって、ジェフ。

「……イアッ」

その瞬間だった。

ジェフが何度目かの跳び込みメンを狙い、勢いよく間合に入ってきたところで、

「ハンッ」

磯山さんは腰を落として踏み止まり、竹刀の表でジェフのメンを、ほんの軽く、シュルッとすり上げ、

「……ドォーアッ」

ドウを打ち、斬り抜けていった。

「ドウありッ」

充也さんが赤旗を挙げる。

でもジェフも、この試合のルールに充分適応していた。

「……シャッ」

ドウで一本取り、残心をとっている磯山さんに対し、いきなりの回し蹴り――頭の辺りを狙った、キックボクシングとかでいう、いわゆるハイキックだ。

磯山さんはそれを、竹刀を持ったままの両小手で受け止めた。でも、受けきれない。ジェフのパワーが凄い。完全に上半身が持っていかれた。磯山さんの体が斜めに傾ぐ。

さらにジェフは膝蹴り、左手を竹刀から離してパンチ、パンチパンチパンチ――磯山さんは、確かに捌いている。決定打はもらわず、受け流してはいる。でも、ジェフのパワーは想像以上だ。攻撃を受けるたび、磯山さんの体はぐらんぐらん、右に左に振られる。まるで、瞬間的に向きを変える暴風雨に弄《もてあそ》ばれているみたいだ。

それでも磯山さんは両手でしっかりと竹刀を握り、ジェフの猛攻に耐えている。自分からパンチは出さない。蹴りも出さない。つまり磯山さんは、「シカケ」の技は使わず、あくまでも「オサメ」だけでこの戦いを収めようと、そういうつもりなのか。

でも、危ない――ジェフが、竹刀を使って磯山さんの頭を抱え込んだ。そこから、

「ヒュッ」

膝蹴り――ところが、ジェフの大きな膝が、磯山さんの胸元に喰い込む、そのコンマ何秒か前に、磯山さんの体はジェフの脇に抜け出ていた。下半身が最初に移動して、あとからヌルリと、上半身をジェフの懐から引っこ抜いた。

そこから、

「カテヤッ」

小さくコテ。でも、これは挙がらなかった。充也さん、ピクリとも旗を動かさなかった。

すると今度は、ジェフが竹刀を摑みにくる。あからさまに磯山さんの手首をとろうとし、そこから竹刀を引き抜こうとする。むろん、磯山さんは逃げる。ふわりふわりと、ジェフの突進をかわす。ほとんど闘牛だ。磯山さんの竹刀は赤い布。ジェフが摑みきる、それより一瞬だけ早く体を翻し、ジェフが振り返るところに、

「メアッ」

軽く面を合わせる。惜しくも一本には——いや、ちょっと待って。今みたいな動き、どっかで見たことあるなと思ってたけど、あれって、たぶん私だ。悠太くんがビデオに録ってた私の足捌きと、そっくり同じ動線だ。

磯山さんが、私の技を使って、戦っている。

ジェフは、いくら捕まえようと思っても磯山さんを捕まえきれない。やがてジェフは、磯山さんの竹刀を奪うのを諦めたようだった。またパンチや蹴り、跳び込みメン、もう、滅茶苦茶なドウ、タックルみたいな体当たり。もはやジェフの動きは、剣道のそれではなくなっていた。変にバタバタしてるし、磯山さんにかわされるたび、たたらを踏むよ

うにすらなった。

いったんジェフから間合を切り、大きく距離をとる。磯山さんは、何か魂胆があると睨んだのだろう。あえて間合を詰めない。

ジェフが、その場に竹刀を置く――。

私も、ちょっとそうじゃないかな、とは思っていた。

ジェフはパンチも蹴りも、上手く使っていたと思う。でも、なんとなく不自由そうだったのも事実だ。そもそも、パンチを出す前には、必ず竹刀から手を離すわけで。磯山さんなら、当然そういう予備動作を読むだろうから、そう考えたら避けられるのは当たり前だったのかもしれない。たぶん蹴る前の予備動作も、何かしら竹刀に表われていたはずだ。

だからジェフは、竹刀を捨てた。

つまり、ここからは、

「シュッ」

もうジェフは、竹刀での一本は狙わない。そういう戦いになる。殴って蹴って、捕まえたら投げて、倒したら押え込んで、突き垂の下に腕を捻じ込んで、最後には首でも絞めて、失神させてしまえば――。

「磯山さん、しっかり」

竹刀を捨てたジェフの打撃は、スピードを増し、パワーを増し、磯山さんに襲いかかった。磯山さんは、パンチは肩や腕で、蹴りは腕や脚を使って防いだ。摑まれた瞬間もあった。足が床から浮き、投げられそうになったこともあった。でも、なんとかその体勢からも逃げ出した。逃げたら距離をとって中段に構え直し、ジェフに真っ直ぐ、剣先を向けた。

そう。磯山さんはジェフの攻撃をかわし、あるいは逃げ回り、でもそれだけをしているのではなかった。途中、何度もコテを入れたり、メンを当てたり、ドウを叩いたりしていた。ツキも、何回か出していた。ただ、一本になるほど強い打ちではなかった。充也さんも、そんな打突に旗は挙げなかった。

私はずっと、惜しいな、惜しいな、と思っていた。いつもの磯山さんだったら、とっくに二本目も取れてるだろうに。でもきっと、試合形式が違うから、相手ももう剣道を捨ててるから、だから上手く入らないんだろう。そう思っていた。

ところが、それは違うのだと、あるとき、はっきりと分かった。

二人が距離を置くと、しばし攻防が途切れた。

ジェフは次に、何を仕掛けてくるのか――。

獲物を狙う猫科の猛獣のように、ジェフは姿勢を低くし、やや背中を丸め、横歩きで、磯山さんの周りを回り始めた。ゆっくりと、一歩一歩。どこかに隙があるはずだ。どこか、弱点はあるはずだ。傷めたところはないのか。あれば、そこを狙ってやる。そこに爪を立てて、牙を突き立てて、喰い千切ってやる――。

そんなジェフに対し、磯山さんは静かに、剣先を向け続けた。敵を捕捉《ほそく》するレーダー、監視カメラ、あるいはサーチライト――磯山さんは冷徹な機械だった。正確無比、誤作動なし。ジェフが急に動くスピードを変えても、ぴたりと照準を合わせ続けるスナイパー。

どれくらい、そんな膠着《こうちやく》状態が続いただろう。三分、いや五分、十分だったかもしれない。さっきまで、だいぶジェフの息は上がっていたが、それももう落ち着いている。インターバルは充分とれた。そんなふうに見えた。

猛獣の足遣いで、ジェフは神棚から遠い方、道場南側に移動していった。そこには、さきほど自ら捨てた、竹刀が転がっている。まさか、もう一度剣道勝負を挑もうというのか。

磯山さんは依然、じっと剣先でジェフの動きを追っている。

ジェフも磯山さんを睨みつつ、床に膝をつき、右手で竹刀を拾った。それも柄ではなく、鍔に近い刃部――革を巻いていない竹の部分を握った。普通の試合で、刃部を握れば即反則を取られる。それくらい知ってるはずなのに、あえて、ジェフはその部位を握った。

その持ち方のまま、ジェフが開始線まで進んでいく。

そして、そこに両膝をつき、磯山さんに向かって、差し出すように、竹刀を置いた。

「……参り、マシタ」

充也さんが、パッと赤旗を挙げる。

「勝負ありッ」

磯山さんの言葉がいくつも、頭の中に蘇っては、輝きながら、私の心に、鮮明に、焼き付けられていった。

すべて、磯山さんのいった通りだった。

23　求道者

厳しい戦いだった。心底、そう思う。

剣道家としてのジェフは、飛躍的な進化を遂げていた。普段の稽古を見て知ってはいたものの、実際に試合という枠組みで相対してみると、まざまざとそのことを思い知らされた。

だが、まだまだ剣道で負けるわけにはいかない。あたしは「オサメ」の動きを多用しつつ、ジェフの攻撃を捌き続けた。打突は基本的に受け止めず、受け流す。そう心がけた。それだけで腕に掛かる負担は軽くなるはずだった。のちの展開を考えれば、それは絶対に必要な作戦だった。

序盤で返しドウが取れたのは幸運だったと思う。スタミナがあるうちに、というのももちろんそうだが、一本先取しておけば、ジェフは二本目を取られまいと警戒を強める。あたしが勝つためには、この状況も絶対に必要だった。

一本取られたジェフが拳による突きと蹴りを出し始めたのも、想定の範囲内だった。むしろ、もっと早くそういう展開になってもおかしくないと、あたしは思っていた。勝つために剣道を捨てる。それこそ、ジェフが最も試合を有利に運ぶための方法論だったはず。しかし、ジェフはなかなかそれをしなかった。おそらく剣道家としてのプライドが、それをさせなかったのだろう。甘いといえば甘いが、敬意は表したい。

ただし、ジェフの拳と蹴りは、想像以上に重かった。この点に限っていえば、沢谷さんより遥かに手強かった。海兵隊仕込みなのか、キックボクシングか何かを習ったことがあるのか、その辺はよく分からないが、けっこう本格的だった。あたしがこれでやられなかったのは、むろん「オサメ」を習得していたからだが、ジェフ自身が、剣道具を着けた状態で打撃格闘技的な動きをすることに慣れていなかったことも、大きな要因だったのではないだろうか。だとすれば、これも幸運だった。裸拳でパンツ一丁のジェフだったら、あたしはものの数秒でＫＯされていたかもしれない。

ジェフはやりづらさも感じただろうが、同時に勝機を見出すとすればパンチとキック、そう実感したに違いない。だからこそ、ジェフは竹刀も捨てた。両手を自由にして戦うことを選択した。

しかしこのとき、ジェフの頭の中に、すでに一本取られているという認識はどれほどあっただろう。あたしは、あまりなかったのではないかと思っている。ただ、竹刀を捨ててみて、悟ったはずだ。この竹刀がない状態で、メンやコテ、ドウ、ツキを、防ぎ続けることは極めて困難だと。

ジェフはその不安を、とにかく攻撃を出し続けることで払拭しようとした。両手でのパンチを自在に使えるようになったジェフは確かに脅威だったが、それでもあたしの方が大きく勝利に近づいていた。この展開すらも想定していたからだ。

ほら、コテが取れるぞ。ほらほら、メンががら空きだぞ。ツキはどうだ。ほらまたコテが取れるぞ。今ならドウだって狙える。だから、それじゃメンががら空きだって——。

苦しくなったジェフは、あたしの竹刀を奪いにきた。だがそんな、引ったくりみたいな不恰好な攻撃に、あたしが捕まるはずがない。いや、摑まれた瞬間も確かにあった。万に一つくらいは投げられる可能性もあったのかもしれない。しかし、プロレスではないのだから、そう簡単に投げなんぞ決まるものではない。こっちだって、組まれた状態から逃げる練習は嫌というほどしてきた。そこから逃げるのはさして難しくなかった。

そしてようやく、ジェフにも分かったようだった。

もう自分には、攻め手がない——。

これの逆をあたしにやったのが、吉野先生だった。だからこそ、よく分かる。知っている。攻め手をすべて封じられてしまったら、もう勝ちはない。あるのは、負けを認めるのか、認めないのか、その判断だけになる。

ジェフだって、負け以外の道を模索したに違いない。あのときのあたしがそうだった。幸運にもあたしには、早苗の「水鳥殺法」とツキを組み合わせるという新手があった。しかし、ジェフにそういうものはあっただろうか。剣道技は駄目、パンチもキックも防がれる。組んでも投げには繋げられない。中途半端な攻めに出れば、いつ剣道の打突にやられるか分からない。あと一本でも何か喰らえば、自分は負けになってしまう。何かないのか、何かないのか——。

何もない。それが、ジェフの出した結論だった。

「……参り、マシタ」

ジェフは稽古始めのように、床に両手をつき、頭を下げた。

沢谷さんの持つ赤旗が、あたしに向けて挙げられた。

「勝負ありッ」

あたしは開始線に戻り、蹲踞をした。頭を上げたジェフは竹刀をとり、倣うように蹲踞をした。

互いに竹刀を収め、立ち上がり、三歩下がって礼を交わす。

ジェフ、ありがとう。

あなたと戦えて、あたしはまた一つ、学ぶことができました。

面をとり、最初と同じように、桐谷先生に礼をした。桐谷先生も、同じように礼を返してくださった。ただし、それだけで母屋に下がっていく。あたしの「シカケとオサメ」を見た、その結果は、今日のところは伝えない。そういうことなのだろう。

沢谷さんも、同じように思ったようだった。

「二人とも、お疲れさまでした。とりあえず、着替えてから話をしましょう」

試合は、完全に終わった。

ジェフには、あたしから挨拶にいった。彼の真横に座り、礼法通りに頭を下げた。

「今日は、本当に……ありがとうございました。いい稽古を、いただきました」

ジェフも同じように返してくれた。

「こちらコソ、ありがとうございマシタ……磯山センセイ、つよォイです。ワタシは、絶対に勝てル、もっともっと、簡単に勝てル、と、思ってマシた。本当に、勝てルと思ってマシた。でも、勝てナイ。おかシイですネ。なぜ勝てナイ。なぜ、私は勝てナイ？全然、分からナイネ……おモシロイ。とても、おモシロイ」

そう笑顔でいうジェフの肩を、沢谷さんが叩く。

「だから、着替えようよ。話は着替えてからにしよう」

「分かりマシた。磯山センセイ、おサキに、着替えてくだサイ」

レディファーストってやつだな。なかなかジェントルマンじゃないか、ジェフ。

「いや、ジェフと沢谷さん、お先にどうぞ。ジェフは、今日はゲストだから。そうだろう？」

「ハイ、分かりマシた。では、おサキに、着替えマス。アリガトウ」

二人が道場から出ていった、途端だ。

ふわりと二本の腕が、背後からあたしに絡みついてきた。

危ないぞ、早苗。お前だって分かってるからいいけど、そうでなかったら、今のあたしは変形の払い腰で、思いきり床に叩き付けちまうかもしれないんだぞ。

「おい、なんだよ」

「よかった。磯山さんが、無事で……」

「そんな、大袈裟な。ジェフだって普通の大人だし、だいいち剣道家なんだから。最初からいってるだろう、喧嘩じゃないんだから心配ないって」

「そうだけど、でも……怖かったの。私は嫌だったの」

「そういわれてもな。そもそもこれを仕組んだの、おたくの旦那さまだからな」

「磯山さんが受けなきゃよかっただけでしょ」

今さら、何をいってるんだか。

「……はいはい、すんませんでしたね。ご心配おかけしました」

胸の前で組まれていた腕を解き、振り返ると、なんと、早苗は涙を流していた。

うっそ。お前、なんで泣いてんの。

玄明先生に挨拶を済ませると、さあどうしようかとなった。あたしもジェフも、まだ昼飯は食ってない。むろん早苗も沢谷さんもだ。

協議の末、ごく妥当な結論として、あたしたちは早苗のところで昼飯を食べることになった。早苗は若干不満そうだったが。

「……この前みたいには、できないけど。急だから」

「パスタか何かでいいよ。なあ、ジェフ」

そんなノリで、四人でマンションまできた。

早苗が食事の支度をする間は、三人でさっきの試合について振り返った。ジェフは本当に楽しそうだった。

「マッサニィ、武士道ですネェ」

そんなことを、ジェフは何度も繰り返した。「武士道」の意味をどこまで分かっているのかは怪しかったが、まあ、今日のところはよしとしておく。

「はい、お待ちどおさま」

渋々作り始めたわりに、出来上がる頃には早苗も上機嫌になっていた。基本的に料理が好きなのだろう。そもそも、誰かと比べての優劣は関係なく、自分自身が何か上手くできることに喜びを感じる性格だから、「わあ、また美味しそうにできちゃった」とか思えるだけで充分なのだろう。実際、早苗の料理は旨いし。

今日のメニューは、早苗は「ボロ」なんとかといっていたが、要はスパゲティ・ミートソースだ。

「いただきます」

「いただきマス」

軽くビールも飲みながら、実に和やかな昼食会だった。

ジェフがその話を始めたのは、最後まで食べていた早苗が、フォークを置いたときだった。

「……早苗サン。私は前回、早苗サンに、とても悪い話をしマシた。ごめんナサイ。私は、あなたたちを、試しマシた。本当に、ごめんナサイ」

いいのいいの、と早苗が両手を振る。

「私こそごめんなさい。ちょっと、学生時代に、留学生とああいう話をして、嫌な思いをした経験があるから、なんか……ジェフには関係ないって分かってるのに、感情的になってしまって……反省してます」

ジェフは、えらく神妙な顔をしている。

「私は、ダイジョブです。ホントに……では、すこォシ、私の話を、してもいいですか？」

早苗が「もちろん」と頷く。

「ありがとう。私は、来年、インドにいきマス……充也、理由は、早苗サンに、いいマシタか」

沢谷さんが「いや」とかぶりを振る。

「そうですか……早苗サンは、前回、アメリカの戦争責任について、いいマシた」

「だから、それは……」

「ダイジョブです。それは真実です。今は、すこォシ、変わりマシた。でも、人種差別、今もアメリカはありマス。二回目、世界戦争……充也、合ってマスか？……オウ、第二ジ、世界タイセン、ＯＫ……第二次世界大戦、の頃は、アングロサクソンは、アジアの人を差別する気持ち、とても強い。ロシアに勝った、日本、とても怖かった、思いマス。

特に、アメリカにとって、戦争は、ビジネスです。武器を造る会社、たくさんありマス。これを売らないと、アメリカは、マネー、稼げナイ。そのためのエネルギー、オイルです。アメリカの戦争は、武器を売るため、オイルのため、アメリカがお金持ちになるため、ネ。世界平和は、違いマス。アメリカは、平和は、求めナイ」

まあ、そうだろうな。そんな考えだから、いつまで経っても「銃社会」から抜けられないんだろう。

「でも、アメリカ人、全部が悪いは、違いマス。平和を求めるアメリカ人、いマス。銃を持ちたくないアメリカ人、いマス。原爆は間違い、戦争は間違い、の、アメリカ人、たくさんいマス。パールハーバー、日本のサプライズ・アタック……ン、奇襲攻撃、ズルい、違う考えのアメリカ人、いマス。日本の攻撃、民間人、殺さなかったですネ。パールハーバーでは、アメリカ軍のミスで、七十人くらい、アメリカの民間人が死んだ、リポートにありマス。アメリカはいつも、戦争を始めて、たくさんの兵士が死ぬ。武器を造る会社、マネー、オイル、代わりに、たくさん兵士が死ぬ……私は、アメリカを変えタイ。日本のよいところ、真似しタイ」

こいつ、なんの話してんだ？　自分で喋り始めて、自分で話の行き先を見失ってないか。

「……ジェフ。だからお前、インドに何しにいくんだよ」

「オ、オウ、イエス、それですネ」

やっぱり、完全に横道に逸れてたな。

ジェフがピンと人差し指を立てる。

「これは、トテモ重要な話。東京裁判で、被告の全員無罪を、いったインド人、いマシた。早苗サン、分かりマスか？」

早苗がこくんと頷く。

「パール判事、ですね。彼は、南京事件は誇張され過ぎていると批判し、アメリカの原爆投下も、ホロコーストに匹敵する民間人の虐殺だったと批判しています。欧米諸国は、東京裁判で日本を断罪することによって、自分たちのアジア侵略を正当化することが狙いだったのだろうと、パール判事は結論づけています」

だから、インドにいくのか？

っていうかジェフ、早苗と話すの、やけに楽しそうだな。えらく満足げな笑みを浮かべてやがる。

「……アメリカは、とても強い国。でも、すこォシ、バカです。何度でも戦争しマス。いつも戦争しマス。でも、もうアメリカは、世界の警察官を続けられナイ、分かりマシた。テロリズムを防げない、分かりマシた。驕《おご》れる者、久しカラず、ネ。素晴らしい日本語です……私は、アメリカが、日本の考えカタ、勉強するは、いいと思いマス。日本は、とても強い。でも戦争しナイ。磯山センセイの剣道、とても同じ。今日の試合、素晴らシイですネ。強い力、持ってる。強い技、たくさん持ってる。でも、相手を倒すは、しナイ。戦いを終わらせる、ために、戦う。私がギヴ・アップ、で、戦いは終わり。とてもピースフル。アメリカも、それをしタイ。そういう勉強、始めるといい、思いマス」

なるほど。さすが、言論の自由が保障された国の人間だな。そういや、アメリカは反戦運動とかも盛んだっていうしな。

しかし、だ。

「だからさ、ジェフ。なんでお前はインドにいくんだよ」

また「オウ」といい、ジェフが目を丸くする。

「私は、それをいいマセんでした。ごめんナサイ……だから、そういう勉強をする、学校を、インドに作りマス。大学です。でも、すぐはできナイ。だから、最初は、すでにある大学に、カレッジを作りマス。世界と、アジアの歴史を研究する、素晴らしいカレッジです。フェアな議論、できるカレッジです。連合国でもナイ、EUでもナイ、日本でもナイ、中国でもナイ、韓国でもナイ。インドだから、フェアな研究、ニュートラルな研究、できマス。ここに日本の学生、くるといいですネ。中国、韓国、タイ、インドネシア、フィリピン、みんなくるといい」

そこで沢谷さんが割って入る。

「……ジェフ、君は勉強しにいくのでは、ないんだよな？」

「ハイ、私は、スタッフです。センセイの、プロフェッサーです。私は、アメリカで、シンクタンクで働きマシた。専門は、セキュリティ、アンド、クライシス・マネージメント……充也……アア、ハイ、安全保障と、危機管理です。私は、剣道を知りマシた。充也と会いマシた。武士道を知りマシた。この考えカタは、とてもいいと、思いマシた。この考えカタで、世界中のトラブルが、たくさん解決できマス。それを、インドで教えタイ。でも私は、今は、勉強中。だから、日本にきマシた。早苗サンみたいな、日本人のセンセイ、欲しいですネ。でも、私は、もっとスゴい人、会いマシた……」

「……ハァ？」

「磯山センセイ。あなたは、素晴らしい。とても、強い。そして、とても美シイ」

なんだよ。こっち見んなよ。

お前、馬鹿じゃないの。

「沢谷さん。こいつ、難しい言葉はよく知ってるくせに、『美しい』の意味も分かってないみたいだよ。ちゃんと教えてやってよ」

なんで沢谷さん、ニヤニヤしてんの。

「いや、香織ちゃん……ジェフは、本気なんだよ。最初から君のこと、美人だ、プリティーだって、ずっといってたからね。『美しい』も、まさに正しく使ってるつもりだよ……少なくとも、ジェフはね」

仮に、あくまでも仮に、そうだったとしてもだ。

「な、なん……おい、コラ」

ちょっと、よせ。その、毛むくじゃらの手で、あたしの手を握るんじゃない。

「磯山センセイ……いえ、香織サン。私と一緒に、インドにいきマショウ。インドで、香織サンの武士道、みんなに教えタイです。私の、永遠の、パートナーになってください。そして、二人で、インドにいきマショウ」

フザケるな。

24　重大発表がございます

私だって驚いた。まさか磯山さんが、それもアメリカ人から、いきなりプロポーズされるだなんて。

でもそういう目で見ると、この二人、案外お似合いかもしれない。

磯山さんって、けっこう外国人に好かれそうな、純和風の顔立ちしてるし。目だって、お世辞にもパッチリとまではいえないけど、でも極端に細いわけでも、小さいわけでもない。注意深く見てみれば、まあまあ可愛い目をしている、といえなくもない。むしろ問題は目付きなんだろうけど、それもジェフならね、もはや怖がりはしないだろうし。なんたって磯山さん、色白だから。どことなく日本人形っぽいイメージも、あるといえば——とはいっても、やっぱり「雛人形」よりは「五月人形」かな。兜とかすごい似合いそう。

そして、お相手の——。

今になってこんなことというのはズルいかもしれないけど、ジェフってけっこうイケメンだよ。彫りが深くて、濃いめの眉が横一直線で。鼻も高くて、ちょっとケツアゴで——そう列挙しちゃうと、ただの西洋人じゃん、っていわれちゃうかもしれないけど、でも、じゃあジェフがアメリカのドラマに出るとしたらどんな役が似合うか、って考えたら、まず「モテないくん」役ではないと思うわけ。ちょっとイケ好かない「モテ男」とか。準主役級の、途中で仲間を裏切る刑事役とか。いや、別に悪口とかじゃなくて、そういう、わりとクールなイケメン、って意味で。

しかし、あんなにパニクった磯山さんを見たの、初めてかもしれない。ジェフに手を握られそうになると、

「ちょっと待て。落ち着け、な、ジェフ。とりあえず、落ち着こう」

それはなんとか押し戻すんだけど、そのあとは、

「うーん……」

一人で腕を組んで、考え込んじゃう。そのまま五分も十分も、首を捻りながら唸り続ける。見かねた充也さんが、「今日はお開きにしよう」って切り上げたからよかったけど、そうしなかったら磯山さん、いつまで一人で唸ってるつもりだったんだろう。

次の日。私は仕事帰りに買い物をして、それを持って桐谷道場にいった。ちょうど中学生の稽古が始まってたけど、私が入っていったのに気づいた磯山さんは、なぜかいきなり太鼓を叩いて、稽古を中断した。

「……えっと、三分、いや、五分休憩をとる」

そう言い捨てて、踵《きびす》を返して私の方に向かってくる。眉の逆八の字、いつもより急角度になってるし。

「早苗ッ」

「あ、はい」

ノシノシと私の真ん前までやってきて、額がくっ付くくらい顔を近づけてくる。

「……お前、昨日のこと、絶対、玄明先生にはいうなよ」

「昨日のことって、ジェフの、プロポー……」

「シィィーッ、シッシッシッ、シィィィーッ」

汚いな。唾、飛ばさないでよ。

「……早苗、それ以上、決して口にしてはならん」

「何をいっちゃいけないのか、確認しただけでしょ」

「そもそもあれは、そういう意味ではない」

「はぁ？」

「ジェフはあたしに、インドで武士道を広めるための、協力を要請したに過ぎない。お前がいうような意味では、断じてなかった」

はっはあ。そこから否定しちゃうんだ。

「つまり、ジェフは別に、磯山さんにプロ……」

「シ、シ、シャラァァァーップッ」

なんで私に英語を使うかな。

「……キサマ、二度とその言葉を口にするな」

「無駄だよ。他の言い回しはいくらだってあるもん」

求婚、告白、愛の言葉、香織サン、美人、美しい、大好きデース。

「……とにかく、あたしは認めない」

「それを私にいっても意味ないでしょ」

「いいからお前は黙っとけ」

もう、無茶苦茶もいいとこ。

「何いってんのよ。今は、そっちから話しかけてきたんじゃん。わざわざ稽古中断してまで」

「とにかく玄明先生にはいうな」

「でも、ジェフが稽古にきて、喋っちゃうかもよ」

磯山さん、固まる。目の焦点、完全に失う。これでほっぺでも赤くなれば、「恋する乙女」って感じで分かりやすいんだけど、そうはならないのが、やっぱり磯山さんなんだな。

「……おーい、磯山さーん、起きてるかーい」

反応、なし。

「まだ稽古途中だよー。このまま放っとくのはマズいよー。みんな待ってるよー」

ようやく、目の焦点が戻ってきた。

「……今日は、成人の部、中止にする……」

そういって磯山さんは、フラフラと道場に戻っていった。無理だけどね。そんな、まったくの個人的な事情で稽古を中止にするなんて、磯山さんにできるはずないけどね。

私はそれから母屋にいって、頼まれて買ってきた物を桐谷先生にお渡しした。口止めされたんだから、もちろんジェフのことはいわずにおいた。私、そういうルール違反はしない主義なので。

でも代わりに、昨日の無規則試合について伺ってみた。

「先生……昨日の、磯山さんとジェフの試合は、どうだったんでしょうか」

桐谷先生は座ったまま、お腹の辺りで手を組んで、小さく頷いた。

「うむ。あれについての結論は、むろん、私の中で出ております。しかしながら、今後……この道場をどうするのかという、具体的方策となると、どうにも決めかねております。とはいえ、いつまでも結論を先延ばしにもできませんので、私なりに期限を決めました。……来月、十月一日。先の無規則試合ならびに、今後の道場の運営について、お話ししたいと存じます。早苗さんも、ご同席いただけますか」

「はい、もちろんです。十月一日、ですね……」

今日が九月二十八日だから、明日、明後日《あさって》——なんだ、明々後日《しあさって》じゃない。もうすぐじゃない。

あれ、ちょっと待って。あと三日で、もう十月なの？　それっておかしくない？　いや、別におかしくはないんだけど、ひょっとするとこれは、ひょっとするかもしれない、ってことかしら。

十月一日は、ちょうど成人の部の稽古がない木曜日だったので、夜の八時には磯山さんも着替えて、母屋の茶の間に入ってきた。充也さんはそれより三十分くらい早くきていた。

桐谷先生の正面に、磯山さん。その左隣、奥の縁側の方に充也さん。反対の右隣に私。三人並んで、先生のお話を伺うことになった。三人とも、もちろん正座をしている。しばらく目を閉じていた桐谷先生は、一つ咳払いをし、その目を開けた。

「……先日の無規則試合、しかと見せてもらった。充也、お前はあれをどう見た」

充也さんが、一度小さく頭を下げ、話し始める。

「……完璧に近い捌きだったと、思います。実によく『オサメ』ていたのではないでしょうか」

「お前はあれで満足か」

桐谷先生の視線が、これまでになく厳しい。

充也さんが、また小さく頭を下げる。

「前提条件が違えば……たとえば小手をはめず、裸拳であったり、着衣が別種のものであれば、また違った展開も、可能性としてはあったかと思いますが、しかし前提条件が違えば、そのとき二人が選択する技も自ずと違ってくるでしょうから、今回はそれについての論評は控えたいと思います。あくまでも、先日の内容に限っていうならば、香織ちゃんの『オサメ』は、完全に近い形で実践できていたのではないかと、私は思います」

桐谷先生は微動だにせず、口だけで質問を続ける。

「完全に近いということは、完全とは思っていないと、そう受け取ってよいか」

「はい。しかし、あのような戦いに完全はない、とも思います」

「完全を目指すことに意味はないか」

「目指すことに意味はあります。ただ、実戦の場に完全な結果を求めるのは、無理があるかと」

「実戦における不完全な結果が、死を意味するとしたら」

充也さんも、桐谷先生から視線をはずさない。

「……人は誰もが、日一日、一日と、死に向かって生きております。その覚悟があろうとなかろうと、死は万人に等しく訪れます。ならば、その覚悟をして戦います」

磯山さんも、瞬《まばた》きすらせず、桐谷先生をじっと見続けている。

桐谷先生が、ようやく磯山さんに目を向ける。

「……香織」

「はい」

「先日の試合、内容は誠に不完全であった」

え、って声に出そうになったけど、なんとか堪《こら》えた。

でも隣の、磯山さんに動じた様子は、微塵もない。

「……はい」

「以後も、よくよく精進せよ。師範代としての給料は据え置く……以上だ」

桐谷先生は立ち上がり、茶の間を一人、出ていかれた。私は頭を下げていたので、そのときの先生の表情は分からなかった。

ええと、今のって、どういう意味？　不合格？　だからお給料、据え置きってこと？

でもなぜか、

「……よかったね、香織ちゃん」

そういって、充也さんは磯山さんの肩を叩いた。

磯山さんも、うんって、真っ直ぐに頷いた。

「あたし、玄明先生に、初めて『師範代』って、呼ばれた……」

あれ、逆？　合格ってこと？

「充也さん、磯山さん……つまり今のって、どっちだったの？　合格？　不合格？」

充也さんが、苦笑いでかぶりを振る。

「そんな、合格とか不合格とか、そんなにはっきりした答えはないよ。先生が仰ったのは、つまり……現段階までの努力は認める、でも完全ではないから、これからも精進しなさい、それまでは師範代として、給料を払ってあげますよ、ってこと。つまり、桐谷道場は閉鎖しないから、もうしばらく師範代として修行をしなさい、と」

ははあ、そういう意味か。なるほどね。

ものすっごい、灰色決着なのね。


その二日後。土曜日の午前中。

「じゃ、充也さん。私そろそろ、道場いくね」

「うん……絶対に、無理しちゃ駄目だからな」

「分かってる。充也さんは、お昼頃にね」

充也さんが、ちょっと眉をひそめる。

「……どうしても、いま一緒にいっちゃ、駄目なの？」

「うん。お願い……少しだけ、磯山さんと二人きりにさせて」

そういって私は、マンションの部屋を出た。天気予報で曇りのち雨っていってたから、一応傘は持ってきたけど、でもまだ降り出しそうにはなかった。

「おはようございます、早苗です……」

いつも通り勝手口から入り、道場の方を覗くと、磯山さんはちゃんといた。そのときは小さく背中を丸めて、足の爪を切っていた。

「ねえ。何も、道場の真ん中で切らなくてもよくない？」

「んあ……ん……でもほら、ここだと分かりやすいだろ」

床板、黒いからね。新聞紙とか敷かないでも、あとから爪、発見しやすいよね。ただ
私は、なぜ真ん中なのか、というのを疑問に思っただけで。別にいいけど。

「ねえ、磯山さん、いま暇？」

「お前、舐めてんのか。あたしは別に、暇で暇でしょうがないから爪を切っているので
はない。武道家としての、体調管理の一環として切っているのだ。暇かと訊かれれば、
爪を切るのに忙しい、としか答えようはない」

知ってるよ、それくらい。

「じゃあ、爪切り終わったら暇？」

「空者《うつけもの》。爪を切り終わったら稽古をするに決まっているだろう」

「一人で？」

磯山さんが、片眉だけひそめて私を睨《ね》め上げる。

「……他に誰がいる。毎日あたしは一人稽古だ。知らんわけではないだろう」

「じゃあ、今日は私とやろうか」

片眉、戻る。

「……何を」

「だから、稽古」

「剣道の、か」

「そりゃそうよ。私に『シカケとオサメ』なんて無理だもん」

「当たり前だ。お前のような半端者に、『シカケとオサメ』をやらせられるわけがない」

　だから、最初からそういってるでしょ、私は。

「……どうすんのよ。私と稽古、やるの、やんないの」

　今度は両眉をひそめる。これ以上はないというくらい、怪訝《けげん》そうなご様子。

「一体、どういう風の吹き回しだ」

「とても、よい風の吹き回しです」

「なんの魂胆《こんたん》がある。まさか、ジェフの一件と関わりがあるのか」

「あー、それはない。単に私が、久し振りに磯山さんと稽古したいなって、ただそれだけ。ある程度の手加減はしてもらうけど」

　磯山さん、考えてる考えてる。

「……稽古って、切り返しとか、打ち込みとかか」

「そうね。ドウなしだったら、互角稽古とかもできるよ」

「膝はいいのか」

「たぶん。前に、悠太くんにやってみせたでしょ。あのときも、そんなに怖い感じなかったし。もちろん捻らないように、私なりに注意はするけど」

さらに磯山さん、考え中、考え――あ、意外と早く終わった。

「……よし、お前の気が変わらないうちにやろう」

だよね。よし、やろうやろう。


今日はちゃんと袴も穿いて、垂、胴と順番に着けていく。

「……この小手だと、ちょっと大きい。パカパカする」

「じゃあ、こっちでどうだ」

「……あ、これピッタリ。これにする」

「手拭いはこれを使え。面は……これでいいか……これでいいな。あと、鍔と鍔止めは、あたしの高級品を貸してやる」

「うん、ありがとと」

準備ができたら、入念にストレッチ。

「アキレス腱だけは気をつけろ。よく伸ばしとけ」

「うん、分かった」

終わったら、最初は素振りから。

「大きく前進後退メン、五百ポーン」

「ええー、百でいいよ」

「じゃあ百ポーン」

普通に前進後退メン、左右メン、早素振り――。

あれは、高一のときだよね。東松高校の武道場で、二人きりで稽古したのは。そのあとに岡先輩も加わって、三人で試合みたいなこともしたね。

「はい……じゃあ、切り返しやるぞ」

「はい」

高二のときは、神奈川と福岡で離ればなれになっちゃったから、ほとんど稽古することなかったね。でも、磯山さんが誘ってくれて、横浜市民大会でまたこっちにきて。そのときに私は、初めて充也さんと出会った。

「ほい……じゃあ次、打ち込みな。メンから、行って帰って、行って、一回な」

「はい」

高三になって、ようやくインターハイで、磯山さんと戦えた。私は初めて磯山さんに負けて、みんなの前で、なぜかお姫さま抱っこされた。けっこう恥ずかしかったんだよ、あれ。

「よっしゃ……けっこう、あったまったな」

「うん、けっこう汗出た」

「膝、大丈夫か」

「うん、全然平気」

「じゃあ、互角稽古、やろうか」

「はい……でも、ドウはなしね」

「とかいっといて、お前は打つんじゃないだろうな」

「そんな卑怯な真似までして、磯山さんに勝ちたいなんて思いません。私は」

九歩の間合に立ち、お互いに礼。開始線に進んで、蹲踞。

私たち、こうやって剣先を向け合って、出会ったんだよね。

長い長い道をそれぞれ進んで、ようやく二人で、最高の舞台にも立ったよね。

私にとって磯山さんは、最高の好敵手であり、盟友であり、同じ時代を共に生きた、仲間だった。

「イエェエアァァーッ」

「ハァァーッ」

「ンメェエアッタァッ」

今はもう、なんだろうね。よく分かんない。

いたーい。そんなに思いきりやんなくたっていいじゃない。私、もうほとんど初心者同然なんだよ。ちょっとは私にも打たせてよ。

「コテッ」

「甘いわッ」

あー、私語。いけないんだ。

「イヤッ、タッ……メンッ」

「ハンッ」

でも、なんか段々、調子出てきた。動けるようになってきて、楽しくなってきた。

そうしたら、分かってきた。見えてきた。

磯山さんが、ここ打ってこいって、空けてくれてるのが。

「メェーンッ」

「まだまだァッ」

「イヤッ……メェーンッ」

「もう一丁ッ」

「ハッ、ヤッ……メエーンッ」

「よォーしッ、いいメンだッ。あんときみたいだぞ、早苗ッ」

そっか。磯山さんも、思い出してたんだ、あの頃のこと。

「うん、ありがとッ」

「隙ありッ、ンメェエーアァァァーッ」

ひどーい、痛い、脳天エグれる。

ひと通り稽古を終えて、面をとる。

「……ありがとうございました」

「ありがとうございました」

先生と門下生の位置関係ではなく、今は二人で、並んで座っている。神棚から遠い壁際に、ちょこんと。

「早苗……お前なんで、急に稽古する気になった」

「うん、それはね……」

「また始める……わけじゃ、ないんだよな」

「うん……またしばらく、できなくなると思う」

磯山さん、黙る。

ここは思いきって、ご報告申し上げよう。

「だから、ケジメっていうんじゃないけど、一回、磯山さんに稽古つけてもらいたかったの」

「なんだよ。ずっとやってなかったのに、なんのケジメだよ」

「うん……あの、私ね、実は……赤ちゃん、できたの」

やだ、そんな無表情で、黙んないでよ。ぽかーんと見られたって、私だってこれ以上、どうにも、言い様ないよ。

「……なんか、いってよ。磯山さん」

「あ、うん……ほ、本当か」

「うん、ほんと……検査、してきた。できてた」

「マジか」

「マジ……だよ」

すると、

「でっ、でかしたぞ、早苗ッ」

磯山さんは、急に立ち上がって、

「やった、やったな早苗、早苗、サナエッ」

私を強引に立たせて、

「やったやった、そうかそうか、赤ちゃんできたか」

そして、私を抱き上げた。

「危ない、怖いよ磯山さん」

「はは、はは……やった、やった、やった……」

磯山さんは、すぐに下ろしてくれた。それも、けっこうそっと。

それだけじゃなくて、笑ってるのかと思ったら、

「やった、早苗が……やった……」

磯山さん、泣いてた。ボロボロってくらい、涙流してる。

「磯山さん……」

「やったな、早苗……そうか、そうかそうか……早苗に、子供ができるか……いやぁ、嬉しいなぁ……よかったなぁ……ああ、よかったぁ……いい日だなぁ、今日は。うん、いい日だぁ」

磯山さんがどんな反応するかなんて、私、想像もできなかったけど、正直、びっくりしたっていうか、こんなに、泣いて喜んでくれるなんて思わなかった。もちろん充也さんだって最高に喜んでくれたけど、でも、こんなふうに泣きはしなかったよ。

ありがと、磯山さん。ほんと、ありがとね。

25　未来像

まず、事実だけを端的に申し上げよう。

あたしは婚約をした。相手は、いわずと知れたジェフ・スティーブンスだ。あたしみたいなのを嫁に欲しがる物好きは、世界中探してもジェフ以外にはあり得ないだろ

う。いや、別にこの男を逃したら一生結婚できないと思ったとか、そういうことではない。結婚なんぞ、そもそもしたいと思ったことは一度だってない。ただ、それも面白いかなと。一種の冗談というか、実験だと思って、婚約という形式を選択してみたまでだ。

許嫁《いいなずけ》との関係は、至って円満だ。

「納豆が食えないとはキサマ、だったら、朝は何を食ってそこまでデカくなった」

「朝は、大体シリアルですネ。ミルクをかけマス。美味しいですヨ」

「そんな朝飯で、まともな労働ができると思うか」

「できマスよ……香織サン。それよりも、ちょっと言葉遣い、乱暴ですネ。よくナイです」

「それがどうした。不満があるならいつでも婚約なんぞ解消してくれるわ」

そうはいったものの、ジェフは翌年の夏にインドにいってしまったので、まあ、婚約なんてしてもしなくても同じだったのかもしれない。今はむしろ、あたしはいつインドに呼び寄せられるのだろうと、不安な日々を送っている。

はっきりいって、インドになんていきたくない。白飯、漬物、味噌汁、できれば生卵と醬油、味付け海苔、昆布の佃煮、酢の物、ときどき刺身、お好み焼き、たまには焼き肉、トンカツ、日本酒と麦焼酎は各三銘柄くらい――こうやって数えてみると、あたしが生きていく上で必要なものは決して少なくない。何をどう考えても、あたしは自分が日本を離れて生きていけるようには思えない。なので、致し方ない。ジェフがどうしてもインドにこいというなら、最終的には婚約解消もやむなしと思っている。

一方、玄明先生はというと、年々体調もよくなってきていて、最近ではまた、あたしに稽古をつけてくださるようになった。

「ハンッ」

「……あいタタタッ」

ときには、得意の立ち関節をあたしに仕掛けたりもする。むろん力で対抗すれば、もうあたしの方が明らかに強いのだが、そういうのを抜きにすると、やはり技の熟練度というか、玄明先生の「シカケ」は怖ろしいほどに磨き込まれ、完成されている。機会を捉える目、心、発想が、あたしなんかとは根本的に違う。うわっ、この体勢からその技に繋ぎますか、みたいな、技と技とを連携させる想像力が、常人の思考力を遥かに越えている。

「香織。まだまだ甘いな」

「はい……本日も、よい稽古をいただきました」

当然、正式な師範になど任命されるわけがない。よって、いまだにあたしは師範代のまま。給料も据え置きである。そう考えると、桐谷道場ってけっこうなブラック企業なのかもしれない。

いやいや。自ら望んだ仕事に就け、それを続けられているのだから、文句なんぞいったら罰が当たる。玄明先生、ごめんなさい。もうボーナスが欲しいとか、母屋にあたし専用の部屋が欲しいとか、そんな贅沢は二度といいません。赦してください。

春には春のよさがある。

一時期はあたしも花粉症になりかけたが、納豆がいいらしいと誰かから聞き、それから毎朝ふたパックずつ食べるようにしていたら、翌年にはムズリともしなくなった。

よって、花見の席でも酒は飲み放題だ。そのときはジェフが、あれは帰国か、あるいは来日か、よく分からんが参加していたので、コップ酒を代わりばんこで飲んで、どっちが先に潰れるかという競争をした。むろん、結果はあたしの圧勝だった。ざまあみろだ。

また、夏には夏のよさがある。

冷房の効いた道場で昼寝をするのは気持ちいいし、

「香織。お前は近頃、寝てばかりいるな」

「い、いえ、先生、決して、そのようなことは……」

稽古終わりに飲むビールは最高に旨い。

「香織。お前は近頃、酒を飲んでばかりいるな」

「いや、それはないですって、先生……ウィッ」

お陰で毎日の稽古が楽しくて仕方ない。

「香織。道着はもう少しこまめに洗濯しなさい」

「一応、してるんですけどね……臭いますか」

門下生たちも、全中やインターハイで続々と好成績を挙げ、メダルやら賞状やらを見せにきてくれる。

「香織。もういい加減にしたらどうだ」

「先生、もう一杯、もう一杯だけ……」

そして、秋にも秋のよさがある。

しばらく酒を断たねばならないつらさはあったが、その甲斐あってあたしは、全日本選手権で優勝することができた。四回目の挑戦で、ようやくだ。

「磯山さん、おめでとォーッ」

「カンパーイッ」

しかも、またもや決勝で黒岩を破っての栄冠だけに、より一層気分がよかった。

その黒岩も、なぜか祝勝会にきていた。

「……あんたの強さ、段々わけ分かんなくなってきた」

「それが分かれば立派なもんだ、黒岩」

「……あんたって、ほんとムカつく」

一応、冬にも冬のよさがある。

外は寒いし、道場の床は冷たいし、冷やしたビールは腹に応えるし、干しといても道着はなかなか乾かないし、足の指の付け根がヒビ割れてよく血が出るけれども、早苗が作る鍋は、この季節が一番旨い。

「いやぁ、この季節は酒が旨いなぁ」

「磯山さん、それ一年中いってる」

そんなふうにして季節は巡り、あたしの全日本選手権優勝がいい宣伝になったのか、今年は桐谷道場の入門希望者も増え、

「早苗、あたしの給料、上がんないか？」

「そんなことばっかりいってると、また先生に叱られるよ」

あたしは今日も、己が信ずる武士道を邁進している。

「お願いしますっ」

「よし英斗《えいと》、こいッ」

「ヤァァアー……メェエエーン」

「もっとォ、ドンとぶつかってこい」

「はいっ……ヤァァァーッ、メン、メェエーンッ」

「まだまだァーッ」

特に初心者の部が盛況で、中でも一番の有望株が、この英斗だ。

「ヤァッ……あぐっ」

「馬鹿タレェッ、ちゃんと払ってから打ってこい」

ただ最近の親というのは、特に母親は、自分が厳しく育てられていないものだから、ちょっとあたしが子供に厳しくすると、すぐ道場内に飛び込んでくる。

たとえば、こういう母親だ。

「ちょっと、こんな小さな子に、ツキなんてやめてください」

「あー、お母さんは下がっててくださーい。稽古の邪魔でーす」

むしろ、よほど子供の方が根性が据わっている。

「お母さん……入ってきちゃ、駄目……ぼく、大丈夫」

そうだ、英斗。それでこそ――ああ、この英斗ってのはつまり、早苗と沢谷さんの長男の、沢谷英斗だ。あたしが二歳の頃から仕込んでいる、超剣道エリートだ。四歳にして、すでに二年のキャリアがある。

「よぉし、偉いぞ英斗。それでこそ、桐谷道場を継ぐ男だ。未来の桐谷道場師範だ」

すると「馬鹿な母親代表」の早苗が、パシッとあたしの肩を叩く。

「おいキサマ、なんの真似だ」

「磯山さん、そういうのやめてっていってるでしょ」

だから、お前に睨まれたって怖くもなんともないんだよ。

「ハァ？　何をやめろって？」

「英斗の将来は英斗が決めるの。今から師範とか後継者とかいうのやめてって、私、何度もいってるよね」

あーあ、やだやだ。

「お前なぁ、英才教育ってのは、初めが肝心なんだよ。早けりゃ早いほどいいんだって。まあ見てろ。英斗には、あたしがすべてのタイトルを取らせてやるから。全中、インハイ、学生選手権に、全日本ときて……」

「だから、そういうの全部やめてっていってるの」

そのとき、今度はバシンと、いい音であたしの胴が鳴った。

「ドォォーッ……」

英斗が、綺麗な残心をとって下がっていく。

「英斗、キサマッ」

「先生、隙ありぃーっ」

「なんだとコラァッ」

おう、上等だ、坊主。このあたしにそこまでやるってこたぁ、それなりの覚悟があってのことと思っていいな？

決めた。今日は、お前を徹底的にしごく。泣いても喚《わめ》いても、いつもみたいに勘弁しないぞ。いいな。

よし、英斗。かかってこい。

テアァァァーッ。

＊　＊

信じたこの道を、わたしたちは歩んできた。
かけがえのない出会いがあった。
心震えるような学びが、骨身を削るような試練があった。
先に進むためには、避けられない別れもあった。
しかし今、来た道を振り返ることはしない。
命ある限り、わたしたちは進まねばならない。
この武士道を、続く者たちに、伝えなければならない——。

—完—

美酒道コンペティション

六十年以上も同じ仕事を続けていると、もう体そのものが、その仕事をするための構造に造り変わってしまうようなところがある。剣道具の修理は座り仕事だから、むろん肩凝りは年中だし、腰は曲がってどんどん姿勢が悪くなる。だがその凝り固まった肩や曲がった腰が、修理道具を操る手先に力を与えてくれていることも、また一方にある事実ではある。

体がそうなら、道具もまた然りだ。手垢が染み込んで真っ黒く変色し、握り手がツルツルと石のように硬くなった千枚通しは、ひょっとしたらホームセンターで売っている新しいものより、道具としての能力は劣るのかもしれない。しかし私の仕事には、これが欠かせない。死んだ親父から受け継いだこの道具でしか、蒲生武道具店の仕事はできない。

職人としてのプライドなんてものは、別段ない。ただ店を訪れる剣道家の要望を聞き、それに可能な限り応えようとしてきただけだ。私の仕事が気に入らなければ、その客はもうこないだろうし、逆に気に入れば、また別のものを直しに持ってきてくれるだろう。そうやって私は、世の中と繋がってきた。決して大儲けできる仕事でも、手広くやれる商売でもないが、日本人が「和の心」を忘れない限り、剣道はなくならない。剣道がなくならなければ、道具屋の仕事もなくなりはしない。それでいいと思っている。いや、それでいいと思って、これまでやってきたのだが――。

よっこらしょ、と立ち上がり、背中を伸ばしながら茶の間の方にひと声かける。

「……じゃ、婆さん。私は出かけるよ」

妻、かつえは、ちゃぶ台で空豆の皮を剝いていた。

「はいはい、いってらっしゃい」

「今晩は、アレだからな。早苗ちゃんのところで、夕飯をご馳走になるんだからな」

ずり下がった老眼鏡の上端から、かつえが上目遣いでこっちを見る。五十年以上連れ添った今でも、私は見るたびに思う。こいつはどうして、狸と蛙が合わさったような顔をしているのだろうと。こんな顔の奴は、他に見たことがない。

その狸蛙がニヤリと、人を小馬鹿にしたような笑みを浮かべる。

「もう、そう何べんもいわなくたって分かってますよ。よっぽど、早苗ちゃんに誘われたのが嬉しかったんですねぇ」

「ふん」

ズボンについた革の切れ端や糸クズを手で払い落す。

「ちょっとお父さん……まさか、その恰好でいくんですか」

「ああ、そうだよ」

「そんな、お夕飯に呼ばれたんなら、もうちょっといい恰好してらっしゃいよ」

「何を……こんな、年寄りの防具屋が洒落込んだところで、誰が喜ぶか」

「お父さんが何を着たって洒落やしませんけど、それじゃいくらなんでも失礼でしょ、って話ですよ」

「ふん。早苗ちゃんは、そんなこという子じゃないよ」

「いわなくても思ってますよ」

結局、かつえが見繕ったものに着替えることになった。茶系のアロハシャツに、薄いベージュのスラックスだ。

「……ほれ見ろ、大して変わらん」

「ランニングとじゃ大違いですよ。あとお父さん、車乗ってっちゃ駄目ですからね」

「分かってる」

「あんまり飲み過ぎないように」

「そんなに、馬鹿みたいに飲むわけないだろう」

「あそうそう、お煎餅くらい持っていったら……」

「いらんいらん……もういい。いってくる」

私は家の鍵やら財布やらをポケットに捻じ込み、店を出た。

桐谷道場までは、今の私の足だと、だいたい十五分か二十分くらいだろうか。普段は剣道具を運搬する都合上、軽自動車でいくことの方が圧倒的に多いが、たまに剣道の稽古をするときなどは歩きでいくこともある。そういうときはたいてい、帰り道にある焼き鳥屋で稽古仲間と一杯、となる。これが一つ、稽古にいく楽しみにもなっている。

いやしかし、人の人生なんてのは分からないものだ。まさかあの香織ちゃんが、桐谷道場の師範になる日がくるとは――いや、ヨシアキはまだ、香織ちゃんを正式な師範とは認めていないようだが、しかし実際には、それとなんら変わらない状況になっている。

私なんかは逆に、よく香織ちゃんを「師範代」なんて中途半端な立場に縛り付けておけるな、と思ってしまう。それも、もう何年もだ。磯山香織といったら、一度は全日本選手権を制したこともある、剣道界にとっては、それはそれは貴重な人材だ。そんな香織ちゃんに、道場の掃除から裏庭の草刈りまでやらせ、稽古は小学生の初心者から成人の部まですべて任せっきりにし、その上で「まだ師範にはさせられない」などというのだから、あの桐谷玄明《よしあき》という男は、一体どれほど自分を偉いと思い込んでいるのだろう。私なんかは大いに首を傾げてしまう。こっちは、江戸時代から「蒲生」の名で続けてきた店を、いよいよ自分の代で畳むことになるかもしれない、いや、なるだろう——それを仏壇に手を合わせるたび、ご先祖さまにお詫びする日々だというのに。

道場に着いてみると、ちょうど仕事を終えた工務店の軽トラックが帰っていくところだった。桐谷道場は床の全面補修工事のため、今日から一週間、すべての稽古を休みにしている。まあ、そもそもそんな事情でもなければ、平日の夕方から「一杯やりましょう」なんてことにはならない。

古寺のような門をくぐり、表玄関から入る。

「ごめんください、蒲生です」

ひと声かけると、すぐに道場から早苗ちゃんが迎えに出てきてくれた。

「こんばんは。お待ちしてました」

この子は、本当にいい子だ。いつも朗らかで、真面目で、一所懸命だ。母校の事務局で働き、長男の英斗くんを育て、その上、舅でもなんでもないヨシアキの世話まで、自ら進んでしているという。なぜここには、香織ちゃんといい早苗ちゃんといい、元内弟子の充也くんといい、若くて能力のある人材が集うのだろう。一人くらい、我が「蒲生武道具店」にきてくれてもいいのにと、近頃は少々妬ましくも思っている。

その後ろから、香織ちゃんがひょっこりと顔を出す。

「……よう、たつじい」

対照的に、香織ちゃんはその日の機嫌が直接顔に出るタイプだ。

「どうした。そんなおっかない顔して」

「んん……神棚のさ、神鏡《しんきょう》が、見つかんないんだよ」

道場奥の壁には、幅が六尺もある立派な神棚が祀ってある。神棚にはお札を納めるお宮があり、その周りには榊立《さかきたて》や瓶子《へいし》、水器《すいき》、しめ縄といった神具を置くものだが、中でも中心的役割を担うのが神鏡だ。太陽神の象徴とされる、もっとも重要な神具である。

「見つからないって、いつから」

すると早苗ちゃんが、少し困ったような顔をしてみせる。

「それがね、蒲生さん。玄明《げんめい》先生は、神棚は神聖な場所だから、毎回掃除は新しい布巾でしなさいっていってるのに……磯山さん、面倒臭いからって」

おいこら、と茶々を入れる香織ちゃんを適当にいなし、早苗ちゃんが続ける。

「ときどきハンディ掃除機で、ブオーッてやっちゃうんですよ」

「そりゃまた、罰当たりな」

「それもたいてい、玄明先生がお留守のときに。ほら、今日は玄明先生、定期検査だったじゃないですか。その間に、ハンディ掃除機で手っ取り早く……そしたら案の定、掃除機の取っ手かなんかを当てちゃって、ポロッと落ちて、どっかにコロコロコロ……」

もういいだろ、と香織ちゃんが割って入る。

「今そんな、掃除方法がどうたらいったって始まんないだろ。問題は、神鏡そのものが見つかんないことなんだよ」

まあねえ、と早苗ちゃんが頷く。

私は、目で道場の方を示した。

「工事で床剝がして、その下に落ちちゃったなんてことは」

「ああ、それはない。神鏡がなくなったのは今朝だし。工事が入ったのは今日の午後からだから」

それとは別に、道場の出入り口にぽつんと置かれている防具袋が気になった。

「ちなみに、そりゃなんだい」

振り返った早苗ちゃんが、ああ、と一つ手を叩く。

「そうそう、蒲生さんに修理をお願いしようと思ってた小手が、四組あるんですけど……でもよく考えたら、今日はお車じゃないんですもんね。だから、いいです。また明日にでも、私がお店に持っていきます」

「いやいや、小手だけだったらいいよ。軽いだろうから、私が担いで帰るよ」

「ちょっと待てぃ」

香織ちゃんが、大袈裟に両手を広げて話を遮る。

「……なに、磯山さん」

「その防具袋、確かあたしが神棚の掃除をしてるとき、その真下辺りにあったな」

「知らないよ。私がさっききたときには、小上がりの端っこに置いてあったもん」

「ちょっと開けて、中を見てみろ」

「なんで」

「神鏡が入っているやもしれん」

「そんな……」

馬鹿な、と続けたかったのだろうが、そこまでいわないのが早苗ちゃんだ。大人しく香織ちゃんの要求に従い、防具袋を開けて中を検《あらた》める。

「……ほら、やっぱないよ。小手しか入ってない」

「そうか、やはり違ったか……」

よほど神鏡を失くしたことが気になるらしく、早苗ちゃんのマンションに移動し、料理を出され、ビールで乾杯をしてもまだ、香織ちゃんの表情は晴れなかった。

「どこいっちゃったんだろうな、神鏡……失くしたって分かったら、玄明先生、怒るだろうな……」

私は初めてここにきたのだが、さすがは充也くんと早苗ちゃんの住まい、というべきだろう。小さな子供がいるというのに、隅々まできちんと片づけられており、乱れや汚れといったものは一つも見当たらない。

「あれ、そういや、英斗くんはどうしたね」

サラダを取り分けながら、早苗ちゃんが、ああ、と頷く。

「今日は、保育園のお泊り会なんです。去年は初めてだったんで、私も英斗もけっこういろいろ心配したんですけど、でも全然大丈夫だったみたいで。今年はもう、お泊り会いつ？ あと何日？ って、うるさいくらいでした」

そんな話をしていても、香織ちゃんは一向に乗ってこない。

「……窓開けてたからな……でもまさかな、庭にまで転げ出たなんてことは……」

グラスが空いていたので、私が注いでやった。

「まあまあ、香織ちゃん。探し物なんてものは、探してるうちは出てこないものさ。きっと忘れた頃に、ひょっこり出てくるよ」

香織ちゃんが、ぎゅっと眉間に皺を寄せる。

「それじゃ困るんだよ。その前にあたし、先生に大目玉喰らっちゃうよ……下手したら、給料減らされっかもしんない」

いやいや、と早苗ちゃんがかぶりを振る。

「いくらなんでも、それはないよ」

「いーや、あり得る。先生、神棚にはけっこううるさいんだ」

確かに、ヨシアキは神棚にうるさい。私も幾度となく、神棚の下で腕を組み、じっと見上げているヨシアキを見たことがある。何をしているのだと訊くと、しめ縄が少し細い気がするとか、お供え物の配置がしっくりこないとか、どうでもいいこと——などというべきではないのだろうが、まあ、桐谷玄明というのが、そういうことに拘《こだわ》る男であるのは間違いない。

「香織ちゃん。それが分かってるんだったら、なんでハンディ掃除機なんかでブオブオやったんだい」

「そんなの、面倒臭いからに決まってるだろ」

この日は、私と早苗ちゃんがどんな話をしていても、すぐに香織ちゃんが神鏡紛失の話に引き戻してしまう。途中までは、ずっとそんな調子だった。

だが私がトイレに立ち、戻ってくると、にわかに様子が変わっていた。早苗ちゃんが、なぜだか怒ったように口を尖らせている。

「……私にだって、発泡酒とビールの違いくらい分かるよ」

どうやら、あまり酒が飲めないことについて、香織ちゃんにからかわれたらしい。

「どうだかなぁ。ジュースしか飲めないお子ちゃまには、難しいんじゃないかなぁ」

「これはジュースじゃありません。れっきとしたアルコール飲料です。ほら、ちゃんとここに書いてあるじゃない」

「一パーセントってな」

「違うもん。一・二パーセントだもん」

「変わんねえ変わんねえ」

この二人の口喧嘩を見たのは、決して今日が初めてではない。というか、寄ると触ると喧嘩ばかりしているわりに、片時も離れようとしない。なんとも、不思議な関係である。

「それいったら、磯山さんの方がよっぽど味音痴じゃん」

「あんだとコラ」

そんな言い合いの末、だったら利き酒対決で白黒はっきりさせよう、と香織ちゃんが言い出した。意外なことに、早苗ちゃんはそれを受けて立つという。

「早苗ちゃん。あんたは、そんな無理しなさんな」

「いいえ、大丈夫です。できます。私はお酒、そんなにたくさんは飲めないってだけで、味覚にはむしろ自信ありますから……少なくとも、磯山さんよりは」

へんっ、と香織ちゃんがアゴをしゃくる。

「どうだかな。お子ちゃまには、ビールなんて苦くて飲めないんじゃないのかね」

「飲めます。っていうか、さっきも飲みました……えっと、じゃあね」

早苗ちゃんは、わざわざ紙コップまで用意し始めた。

「対決はこれでやろう。横から見て、色で判断できちゃったら意味ないから」

香織ちゃんも譲らない。

「甘いね。色のことをいうなら、上から見た方がよっぽど分かりやすいわ」

早苗ちゃんが、目を細めながら頷く。

「ああ、磯山さん、そういうこと。泡が消えるまで待って、色で判断しようって魂胆ね」

グッと香織ちゃんが眉を怒らせる。

「アホたれ。誰がするか、そんなこと。ぐっと一気に飲み干して、ビシッと言い当ててくれるわ……たつじい、公平を期するために、たつじいが注ぎ分けて、正解も前もって、紙に書いといてくれ」

「何も、そこまでしなくても」

「いーや。勝負ってのは、何事もとことんやらなきゃ面白くない」

早苗ちゃんは至って冷静だが、勝負に挑む意気込みは存分にあるようだった。

「……蒲生さん。磯山さんの気の済むようにしてあげてください」

「なんだキサマ、その上からな物言いは」

「香織ちゃんも、もうよしなって……分かったから、私が公平にやるから、二人はしばらく、あっちにいってなさい」

二人はまだ何かゴチャゴチャいっていたが、それでも、なんだかんだ仲良くベランダに出ていった。

対決用に早苗ちゃんから提供されたのは、アサヒの「スーパードライ」と、同じくアサヒの「クリアアサヒ」、共に三五〇ミリリットル缶。正確にいうと「クリアアサヒ」は発泡酒ではなく、新ジャンルと呼ばれるリキュールに属する商品のようだが、まあ、それは特に問題ではないだろう。

マジックでそれぞれ「A」「B」と書き入れた、計四つの紙コップに、「スーパードライ」と「クリアアサヒ」を注ぎ分ける。どっちに何を注いだかも、ちゃんとメモしておく。

終わったら、

「……はい、用意できたよ」

ベランダから二人を呼び戻し、席につかせる。

「じゃあ、早苗ちゃんに、A、B……香織ちゃんにも、A、B、ね……はい。では、どっちが『スーパードライ』で、どっちが『クリアアサヒ』か、飲んで当ててみてください。ちなみに、今まで私らが飲んでたのが『スーパードライ』ね。早苗ちゃんも……」

「はい。乾杯のときに飲んだのが『スーパードライ』ですよね。分かります。大丈夫です」

香織ちゃんはもう、紙コップを見ただけで勝利を確信したかのようにニヤニヤしている。

「おう。早くおっ始めようぜ」

「では……はい、飲んでみてください」

宣言通り、香織ちゃんは立て続けに二杯を飲み干し、

「よォーし、分かったァ」

勢いよく紙コップをテーブルに戻した。

一方、早苗ちゃんは、

「……うん……ああ、なるほど……」

ちびりちびりと、交互にひと口ずつ飲み、慎重に味を確かめている。

「……Aの方が、味が立ってるっていうか、こう、なんていうのかな……上アゴに、クワッ、と刺激が盛り上がってくるような、そんな感じがありますね。比べると、Bの方がまろやかっていうか、ふんわりしてて、むしろ私なんかには飲みやすいです……だから、うん……そうですね。私は、Aが『スーパードライ』で、Bが『クリアアサヒ』だと思います」

そのとき、ぐっ、と何か鳴ったような気がし、私は香織ちゃんに目を向けた。香織ちゃんは、またさっきのように眉を怒らせ、空になった紙コップ二つを見比べていた。

「……香織ちゃんは、どうだい」

そう訊くと、さらに眉根に力をこめる。

「あ、あたしは……」

ギロギロと両目が、紙コップ側面に書かれた「A」と「B」の文字の間を行き来する。

どうやら、早苗ちゃんの答えを聞いて、完全に迷ってしまったらしい。

「あたしは……Aが『クリアアサヒ』で、Bが『スーパードライ』だと、思ったんだけど……」

ほっほう、と早苗ちゃんが、勝ち誇るように腕を組む。

「いいじゃない。答えは割れた方が面白いよ」

「あんだコラ、その余裕の態度は」

「だから、最初からいってるじゃない。私、味覚には自信あるよって……で、いいの？ 私と逆で。ファイナルアンサー？」

腕を組んだまま、香織ちゃんが、うーんと唸る。

「……ちくしょう……よし、いいだろう。お前が味覚なら、あたしはあたしの喉を信じよう。Bの喉越しは間違いなく『スーパードライ』だった。間違いない……たつじい、正解を発表してくれ」

「分かった。では、正解を発表するよ」

私は手にしていたメモ紙を開いた。透けて裏から見えないように、ちゃんと掌を添えておく。

「ええーと、まずはだねぇ……」

「もったいぶんなよ」

「まあまあ、そう急かしなさんな。こういうのにはある程度、盛り上げるための演出ってのが、大切だろう」

ぐっ、と奥歯を噛み、香織ちゃんが黙り込む。

「ええとね。正解は、早苗ちゃ……」

そう、私がいった瞬間だ。

「あ、アアーッ、あたし、急に用事思い出したッ」

香織ちゃんは喧しく椅子を鳴らして立ち上がり、

「これで失礼する」

同時に、ピッ、と私の手からメモ紙をつまみ取り、

「ごめんなすってッ」

一目散に玄関口に向かい、靴を履く間も惜しかったのだろう、パッとタタキからそれをすくい取り、体当たりするようにドアを開け、帰っていってしまった。

なんという、早業――。

数秒して、ドアが自動で閉まると、ようやく早苗ちゃんが口を開いた。

「……なんなんですかね、今の」

私なりに香織ちゃんの気持ちを忖度すると、こうなる。

「要するに、逃げるが勝ち、ということ、なんだろうね」

すると早苗ちゃんは、ふう、と一つ溜め息をついた。

「まったく……磯山さんらしいわ。こんなとこまで勝負原理主義だなんて。ほんと、遊びだろうがなんだろうが、絶対に負けたくないんですね」

うん、と私は頷きかけたが、実はそうとも言いきれない。

「いや、実はね、今の勝負……両方とも、正解だったんだよ」

「え？」

早苗ちゃんという子は、本当に、驚いた顔まで可愛らしい。

「どういう、ことですか」

「いや、だから、早苗ちゃんのは、Aが『スーパードライ』でBが『クリアアサヒ』で正解。香織ちゃんのは、Aが『クリアアサヒ』で、Bが『スーパードライ』が正解、ってことさ」

「なんでまた」

「だって、その方が面白いだろう。ルールも、両方とも同じ記号のに同じものを注がなきゃいけない、なんて決めてなかったしね。実際、香織ちゃんは、眉をこーんなにして悩んでたじゃないか。その迷いに打ち勝って、自分なりの答えで通したところまでは、偉かったんだけどねぇ……今頃、香織ちゃんも悔しがってるんじゃないかな。まあそれも、あのメモを見返す冷静さがあれば、の話だけど」

ははは、と早苗ちゃんが乾いた笑いを漏らす。

「見ないと思いますよ。そこら辺の植え込みに、ぽいっ、と投げちゃってるんじゃないですかね」

利きビール対決が予想外の結末を迎え、私たちも、もうそれ以上飲む雰囲気ではなくなってしまった。

「じゃあ……私もそろそろ、失礼しようかな」

帰り際、道場から担いできた防具袋を今一度、玄関で開けて確かめてみた。

「小手が四組、だね……はい、確かに、お預かりします」

「あ、蒲生さん」

ふいに早苗ちゃんは膝を折り、その防具袋に手を掛けた。

「まさかとは思いますけど……」

側面についている、ファスナー式のポケット。

そこを、早苗ちゃんが開ける。すると、

「……あ、あった」

中から、正円形をした鏡が出てきた。まさに、道場で紛失した神鏡と思われる。

「おやまあ、そんなところに入ってたかい」

「まさか、でしたね……私も、道場に置いてあったときに、ここが開いてたか閉まってたかは覚えてないですけど、でもひょっとしたら、蒲生さんにお渡しする前に、私が閉めちゃったのかもしれないです……急いで電話して、知らせてあげなきゃ。神鏡あったよ、って」

その場で早苗ちゃんは香織ちゃんにかけ、神鏡が見つかった報告をするのと一緒に、ごめんね、と何度も謝っていた。私がちゃんとポケットまで確認しなかったから、本当にごめんなさい、と。

なんだかんだ、いいコンビなのだ。この二人は。

―了―

謝辞

本作品を書くにあたり、
東松舘道場の皆様、
明治大学体育会剣道部の皆様、
東京外国語大学体育団体協議会剣道部の皆様には
貴重なご教示をいただき、たいへんお世話になりました。
あらためて心から御礼申し上げます。

作中に登場する学校、団体、会社および登場人物は、
あくまで著者の想像上のものであり、
校風および性格は実在するものとは関係ありません。

誉田哲也

特別収録　書店員座談会

いい作品は自分の中に跳ね返ってくる

内田剛（三省堂書店営業企画室）
白井恵美子（紀伊國屋書店新宿本店）
勝間準（MARUZEN&ジュンク堂書店渋谷店）

白井　本作の冒頭が結婚式のシーンで、驚きました。

勝間　ビックリしましたよね。まさか香織か？って一瞬思いましたけれど。

白井　そうそう。そんなわけないよねと（笑）。

内田　そういうことも含めて『武士道エイティーン』からもう六年たったのか、と感慨深かったです。久しぶりに中学時代の同窓会に行った懐かしさに近い感慨ですね。登場人物たちに会って「ああ、久しぶり」という嬉しさもありました。『エイティーン』の頃は、あの店でシリーズを売っていたっけと、この六年を懐かしく思い出したりしました。

勝間　久々に本作で香織と早苗に会ってみると、「彼女たちもちゃんと成長してるんだ」

という思いがありましたね。

内田　そうですね。彼女たちの成長を見て、自分の方はちゃんとこの間に成長してきたのかと問いかけてみましたよ。あんまり変わってないな、と思いました（笑）。

白井　『武士道シックスティーン』が中学生の終りからスタートしているので、高校までの彼女たちをずっと見てきたわけですが、その先の彼女たちがどんな物語になるのかなって楽しみでした。

勝間　『シックスティーン』の刊行時に初めて、僕、帯にコメントを使われたんです。実は中学生時代剣道を少しだけかじっていて、そのことを書いたのですが、当時、香織と早苗のような出会いがあったら、もっと楽しかったんじゃないかなと思いました。結果的に、部活を続けていたかどうかは分からないですけど（笑）。

白井　私は、剣道とは無縁で、試合で見たことしかなかったんですが、剣道については全然知らないのに、読み出したらものすごく面白くて、入り込めてしまったことに驚きました。あっという間に読んだ覚えがあります。

内田　僕の場合は、高校の時、授業で柔道か剣道を選択させられて、柔道は生身だけど、剣道は防具があるからごまかせるんじゃないか、という、そんな及び腰で始めたんです。でも、週一回の授業時間、やはり背筋がピッとするんですよね。防具をつけて蹲踞して、礼から始まり礼に終わる――剣道の一時間は自分の中でも凜とした空気が流れていたような気がします。大人になってもそういう記憶や思いがあって、それが『武士道』シリーズに重なりました。実はその頃、いろいろなジャンルを読んでいく中で、何かしら読後感がいい小説はないかと探していたんです。それで、ちょうど自分と同世代で注目の作家さんである誉田さんが青春スポーツ小説を書かれたということで、これは面白そうだなと、手にした記憶があります。

白井 スポーツ小説っていいですよね。自分がやってないのに、スカッとする。これは何なんでしょう。

内田 そうそう。世界も広がりますよね。今まで知らなかった勝負の世界を知ることができるという。

白井 優勝だって、本の中で経験することができます。

勝間 そうですね。ライバルも代わりに見つけてくれて。

白井 そのライバルを倒してくれたり……。

内田 そういう達成感を追体験できる。

白井 だから爽快感があるんですね。誉田さんが青春小説を書くというのは、意外性がありましたよね。

勝間 「今回は、人が死なんって聞いたけど、ほんまかな」って、ずっと最後まで疑心暗鬼で読んでました（笑）。

白井　ご本人も言ってますものね。「人が死なない物語って初めて」と。

勝間　でも、途中で何か事件起きるんちゃうかなと。『シックスティーン』では香織が階段から落ちたじゃないですか。

内田　今回も、師匠に関してはドキドキしましたけれどね。ただ、これは、誉田さんが『ケモノの城』や『ジウ』などの他の作品で、たくさんの殺戮や死を描いてきて、たどり着いた境地だと思うんですよ。

勝間　ああ、確かに。

内田　人が死なないで感動させるというのはすごい。今、売れているものにも、泣ける本が結構あり、涙腺崩壊しっぱなしなんですけれど、大抵誰かが死んだり病気になったりっていう、ネガティブな涙なんですよね。やはり読んで気持ちがいいものを勧めたいという思いが、僕ら書店員の中にもあって。そういう意味でも、この『武士道』シリーズというのは、お客さんにとてもお勧めしやすいですね。

魅力的なキャラクターたち

白井　シリーズでは、魅力的なキャラクターがたくさん登場しますが、私はやはり、香織が好きです。般若の竹刀袋を愛用していたり、お昼ご飯は握り飯と決めていたりというディテールもすばらしい。誰にも媚びず、いわゆる女子っぽいところがなく、剣道に夢中で……。

内田　一途ですよね。

白井　そうですね。とことん突き詰めていくところに、最初から好感を持ちました。

勝間　強さを求めていく姿勢がありましたね。

白井　言葉遣いも、どんどん男っぽくなっていくんですが（笑）。

内田　シリーズでのそういう変化も読んでいて面白いですね。

白井　今までの三冊では、恋愛要素もあまりなく。今回は、少しでてきますが、言い寄られても女を出さないところがいいなと。

内田　今の時代、女性は強く、男性はいい意味で優しくなっているのかと。それがこのシリーズにもでているのではないでしょうか。

勝間　「強さは力」という剛の香織に対して、早苗の懐が深いところもいいんですよね。早苗は「お気楽不動心」の柔、ですから。

白井　二人がとてもさっぱりした付き合いをしていて、途中、すれ違いがあったとしても、ずっとお互いをリスペクトして、好敵手と認め合っていく。

内田　二人の距離感がいいですよね。

白井　女性として、ああいう友達に恵まれているのはうらやましいです。でも、現実にそういう女性って周りにいるだろうなと思うんです。
内田　確かに、現実とかけ離れた感じではなくて、身近に居そうな気がします。だから違和感がない。
勝間　早苗が転校した福岡南の剣道部のレナもいいですよね。香織とは違った方向から剣道に対して一生懸命じゃないですか。すっごい美人なのに「座頭市」からヒントを得た練習を真剣にやっていたり（笑）。ああいうところが好きですね。
内田　ネタバレになるので多くは語りませんが、今回、意外な登場人物が出てきたのもよかったですね。読者の方々もきっと、最初「えっ？」と思うでしょうけれど、この「外」からの目線があるから、より「内」が見えてくる。今回のスパイスになっています。
勝間　僕はあの人も好きですね。福岡南の顧問、吉野先生。『セブンティーン』の初登場シーンではボサボサの髪に無精ひげで、ただの酔っ払いですよね（笑）。でも、徐々に、本領発揮して「心に武士道があれば、武道たい」とかいいことを言うように。『エイティーン』でも活躍するし。今回は、びしっと決めたスーツ姿の吉野先生も。知られざる先生の過去が明かされ、香織との試合とそのあとのシーンがかっこいいですね。
内田　真髄が分かったもの同士の交流があって深いですよね。
白井　師匠の玄明もいいですよね。多くを語らずして。

勝間　達人の域ですね。

内田　そう。あの妥協しないところもいいですよね。今回、道場の後継者問題が出てきますが、道場は自分限りと言いきり、香織を後継者として認めるかどうか気を揉みました。最後はとても玄明らしい決着のつけ方になっていて、本当に、玄明には長生きしてほしいと思いました。

白井　そうですね。私は、今回の師匠の対応に、香織への愛情を感じましたね。

内田　うんうん。厳しさの中にね。

勝間　弟子の香織を大切にしている感じがひしひしと伝わってきました。本作では、香織がかなり大人になりましたね。彼女の芯の部分は変わっていないですが、皆成長している中で、特に香織がものすごい成長を遂げた。強さのイメージもどんどん研ぎ澄まされて、余計なものが削げ落ちていっているようでした。

内田　守らなきゃいけないものに対して真っ直ぐな責任感を持っているから強くなれるというのかな。本当に短い期間で密度が濃く成長しているのがすごい。

いい作品は自分の中に跳ね返ってくる

内田　『武士道』シリーズはシリーズでありながら、それぞれが一つの物語として完結しているとと思うんです。そして『エイティーン』以降の話は、読者が各々の想像の中で成長させていた。そこに久々に『ジェネレーション』の物語がガツンとでてきた。その衝撃はありますよね。

勝間　しかし、『ジェネレーション』でもちゃんとみんな自分の道を、つまり、武士道を貫いてましたよね。本作の最後に、今度はわたしたちがそれを伝えていくというのがあってとても良かったです。

内田　そうやって受け継がれていくのが武士道であるという貫かれた考えがあって、本作では、道場を守っていきたいと香織が思う。読んでいる僕らもそれを応援したいと思うわけですが、その先のところで、じゃあ自分の一番大事なものは何か、自分が一生涯かけて貫いていくものは何か、伝えていかなきゃいけないものは何だろう……というように、作品が自分の中に跳ね返ってきました。いい作品って跳ね返ってくるんですね。

白井　本当にきれいな終わり方でした。シリーズを読んできて良かったなと思います。

内田　かっこよかったですね。いい本に出会うと、僕の仕事は、それを一人でも多くの人に伝えて繋げていくことなんだ、というシンプルな思いが甦ってきます。そういった意味でも、とてもテンションがあがりますね。

勝間　僕は、あらためて自分の生き方を貫いていけているのかなということを感じました。それをちゃんと子どもに見せられるのかって。

白井　ストーリーの面白さだけじゃなくて、メッセージ性も感じられますよね。

内田　そう。勝ち負けではないんだというのが、奥深いですよね。守るべきもののために体を張るという、本当の意味での武士道が描かれていて、魂に触れてくる感じがあります。武士道とは死ぬべきものではなくて、やはり生きるためのものという本当にシンプルなメッセージが貫かれている。

白井　剣道ってこんなに奥深いんだって思いました。

内田　また、セリフがいいですから。「誉田哲也　武士道シリーズ　名言」とか検索ワードで出てくるぐらい。フレーズに惚れる人も多いと思います。それって、言葉の力ですね。読んでいても「あ、かっこいい」っていう部分は必ずチェックするんです。ポップで使いやすいフレーズみたいな。

勝間　思い出した！『シックスティーン』の帯の「ンメアァァーッ」（笑）。

白井　誉田さんが考案した剣道の時に発する声の擬音語、斬新でしたね。

内田　『ジェネレーション』を読んで一番の感想は、誰も死なない、気持ち良い読み心地の本——今一番読みたい本ってこういう本なんだということでした。「これだ、こういう本を読みたかったんだ、今」と。世間は、子供の虐待や残忍な事件など嫌な出来事で騒がしくて、おかしなことが増えている中でも、やはりこういう作品に心が洗われ、気持ちが救われるんです。これが、読みたい本、勧めたい本なんですよね。

白井　そうですね。こういう本は流行に関係なくずっと読まれていくんでしょうね。しかも一冊勧めれば四冊買ってもらえる。

勝間　セット販売で箱入りなんてどうでしょう（笑）。

（サイト「文藝春秋ブックス」に掲載された、単行本『武士道ジェネレーション』刊行記念
書店員座談会「これだ！　今、こういう本を読みたかったんだ！」を改稿）

「武士道ジェネレーション」単行本　２０１５年７月　文藝春秋刊
「美酒道コンペティション」ウェブサイト『SUPER DRY SUPER NOVEL』２０１５年８月〜９月配信

ＤＴＰ制作　エヴリ・シンク

文春文庫

武《ぶ》士《し》道《どう》ジェネレーション

定価はカバーに表示してあります

2018年9月10日　第1刷
2025年6月5日　第2刷

著　者　誉《ほん》田《だ》哲《てつ》也《や》
発行者　大沼貴之
発行所　株式会社 文藝春秋

東京都千代田区紀尾井町 3-23　〒102-8008
TEL 03・3265・1211㈹
文藝春秋ホームページ　https://www.bunshun.co.jp

落丁、乱丁本は、お手数ですが小社製作部宛お送り下さい。送料小社負担でお取替致します。

印刷・TOPPANクロレ　製本・加藤製本　Printed in Japan
ISBN978-4-16-791132-4